dtv

Elisa Albert

EINSCHNITT

Roman

Aus dem amerikanischen Englisch
von Miriam Mandelkow

dtv

Von Elisa Albert sind bei dtv außerdem erschienen:
Das Buch Dahlia (13949)
Was ist in dieser Nacht so anders? (24749)

Ausführliche Informationen über unsere Autoren und Bücher
www.dtv.de

FSC
www.fsc.org
MIX
Papier aus verantwortungsvollen Quellen
FSC® C014496

Deutsche Erstausgabe 2016
dtv Verlagsgesellschaft mbH & Co. KG, München

Published by arrangement with Elisa Albert.
Dieses Werk wurde vermittelt durch die Literarische Agentur
Thomas Schlück GmbH, 30827 Garbsen.
Die amerikanische Originalausgabe erschien 2015 unter dem Titel ›After Birth‹
bei Houghton Mifflin Harcourt, Boston/NewYork.

Umschlaggestaltung: Lisa Höfner/dtv
Gesetzt aus der Stempel Garamond
Satz: Gaby Michel, Hamburg
Druck und Bindung: GGP Media GmbH, Pößneck
Gedruckt auf säurefreiem, chlorfrei gebleichtem Papier
Printed in Germany · ISBN 978-3-423-26090-9

Für meinen Mann

Ich habe noch etwas Komisches herausgefunden,
aber das werde ich diesmal nicht verraten!
Es ist nicht gut, anderen zu sehr zu vertrauen.
– Charlotte Perkins Gilman, *Die gelbe Tapete*

Wie kommt es, dass niemand einer Frau glaubt,
wenn sie eine schreckliche Geschichte erzählt,
nicht mal ihre eigene Mutter?
– Viva, *The Baby*

1
November

Echt tolle Häuser in diesem Scheißkaff.

Reihenhäuser aus dem späten achtzehnten Jahrhundert. Kolonialträume mit Naturkellern. Viktorianer mit hohen Decken. Dachschindeln. Holzöfen, verranzte Rohre, großzügige Proportionen. Verblichene Pracht, halb verfallen. Badewannen mit Klauenfüßen und höllisch rostigen Messinghähnen. Hier und da eine glanzvolle Instandsetzung. Neureiche Marmorküche.

Das hier ist mein Favorit: dreistöckiger Backstein, Dreifensterfront, mit Denkmalschutzplakette. Baujahr 1868. Aufwändige Stukkatur in diversen Grüntönen. Meine Freunde Crispin und Jerry haben beinahe zehn Jahre mit der Sanierung zugebracht. Sie nehmen sich gerade ein Jahr Auszeit in Rom, diese Ärsche, und haben das Haus an eine fantastische Dichterin untervermietet, Gastdozentin am College. Mina Morris. Ich bin ein bisschen besessen von ihr, soll heißen, total besessen, also, besessen eben.

Die Wohnzimmervorhänge sind auf, kein Licht.

Ich habe Crisp und Jer zum Flughafen gefahren, und Crisp überreichte mir ein Zigarettenetui aus Perlmutt, aus einer Haushaltsauflösung, voll bestückt mit neun perfekt gedrehten Joints.

Mir kamen die Tränen.

Geh nicht weg, Medizinmann.

Hör zu. Er hob mein Kinn und sah mir auf seine onkelhafte Art in die Augen. *Du hast schon große Fortschritte gemacht. Du schaffst das.* Er sprach langsam, als wäre ich sehr alt oder sehr dumm oder beides.

Fünf Joints habe ich noch.

Der Kleine hat bald seinen ersten Geburtstag. Aber es gibt

halt schlechte Tage. Heute ist nicht so übel. Heute bin ich zwei Verpflichtungen nachgekommen: Das Kind schläft, und wir sind an der frischen Luft, ein paar Straßen von zu Hause weg.

Jedenfalls: Mina Morris. Crisp hat mir ihre Kontaktdaten gegeben, weil wir die Hauswirte mimen sollen, Paul und ich, uns um alles kümmern, was im Haus anfällt, solange sie weg sind.

Mina Morris. Gewisser Bekanntheitsgrad als Bassistin der Misogynists. Girl Band, Oregon, späte Achtziger. Eine Menge bekannterer Girl Bands sind nach eigenen Aussagen von ihnen beeinflusst.

Kalt diese Woche und so früh dunkel. Später Nachmittag, totes Licht. So fängt es an: Monate früher Dunkelheit und Kälte. Wieder November, da schließt sich der Kreis. Im letzten November ein Albtraumnebel aus Neugeborenem Stichen Tränen Antibiotika wach Verstopfung Tränen Wunde Tränen wach wach wach Gehumpel Tränen Schreien Tränen Schreien Scheiße Pisse Kotze Tränen. Meine Wochen drapierten sich um seltene Ausflüge zum Donut-Drive-In neben der Shoppingmall mit dem dösenden Baby auf dem Rücksitz. Träge auf dem verlotterten jüdischen Friedhof auf der anderen Seite des Highways, Heizung aufgedreht, schiefe Grabsteine lesend, an einem riesigen, zu süßen Caffè Latte nippend, auf dem dürftigen Schein meines Geräts rumtippend.

Schwaches Pfeifen. Da fährt ein Zug. In die City wahrscheinlich. Viertel nach vier. Zu spät für den Mittagsschlaf des Kleinen, zu nah an seiner Bettzeit. Aber ich hab's aufgegeben, dieses Zeugs steuern zu wollen. Wenn man einen Plan hat, eigene Wünsche oder Bedürfnisse (wie zum Beispiel duschen, kacken, zu einer bestimmten Zeit irgendwo sein, rumsitzen und nachdenken), ist man am Arsch. Der Trick besteht darin, sich vollständig zu ergeben, die Momente zu nutzen, die sich bieten, und bloß nicht mehr zu wollen.

Mina Morris: Dichterin, ehemaliger Rockstar. Hier in Crisps

und Jerrys Haus. Da läuft mir ein komischer kleiner Schauer über den Rücken, echt. Ich möchte ihre Freundin sein.

Im zweiten Stock geht das Licht an, und gleichzeitig legt der Kleine mit der Wimmerei los. Mein Einsatz. Karre in Bewegung halten, immer in Bewegung, ein instinktives Urwiegen. Das war's mit der Atempause. Straße runter Richtung Fluss, die Chestnut hoch und ab nach Hause. Käse auf Cracker legen und das Ganze Abendessen nennen.

Wieder ein Tag vorbei, okay, ich kapier's, ich hab's kapiert: Ich bin vorbei. Mich gibt es nicht mehr. Daher die uralte Übereinkunft, dass Kinderlose nicht die Voraussetzungen mitbringen, sich mit religiöser Mystik zu befassen. Daher die weitverbreitete Überzeugung, Kinderkriegen sei der Expresszug zur Erleuchtung. Es gibt Meditation, Medizin, Peyote in der Wüste bei Sonnenaufgang und die Selbstopferung, und dann gibt es noch das Kinderkriegen, damit kann man auch verschwinden.

Gar nichts interessiert mich.

Ari. Schatz.

Was ja noch okay wäre, wenn ich ganz absorbiert wäre von Babynahrungsherstellung und Bastelideen und Schlaftrainingsmethoden und Babyschaukelmarken, aber so richtig aufregend finde ich den ganzen Scheiß auch nicht. Unterm Strich hab ich also einfach keine Ahnung, was ich mit mir anfangen soll, Paul.

Schatz. Hab ein bisschen Geduld.

Schön, ganz prima, aber wie lange? Er ist ein Jahr, Paul.

Genau, Schatz, ein Jahr.

Du solltest mich einfach irgendwo hinschicken. Du solltest mich hinters Haus führen und abknallen.

Ari.

Utrecht, New York: das wackere, aber schmierige Bottomless Cup, der schmuddelige Antiquitätenladen mit den unberechenbaren Öffnungszeiten, die Burritobar mit den Butzenscheiben. Der fensterlose Ozzy, die spelunkigste Bar aller Zeiten, Verkörperung von Spelunke, rasende Übertreibung von Spelunke: verbitterte Männer mit schütterem Haar und stonewashed Jeans, die endlos Zigaretten rauchen und um elf Uhr vormittags an einem klapprigen Tisch Pool spielen. Der kleine Burlesque-Schuppen, von jungen Leuten betrieben (schon komisch, dass man die jetzt als junge Leute bezeichnet), die schon seit einigen Jahren vom College runter sind und sich ganz der kommunalen Stadterneuerung verschrieben haben. Sie rauchen Gras und backen den ganzen Tag und wirken irgendwie verstimmt, wenn man reinkommt und ein Stück Toffee und einen Tee will. Lang verwaister Laden, kürzlich verwaister Laden, lang verwaister Laden.

Zweihundert Meilen von New York City geradewegs den Fluss hoch auf der östlichen Seite, fünfundvierzig Minuten hinter den schönen Antiquitäten und den Wochenendhäusern. Eine Stadt, ja, würde man wohl so sagen, eine einstmalige Stadt, ein paar Blocks mit billigen, fantastischen, zumeist heruntergekommenen Häusern, die danach schreien, von unsereins restauriert zu werden. Nur zu gern tun wir ihnen den Gefallen, diesen Häusern. Wir leben wie die Könige. Als Paul seine Stelle bekam, war ich im sechsten Monat schwanger, und wir dachten: Okay, yeah, Brooklyn, du kannst uns mal! Gefühlte hundert Dollar bezahlten wir für ein fantastisches Italianate-Haus von 1872 mit vier Schlafzimmern und einer Wahnsinnsveranda und beglückwünschten uns zu dieser vorzüglichen Ästhetik, kein »guter« Schulbezirk weit und breit, relativ geringe Dichte an überambitionierten Möchtegernkreativen, stoische breite Dielen, die weise unter den Füßen ächzen.

Unsere Steuerberaterin hat ihr Büro in dem knarzenden

Stadthaus in Albany, in dem Herman Melville einen Teil seiner Jugend verbrachte. Es gibt eine annehmbare Kaffeerösterei, eine winzige Weinstube, ein noch winzigeres Antiquariat und einen abgewrackten Minimarkt. Und die Food-Co-Op zwei Städte weiter, wo ich freitags wie eine brave Bürgerin arbeite. Manchmal trage ich sogar mein Baby in einem Tuch durch die Gegend.

Das College führt praktisch ein Eigenleben – mit reichen Kids, die es nicht an die Soundso geschafft haben –, und die Stadt oder Quasistadt befindet sich seit geraumer Zeit in diversen Stadien des Verfalls. Einige Dozenten wohnen in der Handvoll Straßen mit den fantastischen, zeitweise vernachlässigten Häusern, die sich hügelab bis zum überwucherten Flussufer hinziehen; andere wohnen in den unfassbar hässlichen Außenbezirken, die von der Mall im Norden wie Sonnenstrahlen abgehen. Einige Sturböcke pendeln tatsächlich von der City, wollen sich einfach nicht von dieser Scheißstadt trennen, nicht mal zugunsten wahnwitzig bezahlbarer Taschentüren und Buntglasfenster und exquisiter Stukkatur und Antikfliesen und antiglamouröser/glamouröser gesellschaftlicher Auslöschung.

Im frühen neunzehnten Jahrhundert war Utrecht das Zentrum der Manschettenmanufaktur, eine große geschäftige Fabrik, unterhielt die gesamte Stadt, bis eine Reihe von Patenten das Wesen der Manschettenherstellung für immer veränderte, Massenproduktion, Outsourcing, das ganze Programm, und Utrecht vor sich hin weste. Ein Loch, gewiss, aber immerhin ein ganz besonders reizendes Hudson-Valley-Loch. Ein Manschettenmacker gründete 1845 das College, angeblich, weil sein Sohn von Harvard abgelehnt worden war.

Relikte aus der Manschettenära gibt es reichlich. Eine ledrige und köstliche alte Mädchenband namens The Cuffs. Die leere Hülle der Fabrik gleich unten am Fluss. Hin und wieder gibt es beherzte Ansätze, daraus eine Performance-Location zu machen, ein selbstverwaltetes Gemeindezentrum, das sie »The Downriver« nennen wollen, aber hiesige Bürokraten treten dieses Erneuerungszeug regelmäßig in die Tonne und machen damit die Hoffnungen unserer lieben, bekifften Burlesque-Künstler zunichte.

Egal in welche Richtung, ein paar Straßen weiter herrscht elender Slum, und sonntags kriegt man im Umkreis von einer Meile nicht mal eine Zeitung. Aber es gibt einen winzigen, schlichten Wochenmarkt im Hof einer leer stehenden Minimall am Rande der Stadt und die Filiale einer Apothekenkette, die eben die Main Street runter eröffnet hat, in einem schon ewig leer stehenden Laden, der hundert Jahre lang einen Juwelier beherbergt hatte. BARLOW AND SONS, EST. 1893: Reste der goldenen Lettern sind noch immer zu erkennen. Die Apotheke hat sich nicht mal die Mühe gemacht, ordentlich zu renovieren. Einfach ein Neonschild über die Tür geknallt und den Verkaufsraum mit Rigipswänden ausgekleidet.

Erste offizielle Sichtung von Mina Morris. Mein Herz schlug Salto. Bei den losen Lebensmitteln in der Co-Op. Ungewaschene Haare in lockerem Knoten; sie war dabei, Honigkaramellen in eine Tüte zu füllen. Ich sah zu, wie sie einen auswickelte und sich in den Mund steckte. Komplette Nonchalance. Hinreißendes Geschöpf. Und! Sie ist ziemlich schwanger. Hinguckschwanger.

Vor Monaten hatte ich ihr geschrieben, *Hi* und *Falls du irgendwas brauchst* und *Willkommen in unserem Kaff* und *Jederzeit*, bla bla, mitsamt einer ausgefeilt lässigen Einladung zum *Tee oder etwas in der Art*. Habe ungefähr eine halbe Stunde lang getüftelt, um lässig zu klingen, ein kleiner Auszug aus den Romanen in meinem Kopf. Peinlich. Ich habe null Freunde hier.

Sie antwortete umgehend – nämlich exakt so: *cool danke*.

Derweil habe ich ihr Buch verschlungen. Seltsame, wunderschöne, verstörte kleine Prosagedichte hauptsächlich über den Sommer 1990, kurz nach der Auflösung der Misogynists. Kreuz und quer durch Europa, an der Nadel, ein Mann namens Ivan, der sie regelmäßig für Geld in den Arsch ficken darf, Liebe zu einem namenlosen Dreckskerl mit Frau und Kindern in Paris. Dann holt ihre Familie sie nach Hause und lässt sie wegsperren. Elektroschocks. Und das Beste ist, wie sie uns einfach mit der Frage hängen lässt, ob sie noch die Kurve kriegt. Was ja, in welchem Maß auch immer, offensichtlich der Fall ist, aber *gottverdammt.* Dagegen wirkt mein beschissener Schlamassel ja richtig spießig.

Als ich durch war, hielt ich das Buch ganz fest, umarmte das Ding regelrecht. Hatte den Impuls, eine Seite rauszureißen und zu verschlingen, aus demselben Grund, aus dem man sich ein Tattoo machen lässt, damit es Teil von einem bleibt, einen für immer erbaut.

Paul hat keine Ahnung, wer die Misogynists sind. Das ist Paul. Dafür weiß er, von welchen Lebensmitteln Walt Whitman Blähungen bekam.

Klingt irgendwie bekannt, sagte er im Frühling, als der Fachbereich Minas Kommen ankündigte. Es war ein schöner Abend, beinahe warm, und der Winter verlor seinen Biss. Pauls Kollegin Cat war bei uns. Sie setzte sich kerzengerade auf und stellte ihr Weinglas auf den Boden.

Ne-ee, echt jetzt. Du kennst die Misogynists nicht? »Eat Me While I Decide«? »Can't Stop Wanting«? »Who the Fuck Are You«?

Paul zuckte die Schultern. Cat ist grundsätzlich zutiefst empört, wenn andere nicht exakt ihren kulturellen Kontext teilen. So hat Crispin es einmal ausgedrückt. Das sollte zwar eine Beleidigung sein, ziemlich sicher, aber eigentlich gehört das für mich zu Cats positiven Seiten: dass sie uns alle auf einer Wellenlänge haben will, dass sie irgendwie sauer wird, sich betrogen fühlt, wenn wir nicht alle auf einer Wellenlänge sind.

Moment, sagte sie und tippte auf ihrem Apparat rum. *Moment, Moment. Hier.*

Wir schlossen die Boxen an und ließen uns begeistert von den Misogynists attackieren. *Na na na hey hey hey suck my clit and we'll call it a day.*

Sehr subtil, sagte Paul.

Ich habe sie 1989 im Paradise gesehen, sagte Cat. *Kurz vor ihrer Auflösung und Kellys Tod.*

Cat muss die Welt darüber informieren, dass sie Bescheid weiß, Leute kennt, zur rechten Zeit am rechten Ort war, auch wenn sie jetzt gerade die ganze Zeit am falschen Ort ist.

Paul ging ins Bett. *Viel Spaß noch, Ladys.*

Meist schaffen wir es irgendwie, uns ganz gut zu amüsieren, Cat und ich, jedenfalls ansatzweise, aber manchmal geben wir uns so viel Mühe und hängen am Ende nur mürrisch rum, Seite an Seite. Dann treffen wir uns eine Weile nicht, und wenn wir uns das nächste Mal treffen, ist es, als hätten wir uns noch nie getroffen, und ich kriege eine so unerklärliche Wut auf Paul, der mir das angetan, mich zu einer verzweifelten einsamen Hausfrau gemacht hat, die in diesem hinterletzten Scheißkaff nach Sympathen scharrt.

Alle Freundschaften verändern sich, das erzählt einem bloß keiner. Manche Freundinnen wollen Kinder, haben aber keine, manche haben welche, andere nicht, wieder andere wollen gar keine, können es aber nicht zugeben oder reagieren aggressiv, wenn man sie darauf anspricht, und einige Freundinnen haben sich mit der Kinderfrage selbst so verrückt gemacht, dass sie partout nicht schwanger werden. Und dann gibt es welche, die Jahre damit zubringen, für viel Geld Teile von sich eingepflanzt, entfernt und gemixt, im Labor gezüchtet und wieder eingefügt und mit Hormonen befeuert zu kriegen, und eventuell irgendwann ein, zwei eigene Knuddelzwerge vorzuweisen haben. Aber man redet nicht mehr miteinander oder ist weggezogen, also verliert sich der Kontakt. Man wird andere Leute kennenlernen, Leute mit Kindern im gleichen Alter wie das eigene, und vielleicht mag man diese Leute mit Kindern nicht im engeren Sinne, ist aber dankbar für die gemeinsame Sprache, die gesegnete Geheimsprache, sodass es nicht ins Gewicht zu fallen scheint. Tut es aber, denn man ist einsam, und ohne Kontinuität fühlt man sich so schrecklich, so katastrophal zerstückelt, dass der Tod einem als Erleichterung erscheinen könnte.

Das erste Mädchen, das ich je geliebt habe, war Nora Pulaski. Bezaubernder, sportlicher kleiner Schatz mit Rehaugen. Am ersten Tag im Kindergarten setzt sie sich mit dem geballten Selbstbewusstsein ihrer knapp sechs Jahre neben mich, guckt mich wissend an und klärt mich darüber auf, dass wir beste Freundinnen sein werden.

Aufregend. Sie hatte mich erwählt. Ich glaube, ich hab mich nicht mal nach dem Grund gefragt.

Wir spielten mit Barbies und rückten Möbel in dem opulenten Puppenhaus, das mein Vater mir gekauft hatte, als meine Mutter krank wurde. Spielten bei Nora alle Stufen des Hexenspiels durch, übten Radschlagen im unmöblierten Wohnzimmer der Mietwohnung in der East Fifty-Seventh Street, verfassten eine Würdigung des Jungen aus der Dritten, in den wir beide verknallt waren, ein dünner Rotschopf mit Sommersprossen. Merkwürdige Wahl, dieser Junge, aber meine Güte, waren wir verknallt. Wie oft wir in Ballonschrift seinen Namen malten.

Nora war selbstbewusst, im Einklang mit sich. Ihre Mutter war entspannt und machte uns Muffins. Einmal hörte ich, wie Nora sie Mommy nannte. Was mich überraschte, weil meine kategorisch Mom oder Janice hieß. »Mommy« klang so liebevoll, so vereinnahmend. Ich hätte mich eher einem Fremden in der U-Bahn in die Arme geworfen, als meine Mutter Mommy zu nennen.

Ungefähr in der fünften Klasse hatten wir ein Spiel, bei dem ich Hugo war und Nora Nancy. Hugo kam »geil« von der Arbeit nach Hause, Nancy wartete im Bett auf ihn, und dann rieben wir uns eine Weile aneinander.

Einmal streckte sich Noras Mutter auf der Couch aus, als wir fernsahen. Sie strich mir übers Haar und murmelte *Wie geht es deiner Mom, Süße*, und ich erstarrte. Brachte keinen Ton raus aus Angst, die Fassung zu verlieren (welche Fassung?) und ein oberpeinliches Tiergeheul loszulassen.

In der Mittelstufe, als meine Mutter tot war, brachen düstere Zeiten an, und Nora fand neue Freundinnen. Gewitzte Mädchen. Selbstbewusste Mädchen. Mädchen mit intakten Müttern. Mädchen, die innerhalb des Systems funktionieren und im College richtig durchstarten würden. Sie grüßte mich noch, war nie fies zu mir oder so, aber Freundinnen waren wir nicht mehr.

Mit Paul zu vögeln ist herrlich.

Manchmal ist es wie auf einem Badesteg im leichten Wind, manchmal wie Abschied in einem abstürzenden Flugzeug. Heute Nacht ist es wie ein fester Händedruck bei Vertragsabschluss.

Vor Paul hatte ich eine Reihe zorniger Rammler, echter Umdrehenmöglichstwehtun-Typen, kaum Blickkontakt. Und bildete mir ein, das zu genießen.

So zart, die Anfänge zwischen Paul und mir. Sein köstlicher, verstohlener Geruch auf meinem Laken. Nichts Intellektuelles, ich wollte einfach nur mein Gesicht in seine Haut graben, ihn einatmen. Zum Erschauern schön. Er ist so ein Langsamer, Sanfter. Aber die zarten Anfänge sind ja auch nicht das Problem, nicht wahr.

Fast ein Jahr lang hielten wir es geheim. Ein Hauch von Skandal umwehte uns: er der Dozent und ich die fünfzehn Jahre jüngere Studentin. Offenbar rümpft man über so was immer noch die Nase. Lächerlich, außerdem war er bereits unkündbar. Dann gab es da aber noch seine langjährige Freundin, so eine Theorie-der-Theorie-Theoretikerin, die in irgendeinem gottverlassenen Winkel von Indiana auf ihre Festanstellung wartete.

Bindungsphobiker, hatte mich meine zickigste Freundin Subeena gewarnt. Wie *alt ist er? Und* wie *lange sind die schon zusammen?*

Wir haben eine Abmachung, erklärte mir Paul. *Jeder lebt sein Leben.*

Doch als er sich schließlich von ihr trennte, war sie außer sich, fix und fertig, und das kriegte er überhaupt nicht auf die Reihe.

Wir hatten eine Abmachung, betonte er.

Deinetwegen habe ich auf Kinder verzichtet, sagte sie weinend.

Du hast gesagt, du willst *gar keine Kinder*, sagte er.

Unglaublich, diese Frauen, die das Ticken der biologischen Uhr geflissentlich überhören und dann mit vierzig auf Dramadiva machen. Ehrlich.

Heute Nacht kuscheln wir nackt unter der Daunendecke und lachen über lustige Sachen, die der Kleine neuerdings anstellt. Er ist cool, da sind wir uns einig. Bringt uns zum Lachen. So viel ist mal sicher: Er ist ein süßer Junge, ein wonniger, sonniger Knuffer. Er hat so eine Art, uns anzulächeln mit einem durchtriebenen kleinen Grinsen. Wir lieben ihn über alles. Und ob. Wir sind glücklich. Wir sind gesegnet. Wir sind wir sind wir sind wir sind. Toi, toi, toi, drei Mal spucken, mit Knoblauch wedeln, eine Prise Salz werfen, was immer gerade zur Hand ist.

Du betonst ständig, wie glücklich du bist, bemerkte meine Lieblingsprofessorin Marianne letztes Jahr beim Kaffee, als wir eigentlich über meine Doktorarbeit sprechen wollten. *Immer wieder. Gerade eben hast du mir vier Mal erzählt, wie glücklich du bist. Ich freu mich für dich, dass du so glücklich bist.*

Eine Minute oder Stunde später wache ich verschwitzt aus einem Traum auf: Mein Cousin Jason hatte eine Prostituierte in das alte Familienanwesen meines Vaters in den Berkshires mitgebracht und alle mit ihrem Gebumse aufgeweckt. Ich hatte sie lange nicht gesehen, alle miteinander. Meine Großeltern, Tante Ellen, meinen Cousin Jason und meine Cousine Erica. Sogar meine Mutter war da, geisterhaft, aber gesund. Die Prostituierte war Mina Morris vor zwanzig Jahren: strähnige Haare, dunkler Lippenstift, drogenabhängig, wilder Blick, halb irre.

Ich habe geschlafen!, schrie meine Mutter die Allgemeinheit an und stampfte in ihrem dünnen rosa Nachthemd herum. Ich konnte die Umrisse ihrer schweren Brüste erkennen. *Ihr habt mich geweckt, ihr rücksichtslosen Scheißerchen!* So hatte sie mich früher genannt, es war eine Art Kosename.

Halt die Fresse, du Schlampe, antwortete Mina Morris kühl, und meine Mutter war ausnahmsweise mal stumm vor Schreck. Meine Mutter zum Schweigen zu bringen ist anstrengend und gelingt selten.

Mein Vater hat das Haus in den Berkshires schon vor Jahren verkauft. Tante Ellen hat seit meiner Hochzeit mit Paul kaum mit mir gesprochen, mir allerdings einen handgeschriebenen Brief geschickt mit jeder Menge *enttäuscht* und *Geschichte* und *unser Volk* und *genug gelitten*, den ich vorgeblich ignorierte, aber später in Rage zerriss und im Klo runterspülte. Mein Cousin Jason ist sehr religiös, lebt in Arizona, arbeitet »für die Regierung« und hätte gern weitere Beweise dafür, dass Präsident Obama in den Vereinigten Staaten geboren wurde. Auf seinem Profilbild trägt er ein israelisches Armee-T-Shirt aus dem Kramladen, bierernst. Erica wohnt in der City und arbeitet für so ein Modemagazin, das man liest, wenn das höchste Ziel darin besteht, in der Kosmetologieschule zur bestangezogenen Frau gewählt zu werden. Mit Mitte zwanzig sind wir öfter zusammen was trinken gegangen. Zur Geburt hat sie einen sehr schicken Strampler geschickt.

Jedenfalls, ich bin wach, nass geschwitzt, und da ist dieses Rumpeln, jetzt Kratzen, dann wieder Bumsen aus dem Innern unserer Zimmerdecke.

Mist, flüstert Paul.

Eine Maus?

Größer. Eichhörnchen. Keine Ahnung. Waschbär. Scheiße.

Paul ist so ein typisch stoischer, gesunder, prinzipiell nicht jammernder Nichtjude. Er ist schwer aus der Ruhe zu bringen. Hat noch nie einen Schnupfen gehabt. Ein Mal, nur ein einziges Mal, habe ich ihn so auf die Palme gebracht, dass er mich anschrie, und war auf perverse Art begeistert, dass er das Zeug dazu hat. Der Sex danach war gigantisch.

Ich dachte, ein Tier, das in der Wand eines Hauses gefangen ist, gibt es nur als literarisches Stilmittel.

Er lässt eine Hand zwischen meine Schenkel gleiten, murmelt etwas von wegen morgen früh Will anrufen und schläft wieder ein.

Ich brauche etwas länger, weil es in der Decke oder in der Wand oder wo auch immer ziemlich rumpelt und ich nicht so scharf darauf bin, meine Mutter noch mal zu sehen.

Diesmal träume ich, dass Sommer ist und die Sonne zwischen meinen Schenkel hervorscheint und sanft meine Hüften umspielt. Ich bin sehr, sehr schwanger und sehr, sehr glücklich. Sonne drinnen, Sonne draußen, golden und warm. Aber etwas stimmt nicht mit dem Haus. Will kommt vorbei. Er bringt mir eine schludrige Handvoll Wildblumen mit und legt sie auf die Anrichte. Deutet vage auf meine leuchtende Mitte und wendet den Blick ab.

Erstaunlich, was du da machst, Ari, einfach erstaunlich. Ich weiß nicht, wo Paul ist. Will geht in den Keller, um die Heizung zu prüfen, die tatsächlich zu heiß ist und die Sonnenwärme unerträglich verstärkt. Im ganzen Haus ist es brennend heiß, in allen Zimmern, alles schmilzt zusammen: glücklich und gelb, mit dem Geruch von Bienenwachs und Sperma.

Einige Stunden oder Minuten vergehen so, dann ist Mr. Baby da und heult die eiskalte bleiche Morgendämmerung an.

Ein Waschbär!, sagt Will, als er mit Paul vom Dachboden runtergestampft kommt. *Ziemlich sicher. Bei der Fußleiste unterm Fenster ist eine Öffnung.*

Der Kleine kommt rübergewackelt und versteckt sich hinter meinen Beinen. Er ist super, ein tolles Kerlchen. Aber eben ein Baby, und von denen sind nun mal selbst die nettesten immer noch repressive, faschistische, narzisstische Scheißdiktatoren.

Und was machen wir jetzt?

Paul sackt an der Anrichte zusammen, den Kopf in den Händen. *Umziehen.*

Will zuckt die Achseln. *Fallen. Die guten. Das Wetter schlägt um, da wühlen sie sich irgendwie rein. Es ist kalt da draußen. Kann man ihnen nicht verdenken.*

Wills Eltern waren Professoren hier am College. Er ist vor ihnen geflohen, von hier geflohen, und Schreiner geworden. Hat lange Zeit auf Booten entlang der South Shore von Boston gearbeitet und gesoffen wie ein Loch. Hat den Weg zu den Anonymen Alkoholikern und Thich Nhat Hanh und Achtsamkeit und so was gefunden. Ist hierher zurück, als die Professoren gestorben waren. Um sich dem Ganzen *zu stellen*, wie er mir einmal erzählte. Unsere Blicke trafen sich, und wir verstanden einander. Wir müssen mit dem Blickkontakt aufpassen, Will und ich. Wir meiden ihn nach Kräften, brave Soldaten, grundsolide.

Er hat also ihr altes Haus instand gesetzt, drei Häuser weiter die Straße runter. Er hat lauter nützliches Zeug drauf. Schweißt in der Garage, hilft uns, was mit den Überresten von Boilern anzufangen, mit dem Dach, der Fertigstellung des Kellers, dem Anstrich, der Elektrizität, bleibt zum Essen, isst meine niedrigtemperaturgegarte Hippiekost, sagt *wurscht* und *kein Thema* und *da nicht für.* Einundfünfzig, groß, Strubbelhaar, Joggerfigur, zerfurchtes Gesicht, stechende graue Augen, kräftige Hände, coole schmutzige Sneakers. Ich vögel ihn regelmäßig, in meiner Vorstellung, an einem langen Nachmittag in einem Highway-Motel, wo das Bleichmittel den Geruch nicht ganz überdeckt.

Der Kleine streckt die Hand nach dem Ofen aus, ermahnt sich selbst mit so etwas wie »heiß!« und erwartet Anerkennung. Ich bin zur Stelle: *Ja, ganz genau, braver Junge, ganz braver Junge, du bist so ein braver, braver Junge!*

Wer könnte behaupten, ich sei eine schlechte Mutter? Wer könnte behaupten, ich würde die einschlägigen Ratgeber nicht lesen? Die Kategorie »Wie erziehe ich mein Kind, wenn es null Urwissen zur Orientierung gibt« oder »Was mich erwartet, wenn kein einziger Ratgeber Rat gibt«. Ich bewahre sie in einer Giftschublade auf, wie Pornohefte.

Können wir nicht einfach die Stelle dichtmachen, durch die er reingekommen ist? Paul hat einen obskuren Doktortitel und einen angesehenen Posten, aber keine Ahnung, wie man Farbe entfernt, ein Rohr abdichtet oder mit einem Nager fertig wird.

Den wollt ihr nicht da drinhaben. Der stirbt da. Habt ihr zufällig Erdnussbutter?

Paul legt ganz erleichtert den Arm um meine Taille beziehungsweise das, was früher mal eine Taille war. *Klar können wir Erdnussbutter auftreiben. Ari, du hältst dich von den Fallen fern, ja?* Der Witz bezieht sich darauf, dass ich nicht mehr so schlank bin wie früher, bevor ich ein neues Menschenwesen erschaffen und operativ ausgestoßen habe, danke vielmals, du mich auch. Ich löffle die Erdnussbutter gern direkt aus dem Glas. Noch bevor er den Satz beendet hat, bemerkt er seinen Fehler und guckt ganz zerknirscht.

Blödmann.

Ja, ich war eindeutig schlanker, bevor ich ein neues Menschenwesen erschaffen und operativ ausgestoßen habe. Meine Stiefmutter nutzt jede Gelegenheit, um mich zu durchleuchten – nennen wir ihn mal so, diesen klassischen Röntgenblick, der den Weibchen unserer Spezies so eigen ist wie die Vagina – und mich mit einem scheinheiligen *Keine Sorge, Süße, bald siehst du wieder normal aus* zu bedenken. Blöde Zicke, ich meine, echt jetzt: Glaubt die wirklich, ich merke nicht, was ich für riesige Hosen anhabe?

Der erste Geburtstag.

Operationstag, berichtige ich, weil es mir schwerfällt, das Geburtstag zu nennen. Jahrestag der großen Niederlage.

Ari. Nicht.

Bloß keine Party, nicht diesen ganzen bescheuerten Zirkus. Der Kleine kriegt es doch sowieso nicht mit. Wir lassen ihn nach dem Essen zum ersten Mal Eiscreme probieren, singen das Lied, blasen für ihn eine Kerze aus, Klatschen, Kuss. Wir vergessen, Fotos zu machen. Vom schokoverschmierten fröhlichen Baby, der einsamen Kerze, meinen verzweifelten Anläufen, gute Miene zu machen.

Will bringt eine Flasche guten Scotch vorbei.

Wir haben es geschafft, Schatz, sagt Paul und prostet mir zu. Wer genau soll was geschafft haben? Und wohin? Wir haben uns bloß dran gewöhnt.

Pling. Ich bin von lieben Männern umgeben. Immerhin.

Als Schülerin habe ich Antidepressiva geschluckt, aber die versauten mir mein Gedächtnis und machten mich fett, also setzte ich sie ab. Paul fragt sich regelmäßig, ob es nicht an der

Zeit wäre, noch mal irgendeinen Doc aufzusuchen, vielleicht »mit jemandem zu reden«. Das macht mich rasend. Ich will fühlen, was ich fühle. Dass ich traurig bin, keine Mutter zu haben und eine totale Zicke als Mutter gehabt zu haben. Wütend auf meinen verwichsten Geburtshelfer, der mich grundlos ausgenommen hat wie einen Scheißfisch. Überrascht und frustriert, weil selbst der beste Mann auf Erden keine Einsamkeit kurieren kann. Zu Tode gelangweilt von meiner intensiven Beschäftigung mit einem Thema, das ich mal geliebt habe. Erschöpft von der einsamen Strapaze der Kleinkindbetreuung.

Er wurde an einem Dienstag nach einem langen Tag der Wehen geboren, aber ich habe ihn nicht zur Welt »gebracht«. Er ist nicht auf die Welt »gekommen«. Das große Privileg.

Stattdessen: das Messer.

Er sei »spät dran«, sagten sie. Spät, zu spät für einen willkürlich gesetzten Termin. Also wurde er zwangsgeräumt, und alles ging den Bach runter, und ich war zu entgegenkommend, um zu widersprechen, zu dumm zum Hinterfragen. Woher diese Dummheit? Woher das Entgegenkommen?

Sie schnitten mich entzwei und zogen das Baby aus meiner tauben, klaffenden, kauterisierten Mitte. Gnadenloses Kliniklicht, Vorhang vorm Gesicht. Wirksame Entkörperlichung. Geruch nach verbranntem Fleisch. Wieder zusammengenäht von einem Team von Leuten, die ich nicht kannte, von denen keiner es für nötig befand, mir in die Augen zu sehen, nicht ein Einziger, nicht ein einziges Mal. Von Hüfte zu Hüfte aufgeschnitten, vereist, malträtiert, katheterisiert, im Bett fixiert, dazu das inbrünstige Kreischen des winzigen Vögelchens, als sie ihn in irgendeine Hölle karrten.

Tagelang konnte ich mich kaum bewegen und schon gar nicht vernünftig über das kleine weiche Bündel aus bodenloser Bedürftigkeit nachdenken, das in meinen Armen lag, als ich mit den völlig falschen Schmerzen aufgewacht war.

Nach dem unvermeidlichen, schrecklichen Stuhlgang wurden wir entlassen. In den grauenhaften Tagen danach sah ich das unvermeidliche Grauen vor mir: Baby versehrt, Baby verletzt, Baby leidend, Baby zu Boden geschleudert, Babys Kopf an die Wand getrümmert, zerstört. Nicht enden wollender Fiebertraum. In den Klauen einer schwarzen Magie, auf die ich überhaupt nicht vorbereitet war. Wachte schweißgebadet aus sporadischem Schlaf auf und sah, dass er – Gott sei Dank, Gott sei Dank – noch atmete.

Er atmet er atmet er atmet er atmet. Gut. Gut. Gut. Gut. Ich bin der weiß glühenden Wurzel des Ganzen zu nah gekommen. Aus der Fassung. Vermählt jetzt mit einem möglichen Verlust, der so extrem ist, dass ich selbst kaum Luft bekomme.

In den Babybüchern hatte darüber nichts gestanden. Aus Tagen wurden Nächte wurden Tage wurden Nächte. Nichts darüber in den Babybüchern! Ich hielt ihn ganz fest. Ließ ihn nicht los. Was ihm alles zustoßen konnte! Die Folgen eines einzigen Fehltritts! Unvorstellbar. Unerträglich. Was jetzt? Was dann?

Ich nehme ihn, Schatz, sagte Paul immer. *Gib ihn mir. Versuch dich ein bisschen auszuruhen.*

Mein entzündeter Schnitt suppte, strammes, gekünsteltes Grinsen eines sadistischen Monsters. Die obligatorische Antibiotika-Behandlung.

Ich war gestorben, war tot, bloß ein Gespenst, nicht ganz weg. Atem kontrollieren: Atmet er? Festhalten. Langsam bewegen, ihn ganz umhüllen. Sachte, sachte. Nicht wehtun. Vorsicht. Lebt er? Die Welt so abscheulich gefährlich und das Baby ein rohes Ei, einzigartig.

Pauls Mutter rief alle drei Tage aus Ohio an.

Wie geht es dir? Ich will nicht stören.

Wie es mir geht. Ich weiß nicht so recht. Ich weiß nicht, wie Menschen das hinkriegen. Ich weiß nicht, wie ich das hinkriegen soll.

Neugeborene machen viel Arbeit!

Ich brauche Hilfe, sagte ich zu ihr. *Ich schaff das nicht.* Meine Stimme war matt. Sie ist eine Gute, Sekretärin im Ruhestand, auf einer Farm aufgewachsen, gnadenlose Quilterin, gönnt sich gern Sitcoms.

Sei nicht albern. Natürlich schaffst du das.

Eine Frau, die schon ihr Leben lang Obst und Gemüse anbaut, im Herbst einmacht, Kleider nach Schnittmuster näht, Pullover strickt und Kranke pflegt. Eine Meisterin der weiblichen Künste. Sie war meine Chance. Sie würde doch gewiss auf der Stelle hergeflitzt kommen und mir zeigen, wie man's macht. Vormachen, damit ich lernen konnte.

Die Mutter dieses Kindes muss ihn jetzt holen kommen, sagte ich. *Irgendjemand muss ihn holen kommen. Mir tut alles weh. Ich bin so müde.*

Wie ist das Wetter bei euch, fragte sie. *Ich will dich jetzt nicht länger aufhalten.*

Ein Jahr später, jetzt – herzlichen Glückwunsch, kleiner Fratz –, richte ich mich noch immer nur mühsam auf, laufe den ganzen Tag im Pyjama rum, meide die Narbe um jeden Preis und leide unter überraschenden Abstürzen ins Wutgebrodel. Und hin und wieder fragen mich Leute, die ich kaum kenne, ganz fröhlich: *Möchtest du denn noch eins?*

Wir sollen keine Ruhe geben, bis der Waschbär weg ist. Es gibt vielfältige Möglichkeiten für ihn, unser Leben und unser Haus zu zerstören: indem er die elektrischen Leitungen durchknabbert, die Wände von innen vollpisst und vollkackt, Artgenossen anlockt. Er könnte sterben und verwesen. Er könnte die Tollwut haben. Er könnte das Baby terrorisieren. Er könnte Babys mit Tollwut kriegen, die das Baby terrorisieren.

Will bringt zwei riesige Drahtkäfigfallen mit und stellt sie auf dem Dachboden an gegenüberliegenden Wänden auf. Bei der

Gelegenheit ersetzt er unsere Fliegengitter durch Winterfenster, damit es nicht mehr zieht. Er bleibt zu Couscous mit Pilzen, bringt den Kleinen zum Kichern und erzählt uns von einem Viecherproblem in einem Haus etwa eine Meile den Fluss runter. Irgendwas mit einer Familie und Tieren in einer versiegelten Wand, Monate später: Gefahrgut.

Aber nee, keine Sorge, sagt er. Er knufft Paul in den Oberarm – *Nacht, Kumpel* – und winkt mir melancholisch zum Abschied. Will ist ein kluger Mann. Nicht akademisch klug, lebensklug.

Eine weitere Mina-Sichtung heute Morgen auf dem Weg zur Tagesmutter. Sie schleppte sich bei Crisp und Jer die Treppe hoch, mit den Schlüsseln in der Hand. Konnte mich nicht dazu durchringen, sie anzusprechen, also nannte ich sie bei mir instinktiv Scheißschlampe. Das mache ich bei Frauen ganz automatisch. Schuldig bis zum Beweis ihrer Unschuld.

Ihre Schwangerschaft ist eine Überraschung. Mina ist weit über vierzig, und das Internet verrät nichts über einen Mann. Das Internet verrät überhaupt herzlich wenig über sie, was natürlich die einzige Möglichkeit ist, sich auch nur entfernt Respekt zu verschaffen: wenn man nicht zu viel selbst verzapften virtuellen PR-Müll findet.

Vier Tage die Woche gebe ich den Kleinen zu Nasreen, damit ich »an meiner Dissertation arbeiten« kann. Er heult ganz verzweifelt *maaaa-maaaa* und grabscht mit seinen kleinen Greiferchen nach mir. Schieres Grauen. Ganzkörperapokalypse.

Er macht dir Theater, sagt Nasreen. Sie ist Pakistanerin und hat sieben Kinder, die vier ältesten leben noch in Pakistan bei ihrer Schwester. *Er ist gut. Du gehst, er ist gut.*

Sie scheucht mich raus. Verdreht die Augen. Diese dummen Mütter.

Es ist, als würde mir das Herz aus der Brust gerissen, und ich soll einfach so davonspazieren. Ich drücke mich noch zwei Minuten vor der Tür herum, bis das Geheul nachlässt, und schleiche mich dann wie ein Dieb davon. Übelkeit, Reue, Düsternis, Licht, Erleichterung, Freiheit, Freude, Schmerz, Schuld, Verwirrung, Euphorie: alles in gleichem Maß, wie beim ersten Orgasmus.

Wenn ich meinen Wonnewurm bei mir habe, juckt es mich, ihn wegzugeben; wenn ich ihn weggebe, juckt es mich, ihn an mich zu nehmen und nie wieder loszulassen.

Meine Doktorarbeit findet nicht statt.

Ich lese hauptsächlich Promi-Klatsch, stalke erfolgreiche Bekannte, recherchiere die Zubereitungszeit von Adzuki-Bohnen, lese Schlagzeilen, mache das Bett und scrolle durch surreal frühe Bilder vom Kleinen, dem furchterregenden Winzling. Verschwende alles in allem Zeit, als gäbe es immer ein Morgen.

Hier ist Mina auf einem Bandfoto um 1988, in Secondhand-Klamotten aus dem Sozialkaufhaus. Nicht schicken Secondhand-Klamotten, wohlgemerkt – schmuddeligen, schlecht sitzenden Secondhand-Klamotten. Verfilztes Haar. Sie stehen in einer Gasse unter einer Feuertreppe, umgeben von Backsteinmauern. Kelly in der Hocke, fröstelnd. Stefani steht neben ihr mit verschränkten Armen. Mina lehnt an einer Mauer, gleichgültig und distanziert, als wäre die Kamera ein unattraktiver Fremder, dem sie einen runterholen soll. Sie muss da um die zwanzig gewesen sein. Die Jüngste. Kissenweiche Wangen.

Ein schummriges Video von einer Lesung in einer Bar, ihre Stimme heiser und matt. Mir gefällt so, dass sie keine Strahlenummer abzieht, nicht deklamiert und sich aufplustert und gurrt und diese *Mögt-ihr-mich*-Scheiße reitet, *Na hoffentlich, weil ich bin echt nett*, was bei vielen Frauen mit den Jahren einfach nur schriller wird. Ihr egal, ob man sie mag oder nicht. Sie trägt ein hässliches T-Shirt, ihre Haare sind ungewaschen. Sie schert sich nicht drum, ob man sie hübsch findet. Sie liest ein Gedicht. Ein gutes. Da kann man einsteigen oder drauf scheißen.

Und hier: leicht verlegen bei einem Interview mit einer aufgeblasenen Bloggerin.

Und hier: neunundvierzig Sekunden grieseliges Filmmaterial aus einem Club in Eugene vor Jahrzehnten. Schlechter Sound. Sie steht hinten, ist kaum zu sehen, spielt ihren Bass seitlich, mit geschlossenen Augen. Als wollte sie das Publikum ausblenden. Als wäre das Publikum ein kleiner Störfaktor. Stefani kaspert für die Kamera hinterm Schlagzeug rum, und Kelly schreit das Mikro an, attackiert ihre Gitarre, verstört und verzweifelt. Sie sind nie aus den Clubs rausgekommen, nie über die kleinen Gigs hinausgewachsen. Aber für viele waren ihre Auftritte prägend. Raubkopien gingen um. Eine Band, die sich ihnen zu Ehren formiert hatte, wurde ziemlich bekannt.

Hier: an einem grauen Tag in Maine, das Autorenfoto. Das Haar weht ihr übers ernste Gesicht. Schlammverschmierte Stiefel.

Okay. Reicht. Themenwechsel. Neue Studie belegt landesweiten Anstieg von Fehlgeburten bei männlichen Föten um zwölf Prozent in dem Monat nach dem Anschlag aufs World Trade Center. Wissenschaftler entdecken eine Art Stresshormon, das beim Internetsurfen im Gehirn ausgeschüttet wird. Irgendeine Schlampe schlägt in einem Southwest-Flieger ihr weinendes Kind; heroische Stewardess nimmt Baby umgehend in ihre Obhut. Frau aktualisiert ihren Status mit einer kurzen, von Rechtschreibfehlern strotzenden Bitte um Vergebung, bevor sie sich und ihre vier Kinder von einer Brücke fährt. Die Bienen verschwinden immer noch. Mindestens 120 Leichen liegen um den Gipfelanstieg des Mount Everest herum im ewigen Eis. Frau mit gekünsteltem Lächeln erzählt eklige Geschichte von Eispendern und Leihmutterschaft; Foto dazu präsentiert wie Festtagstruthähne gebündeltes Zwillings»wunder«.

So starre ich eine Weile auf den Bildschirm. Köstliche, schreckliche Untätigkeit. Und bald muss ich den Kleinen von Nasreen abholen.

Würde stattdessen gern einfach hier sitzen, im schwindenden Licht des großen Fensters, in der Schallumarmung der Boxen. Bei Nasreen ist er gut aufgehoben. Nasreen kennt sich aus. Für ihn ist es gut. Besser wahrscheinlich sogar.

Eine knappe E-Mail von Marianne zur Doktorarbeit. Was macht die Grübelei? Schon irgendeine Vorstellung, in welche Richtung es gehen soll?

Gleichzeitig sehne ich mich nach dem süßen Zwerg – was hast du heute geschafft du Weibsstück wieso bist du nicht bei deinem Zwerg weißt du denn nicht dass dein Zwerg dich braucht hoch den fetten Arsch und LOS – und bleib hier weiter sitzen, Wonnewurm in fremden Armen.

Glaubt Marianne im Ernst, dass ich an meiner Doktorarbeit sitze? Glaubt sie wirklich, dass ich einen Scheißdreck auf diese Doktorarbeit gebe? Ich schaff's gerade mal, hin und wieder zu baden, das Haus einigermaßen in Ordnung zu halten, uns durchzufüttern, zu waschen und etwas zu schlafen. Buchstäblich: gerade mal.

Als würde mir meine Doktorarbeit nicht am Arsch vorbeigehen.

Deine kreative Energie wird anderswo gebraucht, erklärte mir eine freundliche Masseurin gegen Ende meiner Schwangerschaft. Dann nahm sie mich in den Arm, machte ein bisschen Akupressur und gab ein bisschen Reiki.

Die Sache mit der Doktorarbeit ist also mehr oder weniger gelogen. Aber man braucht eine Identität, irgendein Interesse und eine Beschäftigung neben dem Kinderhaben, das ist einfach so. Sonst muss das Kind das einzige Interesse und die einzige Beschäftigung sein, und was die Beteiligten davon haben, ist allgemein bekannt.

Unser Haus gehörte wahrscheinlich irgend so einem schrecklichen Textilchef gegen Ende des Imperiums. Ich stelle ihn mir depressiv vor, pleite an der Schwelle zur Weltwirtschaftskrise. Er schießt sich in den Kopf, auf dem Schreibtisch ein Brief an seine Frau (die zweite; die erste starb im Kindbett) und einer an seine Geliebte (ein Küchenmädchen vielleicht?). Das Arbeitszimmer muss mit Blut und Hirnmasse vollgespritzt gewesen sein, schreiende Kinder, verfluchtes Haus, jedwedes lauernde Unglück hier die unvermeidliche Folge. Orte speichern Dinge; man muss schon ein Arschloch sein, um das nicht zuzugeben. Körper, Häuser, Erde: Gefühle, Energie, Geist. Wenn's sein muss, kann man sie leugnen, aber das schert sie nicht. Und wie man sie nennt, auch nicht.

Das Haus hat eingelassene Bücherregale und in einigen Zimmern so alte und ausgeblichene filigrane Blattgoldtapeten, dass es schon wieder prachtvoll ist. Vor unserem Einzug hatte es drei Jahre lang leer gestanden, nachdem die letzte der Jungferntanten mit siebenundneunzig im Pflegeheim gestorben war. Es hat Originalfenster und tiefe, in die Laibung eingelassene Innenläden aus Mahagoni. Die Küche muss hochmodern gewesen sein, der ganze Stolz damals im Jahre 1920, als die Zukunft noch rosig aussah. Die verheißungsvolle Brut, das junge Paar, das sein erstes Kind erwartete, im Lachen vereint, bevor das Leben unbarmherzig zuschlug.

Bei der U5 stellte die Kinderkrankenschwester mechanisch eine Reihe von Fragen – *haben Sie schon mal daran gedacht, sich selbst oder dem Baby etwas anzutun gibt es Waffen bei Ihnen zu Hause hat der Kindsvater Sie je bedroht oder sind Sie in irgendeiner Weise depressiv.* Ich habe nicht geantwortet, dass ich mir zwanzig Mal am Tag vorstelle, mich zu erschießen. Ich habe nicht geantwortet, dass mir diese Fantasien auf seltsame Weise ungeheuren Trost spenden. Ich antwortete *Keine Waffen bei uns zu Hause.* Ich antwortete *Na ja, vielleicht mal ein bisschen niedergeschlagen, ja.* Sie machte einen Vermerk auf meiner Karte und schickte den Arzt rein. Netter Kerl, Vegetarier, treibt bei der Untersuchung intelligenten Small Talk, versucht nicht, uns alle Impfungen auf einmal anzudrehen. Riet mir, so viel Hilfe für den Haushalt zu holen, wie wir uns leisten können. Riet mir zu einer Gruppe.

Keine Ahnung, wo ich Hilfe herkriege, aber Gruppe, okay. Bin ein paarmal nach Albany hochgefahren.

Viele Frauen in der Gruppe hatten auch eine OP hinter sich. Sie sprachen entweder gar nicht drüber oder so, als wäre es völlig normal, was es, ja gut, wohl auch ist. Sie sprachen über Zumba, Kinderwagen-Rückrufaktionen, Kindergärten, das neue Hibachi-Restaurant draußen in der Mall.

Wer hätte gedacht, dass Mutterschaft in erster Linie eine materielle Erfahrung ist? Wir saßen bei Starbucks und wühlten in unseren Pastell-Camouflage-Windeltüten nach Kauspielzeug und Mulltüchern, während Frauen ohne Babys uns endlos böse Blicke zuwarfen. Eine schweigsame Frau mit dunklen Augen und ich waren die Einzigen, die stillten, die anderen waren mit chemischen Experimenten zugange: Milchpulver, Kühlbeuteln, Fläschchen.

Die armen Babys waren nebensächlich, wie halb vergessene Senioren, die man unserer Obhut anvertraut hatte. Die Mädchen sahen aus wie Dragqueens: Rüschen und Schleifchen, auf dem Kopf ein Blumen-Strass-Gesteck. Eine derart Geschmückte warf mir einen urkomisch knatschigen Blick zu: *Ist dieser Scheiß zu fassen?* Sie war cool. Ich zwinkerte ihr zu nach dem Motto *Tut mir leid, Süße, ich weiß, aber es geht vorüber, versprochen.*

Eine Mutter hatte einen Wunschkaiserschnitt gehabt, weil sie *dieses ganze Unbekannte einfach nicht mochte* und *ihn unbedingt rechtzeitig zu seinem ersten Weihnachten hier haben* wollte. Eine andere, eine Marathonläuferin mit entsprechenden Waden, nannte die Entbindung *unnötig*.

Dragqueens Mutter sagte, *Ich kann nicht so gut mit Schmerzen umgehen, und Dave fand das alles ziemlich eklig, also haben wir beschlossen, es einfach hinter uns zu bringen.* Dann erzählte sie noch, wie ihr mitten in der Operation aus Versehen ein Muskelrelaxans verabreicht worden war. Als ihr klar wurde, dass sie nicht atmen konnte, wurde das Baby in einer Wahnsinnshektik herausgeholt, bevor es auch noch eine Dosis abbekam, sie wäre um ein Haar auf dem OP-Tisch gestorben, und das Baby lag eine Woche auf der Kinderintensivstation, aber *so kriegten wir ein Zimmer umsonst, und sie waren suuupernett, weil sie Angst hatten, dass wir sie verklagen, meint Dave.*

Eine wurde zwei Tage nach der OP nach Hause geschickt und erlitt im Bad einen septischen Schock; sie mussten das Neugeborene bei einer Nachbarin lassen, die sie kaum kannten, und sie kam mit angepieksten Innereien in die Notaufnahme.

Bei einer war der Termin völlig falsch berechnet worden, sodass das Baby, als sie zu Werke gingen, untergewichtig war, nicht selbstständig atmen konnte und drei Wochen auf der Kinderintensiv liegen musste.

Eine andere berichtete völlig emotionslos von Taubheitsgefühlen und Kribbeln im rechten Bein, hoch und runter, eine Folge der Spinalanästhesie, und sagte *Da kann ich erst mal nichts machen, warum müssen wir da ständig drüber reden?*

Ich hatte Glück, sagte eine. *Bei mir brauchten sie nur die Saugglocke.*

Genau deswegen bin ich ja so froh, dass wir uns für die Sectio entschieden haben, sagte Dragqueens Mom. *Ich hab gehört, die können dir mit so was echt die Vagina versauen.*

Ich fragte, ob die anderen ein gutes Geburtserlebnis gehabt hätten. Sie musterten mich missmutig. Eine kicherte.

Geburtserlebnis. Klingt wie ein Karussell in Disneyland.

Gut im Sinne von, also, gut, dass es vorbei ist?

Gut im Sinne von genossen?

Ein paar Monate später probierte ich eine neue Gruppe aus, eine halbe Stunde in eine andere Richtung.

Ich solle dafür sorgen, dass Walker seinen Vater und mich auf dem Klo sieht, solle übers Klo sprechen, seine Vertrautheit mit dem Klo fördern. Ich solle dafür sorgen, dass er täglich mindestens eine Tasse Gemüse isst. Es sei nicht ausgeschlossen, dass ich ihn eines Nachts, wenn er nicht schlafen will, in seinem Zimmer einschließen muss. Den Kinderzahnarzt nicht vergessen. Für praktisch alles kann frühzeitig gesorgt werden.

Man stelle sich vor: Ich hatte mir doch tatsächlich eingebildet, wir würden miteinander reden, *nebenbei* auch über die langweiligen Details der Kindererziehung.

Nun gehen wir doch mal in uns und gestehen uns ein, dass es möglich ist, eine gute Mutter zu sein und auch noch etwas anderes zu machen. Quasi Multitasking. Den Horizont nach Löwen absuchen. Kräuter sammeln. Im Topf rühren. Eine beschissene Zeitung lesen.

Selbst diese vollentspannten Heimwerkerbauernhofmüslis waren zwanghaft ent-spannt. Per E-Mail entbrannte ein Streit. Eine Meinungsverschiedenheit über eine Schnabeltassenmarke entwickelte sich zu einer Auseinandersetzung, in deren Verlauf die eine dem Kind der anderen eine kriminelle Laufbahn voraussagte. Unermüdlich. Kommt mal wieder runter, Ladys. Macht kein Scheißhobby draus. Kind füttern, Kind baden, Kind beim Einschlafen helfen, schmusen, küssen, lächeln und noch mal schmusen, küssen, lächeln, bis sie dafür zu alt sind; und dann versucht einfach, zeitlebens das beste Vorbild zu sein und morgen auch wieder. Es ist keine beschissene Wissenschaft. Sucht euch mal andere Themen.

Ich werde nicht so tun, als wäre mein Kind was Besonderes, wie die Kinder, die hungern und frieren und vergewaltigt und geschlagen werden und in Fabriken schuften müssen und von den Abgasen Krebs kriegen, echt schaurig, gar traurig, nein, mein Kind wächst warm auf und organisch und toxinfrei und sicher und bekommt alles, was es will, wenn es was will, und wird auf ein gutes College gehen, und dann ist die Welt in Ordnung! Was für eine kurzsichtige Scheiße. Er wird leiden. Irgendeine Macht, die ich ganz bestimmt nicht vorhersehen kann, wird ihm schwer zusetzen. Wir leben alle in derselben vermurksten Welt.

Dann ging es darum, dass die ein oder andere einfach nicht stillen konnte, ihre Schwester hatte nach zwei Monaten oder sechs Monaten oder einem Jahr aufgegeben, weil sie Schmerzen hatte oder einfach keine Milch mehr oder echt jetzt, es hat gereicht, oder hey, wird nicht viel zu viel Druck auf Frauen ausgeübt, damit sie stillen, und sollte das nicht eigentlich unsere Entscheidung sein? Ja, Ladys. Herzlichen Glückwunsch: Ihr habt die Wahl.

Eine echte Aufgabe, mit diesen Frauen zu reden. Man sah ihnen förmlich beim Verkalken zu. Man sah, wie sie auf diesen Endpunkt zurasten, anhielten und verkalkten, um sich nie wieder zu bewegen.

Ich kultivierte mein Pokerface. Wie edel von dir, deinem Kind industrielle Milchderivate reinzupumpen, die von denselben Leuten vertrieben werden, die der Welt Oreo Cookies beschert haben, wie feministisch von dir, ja, jede Frau trifft ihre Entscheidungen, durchaus, was haben wir doch für eine grandiose Freiheit. Es den Männern mal so richtig zu zeigen. Wie selbstbestimmt du doch bist. Darf ich dir die Flosse schütteln? Du zeigst deinem Körper, wer hier der Boss ist! Echt Hammer. Was hast du da nur für erstklassige glänzende Werkzeuge, sind das nicht die des Herrschers? Wie steht's um das Haus des Herrschers, geht der Abriss voran?

Ein Freitag. Meine Schicht in der Co-Op. Gemüse eintüten und einkisten, Plastik fürs Recycling sortieren, Ware in den Regalen aufreihen (was witzigerweise »Fassadenbauen« heißt).

Naomi ist meine Chefin. Dreiundzwanzig, hat die State University of New York im zweiten Jahr geschmissen, wohnt in Troy in einem leer geräumten Sparkassengebäude aus dem neunzehnten Jahrhundert mit drei Kunststudentinnen und vierzehn streunenden Katzen. Jeden letzten Freitag im Monat veranstalten sie riesige Tanzpartys, die um Mitternacht anfangen.

Ständig verteilt sie Flyer.

Kommst du Freitag? Sie ist entzückend, und ich fühle mich alt.

Ich versuch's, lüge ich jedes Mal.

***

Meine zweite Freundin hieß Jenny Jacobson, das Mädchen mit dem alliterierenden Namen und den Showbusiness-Ambitionen. Sie hatte eine Agentin, ging laufend zu Werbe-Castings und landete schließlich in einer Frühstücksflockenreklame, ganz groß. In der sechsten Klasse war sie mächtig, gleichermaßen geachtet und gefürchtet. Das ging spätestens in der achten alles in die Grütze (Bulimie, Bellevue Hospital), aber als ich sie kennenlernte, stand sie noch in Blüte.

Jennys Eltern ließen sich scheiden. Sie hatten ihre Tochter für die bevorstehende Katastrophe mit Büchern über kleine Mädchen ausgestattet, deren Eltern sich scheiden lassen, und mit einem eigenen Seelenklempner, Henri. Sie wohnten in einem Glas-Stahl-Penthouse am unteren Ende der Park Avenue, und ihr Vater hatte die interessante Angewohnheit, mich anzustarren und dann wegzugucken, wenn ich ihn ansah. Ich spürte buchstäblich seine Augen auf meinem kleinen pubertierenden Hintern. Und das missfiel mir nicht.

Henri sagt, manchmal müssen Eltern getrennte Wege gehen,

um das zu machen, was sie brauchen, um glücklich und erfolgreich zu sein, und wenn Mom und Dad beide getrennt voneinander das machen, was sie brauchen, dann werden wir alle drei viel, viel glücklicher, also ist es eigentlich gut, und wir feiern das, und ich bin echt froh, dass sie sich scheiden lassen, denn wenn wir alle drei glücklicher sind, ist es sogar noch besser, als zusammenzubleiben und nicht so glücklich und erfolgreich zu sein. Also feiern wir eine Scheidungsparty und alles.

Ich war beinahe gern mit ihr zusammen, so ungern mochte ich sie. Es hatte was von Sucht, dieser Hass auf sie. So eine typische kleine Rechthaberzicke, die es immer schafft, alles so hinzudrehen, dass sie am Ende als Siegerin dasteht, immer triumphiert, immer alles im Griff hat. Nie angearscht, nie traurig, nie zerknirscht, niemals anderen ausgeliefert. So eine typische kleine Selbstverherrlichungszicke, die sich keine Schwäche zugesteht. Immer diese idiotische Selbstkontrolle vorgaukelnd. Jenny mit ihrem absurden Schopf oranger Korkenzieherlocken, ihren Sommersprossen. Ein Mädchen, das ihr Leben damit zubringen würde, ernst genommen werden zu wollen. Und solche Mädchen nimmt keiner ernst.

Sie schüchterte mich kein bisschen ein, und, Herrschaften, hat sie das eingeschüchtert.

Wenn es um meine Mutter ging, hatte sie die Nummer mit den großen feuchten Augen drauf und wie *schrecklich leid* es ihr tue, um anzudeuten, dass meine Mutter bald sterben würde – was ja der Wahrheit entsprach – und ich deswegen ein armes Hascherl sei.

Es muss so schwer für dich sein, dass deine Mom so krank ist, sagte sie vorwurfsvoll. Der Besserwisserton, die Überheblichkeit (ihre Eltern ließen sich ja nur *scheiden*, und das war eigentlich *toll*), die Hierarchie des Schmerzes, in der ich die Siegerin, also eigentlich die Verliererin war. Sie machte mich wahnsinnig. Ich konnte gar nicht genug kriegen von ihr.

Ja, schon, sagte ich dann, außerstande, meine Situation zu frisieren (wir haben tonnenweise köstliches Eis am Stiel in unserer Gefriertruhe, weil sie so riesige Mundgeschwüre kriegt von der Chemo, total toll!). In unserem Haus herrschte immer Dämmerlicht. Meine Mutter verbrachte Monate mit Sterben. Wochen über Wochen auf Zehenspitzen ganz, ganz, ganz bis zum Ende. Irrsinnig viele Tage lang schien es, als könnte es jeden Tag so weit sein.

Wie traaaaagisch. Jenny blickte aus ihren Fenstern auf die Dächer anderer Häuser. *Was für eine schreckliche Situation. So schwer für ein junges Mädchen.*

Sie wird schon wieder, sagte ich und musste beinahe lachen. Natürlich wurde sie nicht wieder. Sie würde nicht mehr lange leben. Sie konnte schon in diesem Moment tot sein, und ich würde es erst zu Hause erfahren. Aber etwas an diesen selbstherrlichen Zicken macht es unmöglich, selbst schwach zu sein, also wird man eine von ihnen, jedenfalls vorübergehend, um mit ihnen fertigzuwerden, was so verdammt traurig ist. Eine Falle. Diese Zicken muss man um jeden Preis meiden.

Das glaube ich nicht, sagte Jenny. *Und sie ist erst Mitte vierzig! Und die Tochter noch so jung! Ach, wie traurig.* Sie sah aus, als würde sie sich selbst zum Weinen bringen, wie bei einer Schauspielübung. Sie wollte mir auf die Schulter klopfen, und was machte ich? Tja, ich schlug ihr ins Gesicht. Mit geballter Faust. Irrsinnig befriedigend. Noch jetzt kann ich die schändliche, elektrische Wonne des Rückpralls in meinem Arm beinahe spüren.

Dozentenparty bei Cameron und Betsy heute Abend. Eine Gelegenheit, vernünftige Klamotten anzuziehen, etwas, das ich nicht runter- oder raufzerren muss, um Tittenzugang zu schaffen. Vielleicht etwas Schmuck, vielleicht ganz verwegen etwas Glanz auf die Lippen. Fühlt sich direkt an wie Halloween.

Seht, seht, bellt Cam, als wir die Vortreppe zu ihnen hochkommen, drei Straßen weiter im kalten Nieselregen, das schlafende Baby in der Obhut einer Studentin. Ich bete, dass sie nicht so blöd ist, wie sie sich kleidet, diese Babysitterin. Mit ihren abartigen Klingeltönen und quietschpinken Jogginghosen, der Schriftzug KOMM ÖFTER quer über dem Gesäß. Ich bete darum, dass sie rechtschaffen über mein Leben wacht.

Cam meint es gut und will locker sein, weiß aber nicht wie und lässt diese ganze Drecksenergie in einen aggressiven Humor fließen wie ein gemeiner großer Bruder. Fachbereich Psychologie, glaube ich. Ich versuche, über die Feinheiten hinwegzusehen. Er ist ein Freund von Paul, was für sie als Kerle wohl unkomplizierte Freundlichkeit aus gehöriger Distanz bedeutet, hin und wieder ein Scotch.

Betsy ist dauermunter, um Cam zu kompensieren. Sie sind ein eingespieltes Team und haben feste Rollen in ihrem abgekarteten kleinen Theaterstück des Lebens. Ich fürchte, genau darum geht es unterm Strich in langen Beziehungen: Rollen rund um die Uhr, auswendig gelernt und verinnerlicht. Sie saufen dauernd Kaffee, diese beiden, als würden sie sich für ihren nächsten Vorhang stärken.

Sieht aus, als hätten Paul und Ari es geschafft.

Sieht ganz so aus, Bets, sieht ganz so aus.

Willkommen! Kommt rein, kommt rein! Alles okay bei euch? Wie läuft's? Willkommen! Ich mag Betsy, wirklich, aber sie ist so scheißnervös, und sie sagt alles doppelt.

Sie haben keine Kinder und gehen auf die fünfzig zu, sind also einige Jahre jenseits der Schwelle, wo sie Kinder hätten haben können, aber nicht wollten oder konnten.

Einerseits ganz schön abgebrüht, diese Hauptsache, zu der man uns dauernd ermahnt, einfach nicht zu machen, *Nein danke* zu sagen, kein Embryo von irgendeinem selbst ernannten Gott im Arztkittel zu kaufen, keine Hure zum Ausbrüten anzuheuern. Andererseits dieses Zuspätgefühl, die verrauschte Gelegenheit. Die Leere. Muss man mit leben. Eigentlich muss man mit beidem leben. Guter Titel für Memoiren! Scheiß auf die Doktorarbeit. Das Leben: muss man mit leben.

Einige Dutzend Leute stehen rum. Die auf französische Theorie spezialisierte Zicke mit dem Kabuki-Make-up, der traurige geschiedene Englischtyp mit seiner nichtakademischen Freundin. Kiffer Fachbereich Kunst, heißer soziopathischer Bildhauer mit Band, unfassbar verklemmtes Historikerpaar, Cat. Der Typ aus Jewish Studies, der ganz besonders reizend zu mir ist, seit er herausgefunden hat, dass meine Großmutter den letzten großen Eurojudengaraus überlebt hat.

Und oh, oh, oh: Mina.

Da steht sie, leibhaftig. Auf die Treppenspindel gestützt, im Gespräch mit dem herablassenden Politikfuzzi und seiner Zombiefrau.

Angriff, Tiger, flüstert Paul.

Cam reicht ihm ein Glas und wendet sich mir zu.

Für dich nichts, Ari? Immer noch zugange mit diesem ganzen – er wedelt mit der Hand in Richtung Busen, als wollte er was Klebriges abschütteln – *Baby... zeug?*

Es ist nicht schwer, Cam kleinzukriegen: ein bisschen flirten, und schon krümelt er dahin.

Ein sittsames Lächeln, Schultern runter, Titten raus, seelenruhig nach einem Glas Wein greifen, groß und stolz, Lippen in Harmonie schmelzen lassen, Blick halten. Halten ... halten ... bis er rot wird, wegguckt und anfängt zu schwitzen. Und fertig. Glas zu einem *Pling* erheben und ganz gemächlich von dannen ziehen.

Ich hatte schon immer Mühe, zwischen Leuten zu unterscheiden, die mich hassen, und Leuten, die mich ficken wollen. Weil es da nämlich, wie mir irgendwann dämmerte, oft erhebliche Überschneidungen gibt.

Ich bewege mich zum vertrauten Verdruss von Cat, die am Rand der Mina-Unterhaltung dümpelt. Sie mustert mich (runter, rauf) mit ihrer rätselhaften Mischung aus Wohlwollen und Missfallen, Neid und Überheblichkeit.

Hi, sagt sie auf ihre verspannte Art. Cat wurde letztes Jahr eingestellt, nachdem sie bei einer Traumstelle in Seattle knapp den Kürzeren gezogen hatte. Wir freundeten uns auf der Stelle an und stellten fünf Minuten später fest, dass wir uns doch nicht so gerne mögen. Aber hier nimmt man halt, was man kriegen kann.

Hi. Ich umarme sie linkisch.

Mina sieht mehr oder weniger so aus wie auf den Bildern, nur älter, echter, atmend. Sehr schwanger.

Herablassender Politikfuzzi spricht über einen Kandidaten.

Das ist so jämmerlich durchschaubar.

Allgemeines Nicken.

Ich verberge mein Gesicht hinter dem Weinglas. Diskussionen über Politik sind so doof. Entweder ist man einer Meinung oder eben nicht; so oder so kommt man einem menschlichen Austausch nicht näher.

Mina hat Falten gekriegt um Mund und Augen. Fantastische Lachfalten. Immer noch die vollen Wangen. Die Haare halb silbergrau, vielleicht dreiviertel. Weiche, lumpige alte Männerjeans, nicht diese gebleichte Lycra-Arschritzen-Groteske. Uralte braune Stiefel. Asymmetrischer marineblauer Poncho aus dezenter Baumwolle/Cashmere-Mischung – unübersehbar edel, aber angemessen gepillt und geliebt. Sonst würde er etepetete neu aussehen, und das ist genau das Ding bei Stil, das die meisten Frauen nicht kapieren: Klamotten müssen getragen, gelebt, einverleibt werden, bis sie Uniformreife erlangen. Sonst sind sie bloße Kostümierung.

Eins achtzig, würde ich schätzen. Tattoos beide Arme hoch, Nasenring. Verhärmt. Haare in den Augen. Schludrig, ungekünstelt, schert sich einen Dreck. Nicht im Sinne von *Versucht, auszusehen, als ob* sie sich einen Dreck scheren würde, sondern schert sich einen Dreck. Vermutlich die einzige entspannte Frau im ganzen Raum.

Ich trage meine blöden spitzen Folterstiefel aus grauer Vorzeit, als so was in Mode war. Cat hat ihre Haare in einem furchtbaren Dunkelmagenta gefärbt und gelackt; Betsys Slipkonturen sind nicht zu übersehen. In der Küche stakst die Theoriezicke mit dem Kabuki-Gesicht auf idiotischen Pfennigabsatzgerätschaften herum, die aussehen wie Tacker. Irgendjemand sollte ihrem Hallux valgus einen Wein anbieten.

Mina sieht mich an. *Wumm.* Ja! Energieaustausch. Wir lächeln.

Jetzt doziert der Politikfuzzi über den Einfluss der Misogynists auf eine Band, die er mal in Brooklyn gesehen hat und die zwar *ziemlich öde* war, *aber doch interessant, wie sie sich eure wilde Textualität zu eigen gemacht hat, wie Le Tigre, aber weniger verkopft und melodischer als Sleater-Kinney.* Mina sieht aus, als würde sie sich gern ein Messer ins Ohr stecken. Reine Projektion vielleicht. Politfuzzis Frau ist festgenietet. Mit ihrem wortlosen Starren sieht sie aus wie auf LSD.

Mina reicht mir die Hand.

Hi. Mina.

Wir haben gemailt wegen Crispin und Jerry. Ari.

Ach, genau. Hi. Warm, ehrlich. Umfangen von diesem marktschreierischen Schein. Das wahnsinnige Schauspiel der Schwangerschaft werde ich nie ganz fassen. Es ist so aus der Zeit gefallen. So elementar. So (scheiß drauf) heilig. Wer hätte sich groß um die Manson-Kids gekümmert, die Sharon Tate umgebracht haben? Noch so ein aufgeschlitztes Püppchen: die Nächste bitte. Doch das arme Ding war schwanger, also auf ewig veritable Gräueltat.

Wir holen uns noch was zu trinken, sagt Politikfuzzi plötzlich. Frau folgt.

Jesus fuck, flüstert Mina, als sie weg sind.

Ich liebe sie. Entspannte Menschen wirken immer ein wenig melancholisch, oder? Wenn ich in Gesellschaft fünf Sekunden das Lächeln sein lasse, fragt mich immer einer, ob was nicht stimmt.

Cat bricht das Schweigen, um zu fragen, ob wir diese richtig gute Fernsehserie, die neue, schon gesehen haben.

O Gott!, brüllt Betsy aus der Küche. *Die soll super sein! Ist sie super? Wir haben uns gerade die erste Staffel besorgt. Die soll super sein!*

Sie ist super.

Okay, die muss ich sehen. Ich freu mich tierisch. Alle sagen, die ist super.

Stimmt. Die ist echt super.

Tiefschürfender wird es nicht.

Aber Mina sieht mich an.

Steht Ari für irgendwas?

Ariella, sage ich mit abscheulich mädchenhafter Scham. Auf dem College hatte ich mich nach Lektüre von Sylvia Plath inoffiziell in Ariel umbenannt und fühlte mich sofort tougher, als hätte ich irgendwann den Mumm, mich umzubringen. Aber die Lüge entglitt mir, wie das so ist mit Lügen. Und ich werde nie auch nur entfernt den Mumm haben, mich umzubringen.

Hübsch, sagt sie und versucht vergeblich durchzuatmen; keine leichte Aufgabe, wenn Fötus die Lungenkapazität beschneidet.

Du denkst wahrscheinlich über Namen nach?

Sie zuckt mit den Schultern.

Wann ist es so weit?

Letzte Woche.

Wow.

Tja. Sie hebt ihre rechte Hand, dreht sie bedächtig und staunt über die geschwollenen Finger.

Ich schlucke den Wein runter, um endlich ans Ziel zu kommen, weintechnisch.

Abgefahren, oder? Kein Schlaf. Verdrehte Träume. Ischias, Verstopfung. Ständig pinkeln müssen und dann noch von aller Welt gesagt kriegen, man soll bitte schön »diese Zeit genießen«. Und dann trauen sie einem nicht mal zu, dass man ihnen Bescheid sagt, wenn das Baby da ist!

Gott, ja, echt, Leute: Ich sag schon Bescheid, wenn das Balg da ist. Ihr müsst nicht jeden Scheißtag nachfragen, ob ich niedergekommen bin.

Ich gestehe: *Meiner ist gerade eins geworden.*

Ja, das haben Crispin und Jerry schon erzählt. Die Hebamme meint, ich kann die nächsten Tage mal Rizinusöl probieren.

Eine Hebamme! Mir steckt ein Kloß im Hals. Nicht doof.

Sag mal, meinst du, ich hab hier meine Schuldigkeit getan? Ich muss nach Hause, und zwar vor ungefähr zehn Minuten. Mir tut alles weh. Verstehst du?

Absolut.

Sie trinkt ihr Glas aus und strahlt mich an.

Was hast du? Junge oder Mädchen?

Einen Jungen.

Und wie heißt er?

Walker.

Das ist ein guter Name.

Ich nicke und stammele irgendwas von wegen Bescheid sagen, wenn sie was braucht, und *viel Glück*. Na klar, Glück. Was man so einem Bergsteiger wünscht, der auf Nimmerwiedersehen in die nepalesische Morgendämmerung zieht.

Sei tapfer, dann eilen dir mächtige Kräfte zu Hilfe, würde ein weiteres Glas Wein vielleicht durch mich hindurchtrompeten. Eine Hebamme, natürlich. Mina Morris wird keiner aufschneiden wie eine beschissene Wegwerflaborratte; dazu ist sie nicht der Typ. Sie macht es, wie man's machen muss. Die Göttinnen sind mit ihr! Stark bleiben, Schwester. Da muss man durch!

Als hätte ich eine Ahnung vom Durch. Ich schenke mir nach, um die aufziehende Weinmigräne zu mildern. Wende mich genervt von Unterhaltungen ab. Nahkampfredner mit Schweineatem, Maler, der sich meinen Scheißnamen nicht merken kann, obwohl wir uns schon ungefähr hundert Mal begegnet sind, Franzosenzicke mit Kabuki-Make-up und Folterschuhen, Jewish-Studies-Arsch *(Wie schön, dich zu sehen, Ariella!).*

Nach oben auf der Suche nach dem Klo, ab ins Schlafzimmer. Tür zu, ganz gemütlich, wie zu Hause. Nichts Bemerkenswertes in Cams und Betsys Schubladen.

Ich hatte mir die Lehrkörperkultur immer als eine intellektuell abgedrehte orgiastische Lasershow vorgestellt, wo jeder mit jedem schläft und über die Jahre auf so engem Raum seltsame Verbindungen eingeht, ein einziges großes machiavellistisches Psychodrama. All diese wirren potenten Geister, die auf Futons mit anderleuts Ehegatten Foucault lesen, unter Retro-Ballonlampen in ansonsten leeren Räumen. Vielleicht noch ein Geldbaum, vielleicht ein Fikus. Über Probleme der Philosophie fabulierend, die Bedeutung des Lebens, das Wesen der Moral, den *Status quo*, so ganz ohne Scheiß und Oberflächlichkeit. Wie die launischste, lustigste, klügste, aufreizendste Seifenoper aller Zeiten, mit *tollem* Soundtrack. Enklaven Auserkorener, die, befreit von den Regeln der werktätigen Welt, über *Wesentliches* reden und darüber selbst wesentlich werden. Wie Künstler, nur besser, weil Künstler im Idealfall komplett verstrahlt sind und/ oder jung sterben.

Aber nichts dergleichen. Keiner hat mit irgendwem Sex. Man ist höflich und konkurrenzbewusst und gespreizt und großspurig und unsicher und humorlos, und alle pusten halbherzig, behutsam in den winzigen Ascherest dessen, was ursprünglich mal das echte Interesse oder die Leidenschaft entfacht haben mochte. Sie sind allesamt verbittert angesichts von Hausarbeitskorrekturen und Konferenzen und Studenten und reden über ganz und gar nichts. Ein Haufen engstirniger, selbst ernannter Märtyrer, nur für welche Sache?

Paul findet mich eine Minute oder Stunde später im Tiefschlaf hingestreckt auf Cams und Betsys Bett. *Meinst du, die vögeln hier?*, frage ich beim Aufwachen.

Er antwortet nicht. Das bedeutet Ärger.

Lang nicht mehr so gut amüsiert.

Ich war alles in allem eine typische kugelrunde, glücklich schwangere Lady. Ist Ihnen schon mal aufgefallen, wie *nett* alle zu schwangeren Ladys sind (die Mansons ausgenommen)? Und nicht ironisch gemeint; nicht, um die Wahrhaftigkeit zu untergraben. Ich wurde prall, lebensvoll. Keine Ironie. Nicht ein Jota. Nicht ein Jota von einem Jota.

Ja, schon, es gab ein, zwei Momente akuter Scheißeespassiertwirklich-Panik. Aber diese Momente haben die Wahrhaftigkeit nicht untergraben, kein bisschen.

Ich wurde langsam und unentspannt und noch langsamer und sogar noch unentspannter und schließlich ungeduldig. Dachte irgendwann, ich würde auf ewig schwanger bleiben. Paul ging mir auf die Nerven. Wäre auf jeden Fall schön gewesen, eine Frau um mich herum zu haben. Schwester, Mutter, Tante, Cousine, Freundin. Vielleicht fing dieser Mangel an zu knacken und zu summen, leise zunächst, ein kaum hörbares Knistern. Vielleicht hielt ich es irrtümlich für das weiße Rauschen des Mutterleibs, beharrliche Erinnerung an das Wunder darin. Als ich endlich begriff, dass es nicht gut lief, lief es schon gar nicht mehr gut.

Okay! Na schön. Höchste Zeit, den Kleinen beim Namen zu nennen. Schon über ein Jahr alt, und ich rede immer noch vom »Kleinen«. Er babbelt zufrieden mit sich selbst und hält eine alte Zahnbürste in die Luft. Er bietet gern an, einem die Zähne zu putzen. Er ist besessen von einem Buch über einen Zahnbürsten-Cowboy namens Charley. Sein Geschnatter klingt wie Sprache, ist aber keine. Mein Vater und meine Stiefmutter Sheryl, unsere allmonatlichen Besucher, betrachten ihn eingehend.

Jede Menge Autismus heutzutage, bemerkt Sheryl, die Stirn in Falten gelegt, sofern nicht von freiwilliger Nervenlähmung befallen. *Sollte er nicht schon längst* [was auch immer die Scheißenkel ihrer Freunde tun]?

Walker!, ruft Dad und hält eine Käsestange oder ein Spielzeug hoch oder spricht in eine Banane wie in ein Telefon. *Walker, komm mal her! Wie heißt du? Kennst du deinen Namen?* Walker schnappt sich bloß das Bestechungsgeschenk, ignoriert den verrückten Alten und segelt davon. Was das angeht, ist er beruhigend helle.

Sheryl nennt uns »die jungen Künstler«, weil wir hier oben stadtfern leben, solides Schuhwerk tragen, im fruchtbaren Alter sind und Fahrrad fahren. Sie hält mich für eine Immobilienvisionärin, weil ich 1999 in einem Drecksviertel von Brooklyn in eine Dreckswohnung gezogen bin. Wird Brooklyn irgendwo in den Medien erwähnt, macht sie mich regelmäßig darauf aufmerksam. *Sieh mal, ein neues Restaurant in BROOKLYN! Scheint jetzt richtig HIP zu sein.*

Sie genießen das Großelterndasein bzw. eine Vorstellung vom Großelterndasein genauso wie ihre Shortlist von allem, was das Leben zu bieten hat: Benefizveranstaltungen jeglicher Couleur, alles, was mit dem Holocaust zu tun hat, sämtliche Ausstellungen des Jüdischen Museums, gnadenloses Aufbrezeln für mitreißende Predigten an den Hohen Feiertagen, in denen sie ersucht werden, die Probleme aller Juden dieser Welt, aktuelle und vergangene, zu lösen, indem sie Geld nach Israel schicken und, wenn's sein muss, die Republikaner wählen.

Sie haben uns »vergeben«, dass wir Walker nicht haben beschneiden lassen, wobei Sheryl bei jedem Windelwechsel wie in einer Art Protest zusammenzuckt.

Sheryl betreibt ein Unternehmen zur Förderung jüdischer Publikationen. Bücher über jüdische Mütter, Töchter, Väter, Söhne, die Wiederbelebung des Jiddischen und die Übersiedlung nach Israel. Die obligaten Feld-Wald-und-Wiesen-Bücher über den einzigen, einzigartigen Völkermord, darunter mein Favorit, echt jetzt ohne Witz, *Das Holocaustüberlebenden-Kochbuch*. Bücher über Kinder von Überlebenden und Bücher, die sich mit dem seelischen Wohlergehen der Kinder von Kindern von Überlebenden befassen. Bücher über Juden, die Nichtjuden heiraten, über Juden, die niemals einen Nichtjuden heiraten würden, über Juden, die ihrem Judentum zwiespältig gegenüberstehen, über Menschen oder Instanzen, denen vorgeworfen wird, Juden und/oder Israel nicht zu mögen. Humorige Bücher über Juden, die zu wenig/zu viel essen, und Juden, die im Internet einen Partner suchen. Schwärmerische Debütromane, die vergasten Geliebten auf geheimnisvolle Weise Wiedergutmachung widerfahren lassen. Schwarten, in denen völlig disparate Dinge – Kegeln, Zionismus – metaphorisch zusammengeführt werden. Postapokalyptische Erzählungen, in denen Nur! Ein! Jude! Übrig! Ist! Auf! Der! Ganzen! Welt!

Das ist alles ein bisschen arg viel Nabelschau. Und es ist so, dass Sheryl kaum was anderes gelesen hat. Also, Malamud und Bellow kennt die Gute jetzt nicht so. Sie weiß nicht, wer Gertrude Stein ist. Sie hat noch nie von Paul Celan gehört. Sie kriegt oft Romane und Sachbücher durcheinander. Und als Philip Roth den Pulitzerpreis gewann, hat sie heftig den Kopf geschüttelt: *dieser Selbsthasser.*

Mein Vater ist ein Promi-Augenarzt. Unmittelbar (soll heißen, unmittelbar) nach dem Tod meiner Mutter heiratete er eine fünfzehn Jahre jüngere, um gesellschaftlichen Aufstieg bemühte deutsche Emigrantin mit einer Schwäche für Juden (oho, die lieben uns jetzt nämlich), doch nach einem Jahr Ehe ging ihm auf, dass er eine fünfzehn Jahre jüngere, um gesellschaftlichen Aufstieg bemühte deutsche Emigrantin mit einer Schwäche für Juden geheiratet hatte. Und natürlich stellte sich heraus, dass Astrid Kinder wollte, während der alte Norman wohl das Gefühl hatte, mit dem Kinderthema durch zu sein. Astrid sprach davon, zum Judentum überzutreten, tat aber nichts dafür. Sie hatte den scharfkantigsten Kinnbogen, den ich je gesehen habe. Wir hatten nicht viel gemeinsam, Astrid und ich, allerdings umarmte sie mich demonstrativ, wenn mein Vater zugegen war. Mein Vater, der blinde Augenarzt.

Sie hasst mich, hörte ich Astrid einmal zu ihm sagen. Ein Weinen hinter der Wand.

Hab ein wenig Geduld, Schatz.

Nein, Norman. Sie hasst mich, Norman. Sie hasst mich.

Ich war fünfzehn, froh, dass das ganze Theater mit meiner sterbenden Mutter vorbei war, unternehmungslustig, lebenshungrig. Ich hasste Astrid nicht. Hass setzt Liebe voraus. Also, hallo, klassisches Stiefelternteilmissverständnis: Es geht hier nicht um dich.

Dann, *krawumm*, läuft Norman wenige Monate nach Astrids Abgang einer Frau über den Weg, die er flüchtig von der Highschool in der Bronx kennt, und wow, haben sie angeknüpft, und hey, ist es nicht super, wie das Leben die Menschen wieder zusammenführt, und Arlene lebt getrennt und hat eine sechzehnjährige Tochter, Lindsay. Im Frühjahr gingen sie mit uns zu Rumpelmayer. Ernsthaft, ohne Flachs: *Rumpelmayer.* Zu Eisbechern mit Kirschen obendrauf, obwohl wir beide schon Tampons benutzten und Lindsay für ihre erste Fellatio probte.

Schönes Sweatshirt, sagte sie.

Was, für den Fall, dass Sie Mädchensprache nicht fließend beherrschen, übersetzt bedeutete: Ich spuck dir nicht in die Suppe, wenn du mir nicht in meine spuckst.

Danke. Coole Schuhe.

Alles klar.

Arlene und Norman hingen strahlend über der Eiskarte. Die Beziehung hielt ungefähr sechs Monate, danach versöhnte sich Arlene mit ihrem Mann, Lindsays Vater. Lindsay meinte, sie hätten so getan, als wäre das alles nicht passiert.

Es folgten einige Jahre der trostlosesten Partnersuche, die man je gesehen hat. Dann kam das Internet, und schließlich fand er Sheryl! Das Internet! Palast der Wunder. Sie wirken glücklich. Ich freue mich. Sie hat zwei schmierige Söhne in den Vierzigern, die in Westchester wohnen, die ich insgesamt ungefähr drei Mal gesehen habe und deren Frauen und Kinder ich durcheinanderkriege. Die eine heißt Lauren, die andere Fiona. Und sie haben kleine Caydens Haydens Jadens Braedens.

Sheryl besteht darauf, sich vor Einbruch der Dunkelheit auf den Weg zu machen. Sheryl mag nicht herkommen, mag nicht fahren und ist überzeugt, dass Fahren bei Dunkelheit so ist, als würde man sich eine geladene Knarre in den Mund stecken.

Mach's gut, Daddy.

Überleg's dir mit Thanksgiving.

Mach ich.

Vielleicht kommen wir nächstes Wochenende hoch.

Nein, Norm, Dinner mit Jody und Harry nächstes Wochenende.

Morgen ist es übrigens siebzehn Jahre her, dass wir meine Mutter begraben haben. Mein Vater erwähnt es nicht. Ich weiß nicht, ob er daran denkt und nicht darüber sprechen möchte oder ob er tatsächlich nicht daran denkt. Und ich erwähne es auch nicht.

Alles okay?, fragt Paul. Spult Zahnseide ab. Er weiß, dass diese Frage von ihm erwartet wird, wenn er das Gefühl hat, dass eben nicht alles okay ist. Es ist irgendwie süß, wie nervös und zaghaft er wird, wenn er sich nach meinem Seelenzustand erkundigen soll, als wäre ich der potenzielle Sprengsatz und er der Schäferhund im Spüreinsatz.

Ich spucke Zahnpasta ins Waschbecken. *Jahrestag.*

Es wäre unheimlich, wenn er das Datum draufhätte, aber ich bin merkwürdig gekränkt, dass es ihm nicht bewusst ist. Alle Jahre wieder, und wir sind jetzt wie lange zusammen? Drei? Nach dem Motto, Zwing mich nicht, es auszusprechen, ja? Steck einfach deinen sprichwörtlichen Nippel in meinen sprichwörtlichen Mund und tröste mich. Roll dich neben mir ein wie ein treues Haustier, bleib in der Nähe, atme. Erzähl mir einen Witz, bring mir Schokolade und einen Tee, küss mich, rubbel mir den Rücken, bring mich zum Lachen, nimm mich ganz fest in die Arme, halt den Mund und bleib bei mir.

Ihm dämmert's. *Deine Mom.* Er kommt mit offenen Armen auf mich zu. *Ach, Süße.*

Schon gut, sage ich, denn ich bin ja nicht gerade dran erinnert worden, dass sie tot ist, oder wieder traurig, dass sie tot ist, oder etwas derart Simples. Sie ist immer tot, und die Zeit müht sich redlich damit, was auch immer das nun bedeutet. Es ist eher so, dass ich in den ganzen Sumpf zurückgezerrt werde, auf ewig elf, zwölf, dreizehn, im Schlachtgewühl gefangen. Nicht logisch. Keine Erklärung.

Es ist eine Spirale, sage ich ihm. *Das Auge des Orkans. Zeit und Ort umgedreht in einem Albtraum. In einer Mine gefangen.*

Natürlich begreift er es nicht. Wie auch? Sein hundertundzwei Jahre alter Großvater wurde gerade auf die Station des Pflegeheims verlegt, die man mit den Füßen voran verlässt, Schlimmeres hat die Familie noch nicht erlebt.

Diesen Blick kenne ich. Er guckt mich so an wie immer, wenn

er mir vorschlagen will, mir eine Massage zu gönnen oder einen Tag mit Ausstellungen und Boutiquen in Hudson oder *vielleicht ist es Zeit, dir jemanden zu suchen, Ari; vielleicht brauchst du Hilfe.*

Sinnlos.

Ob Minas Baby schon da ist? Vielleicht klopfe ich einfach mal bei ihr an mit einem Teller Backwaren – Birne-Mandel-Zimt vegan zum Beispiel, wobei ich in meinem Leben noch nichts Vernünftiges gebacken habe. Sie wird in den Anfangswehen sein, tanzen, ein bisschen Neil Young im Hintergrund, Salbeirauch, eine Party, ein Happening, mit ihren Freundinnen, ein Kreis.

Ein ganzer Schwung Frauen, Mina in der Mitte, und sie nehmen mich auf, ich soll bleiben und helfen, in den Kreis kommen. Wir bewegen uns gemeinsam um sie herum in einem von namenlosen Urmüttern beschworenen Ritualtanz, von denen, die vor denen kamen, die vor denen kamen, die davor kamen.

Wir beruhigen und beschwichtigen sie – *mmm-hmmm, ja,* sagen wir, *ja ja, gut, gut* –, halten sie die ganze Zeit, teilen Schweiß, Strapaze und Herrlichkeit. Unerschütterlich, unbeirrbar, standhaft, beherzt. Wir meistern das Unmögliche und werden Schwestern.

Schlaflos. Waschbär oder Eichhörnchen oder was immer da rumläuft und von innen an unseren Wänden scharrt. *Rumms, klopf, rumms.*

Ziemlich albern, so zu tun, als hätte ich eine Dissertation in der Mache. Überhaupt irgendwas in der Mache.

Die Mutter meiner Mutter neigte zu Fehlgeburten. Sie hatte eine ganze Reihe, weiß nicht, wie viele. Jedenfalls nicht zu knapp. Vielleicht war es genetisch bedingt, vielleicht ein Kriegstrauma, vielleicht psychisch, vielleicht wollte der Herr in seiner unendlichen Weisheit einfach nicht, dass sie Kinder bekam, nach allem, was sie durchgemacht, was sie überlebt hatte.

Als sie schließlich im fortgeschrittenen Alter von zweiunddreißig mit meiner Mutter schwanger war, bekam sie ein Wundermittel verschrieben. Ja sogar: ein *experimentelles* Wundermittel. Diethylstilbestrol. Kurz DES. Eine Art synthetisches Östrogen. (Hey, aufgepasst, Faustregel: Sobald jemand »Wundermittel« sagt: Reißaus nehmen. Insbesondere, wenn es sich um Wundermittel *für weibliche Belange* handelt, klar? Bitte dankend ablehnen. Weg. Die haben keine Ahnung, was sie da anrichten, und es ist ihnen scheiß-e-gal.)

Es hat tatsächlich die Fehlgeburt abgewendet, das gute alte DES, setzte nur außerdem – ach ja, hoppla, im Übrigen, tschuldigung! – das Ungeborene allen möglichen Krebserkrankungen aus. DES-Töchter, so heißen sie. Noch ist nicht raus, ob Töchter der Töchter das aufweisen, was beschönigend »Marker« genannt wird, aber, hallo, ich hocke auf der beschissenen Stuhlkante.

Alle paar Jahre kriege ich Post von der Seuchenschutzbehörde. Einen großen weißen DIN-A4-Umschlag mit ihrem Logo: *Für Sicherheit und Gesundheit.* Ein wenig suspekt, wie sie mich auskundschaften, meine kleinen epidemiologischen Bewährungshelfer.

Die erste Sendung landete gleich zu Studienbeginn in meinem College-Briefkasten. Ich murmelte etwas zu einer Ärztin im Gesundheitszentrum und überreichte ihr ernst den Umschlag, murmelmurmel *DES* undsoweiter *Mutter gestorben* murmel *Krebs* murmel.

Wahrscheinlich bedeutungslos, antwortete die Ärztin schulterzuckend, während sie die Papiere sichtete. (Eine tote Mutter dank schulmedizinischer Selbstüberschätzung. Bedeutungslos? Ach so, okay.)

Dann gab sie mir eine Pille, mit deren Hilfe man nur vier Mal im Jahr die Tage bekommt. *Ganz neu*, quäkte sie förmlich, *und so praktisch!*

Ich sehne mich danach, eines Tages einen dieser Umschläge aufzureißen und eine andere Art Brief vorzufinden, in dem *wir uns im Namen der Allgemeinheit zutiefst für unsere Kurzsichtigkeit und Sorglosigkeit entschuldigen möchten, die wir der gesunden Fortpflanzungsfähigkeit Ihrer Vorfahren haben angedeihen lassen ... Unsere Schuld ... da pfuschen wir euch Ladys nicht mehr rein, versprochen* usw.

Jedenfalls hat meine Mutter es dann natürlich auch fast nicht geschafft, schwanger zu werden. Die Sache mit den DES-Töchtern kam gerade ans Licht, all diese entsetzlich deformierten Fortpflanzungsorgane, wow, wer hätte das gedacht? Also mussten meine Eltern annehmen, dass es wohl nicht klappt, hatten keine andere Wahl, als sich damit abzufinden, dass es nicht klappt, künstliche Befruchtung war noch mehr oder weniger Zukunftsmusik, wobei just in jenem Jahr in England das erste Versuchskaninchen geboren wurde. Da waren meine Eltern schon eine Weile verheiratet und hatten ihren Frieden gemacht. Viele DES-Töchter, stellte sich heraus, saßen im selben Boot. Die deformierten Fortpflanzungsorgane meiner Mutter entpuppten sich als funktionstüchtig, gerade eben so, und mit Kurzschluss sozusagen. Der Krebs meldete sich sechs Monate nach – Überraschung! – meiner Geburt.

Wills Falle ist zugeschnappt. Hurra. Den ganzen Vormittag zittert darin ein Eichhörnchen, schreckstarr wie unser Baby, als wir mit ihm aus dem Krankenhaus kamen. Ich starre es an, es starrt zurück. Altes/junges Gesicht, todesgewahr, aber munter. Blinzeln wir? Atmen wir? Was jetzt? Es tut mir leid. Das Eichhörnchen, aber unser Baby auch. Wie misslich, hier zu sein, lebendig zu sein. Das kann nur böse enden.

Will nimmt mit seinen riesigen dicken Arbeitshandschuhen

die Falle hoch und stellt sie in seinen Pick-up. Wir setzen uns auf die Vortreppe.

Er streift aus Versehen meinen Oberschenkel, und es kribbelt, logisch, ist halt so, wir sind doch alle erwachsen. Nach einer Weile bricht er das Schweigen.

Wie geht es mit dem Schreiben.

Ach.

Ich habe, ehrlich gesagt, keine Ahnung, worüber du eigentlich schreibst.

Ich auch nicht.

Er wartet.

Frauen, sage ich schließlich. *Ich mache einen Doktor in Algorithmus der Frau.*

Er ist bereit, mich ernst zu nehmen, was für ein Geschenk. Da ist das Mindeste, was ich tun kann, mich einen Moment lang selbst ernst zu nehmen.

Meinen Magister habe ich darüber geschrieben, dass feministische Vereinigungen ganz oft implodieren, und das wurde in einer Zeitschrift veröffentlicht, die neun Menschen gelesen haben, also bekam ich ein Stipendium, um daraus eine Dissertation zu machen, und darauf habe ich mich eingelassen.

Uns gegenüber steht eine tolle Häuserreihe. Beige, marineblau, dunkelgrün, weinrot. Jeweils mit Kontraständern. Ein Haufen Leute wollte dieses Stipendium haben. Gut gemacht.

Und warum implodieren feministische Vereinigungen?

Weil Frauen untereinander unsichere, konkurrenzzerfressene rabiate Kanalratten sind. Kurz zusammengefasst. Von den Bekannteren liegen viele Dokumente in Archiven, das kann man nachlesen. Frauen in reinen Frauengruppen treten sich gegenseitig in die Tonne.

Er lacht. Dann lache ich auch, was sich anfühlt wie saubere Luft, Quellwasser. Erst wenn man wieder lacht, wird einem klar, dass man seit einer Ewigkeit nicht gelacht hat.

Ich stand früher total auf Adrienne Rich und Andrea Dworkin – mein Gott, Andrea Dworkin. Eben noch war ich so eine kleine College-Lesben-Radikale, die sich bei Ani-DiFranco-Konzerten heiser brüllt, schon segel ich zum Magister, und jetzt hab ich die Promotion vor mir.

Das ist ziemlich cool.

Vielleicht, nur interessiert's mich nicht mehr. Meine Doktormutter hat mich praktisch aufgegeben, das Stipendium läuft bald aus, und ich brauche nicht mehr allen was vorzumachen, kann einfach zugeben, dass das Ding abgesoffen ist und ich es nicht packe. Und was ich dann mit mir anfangen soll, weiß ich nicht. Noch ein Kind kriegen vielleicht. Das sollte ein Witz sein, und ich habe ihn süffisant vorgebracht, als wäre ich etwas behämmert. Aber so witzig ist es gar nicht; mir ist schwindlig.

Ich hebe ein Stück verwaister gelber Pflasterkreide auf und kritzel damit rum. Erst wenn man richtig mit jemandem redet, wird einem klar, wie selten man eigentlich richtig mit jemandem redet. Ich habe das Gefühl, dass Will mich *mag*, merkwürdigerweise. Paul ist exzellent im Bett, in Problemlösung und Logistik. Paul tut, was man ihm sagt. Paul ist ein hervorragender Autofahrer. Paul achtet darauf, dass unsere Schecks gedeckt sind. Aber Paul leistet mir nicht unbedingt Gesellschaft. Ich bin mir nicht sicher, ob Paul mich mag. Und wer wollte es ihm verdenken?

Will steckt sich eine Zigarette an. Ich nehme einen Zug. Dies ist die längste Unterhaltung, die wir je hatten. Der Zug an der Zigarette ist ein Fehler.

Ich glaube, dass ich, na, dieses Jahr ein bisschen den Verstand verloren habe.

Ha ha ha ha ha. Ha ha ha ha ha ha!

Tja, sagt er schließlich. *Ich glaube, das machen viele Frauen durch.*

Was, ihre Doktorarbeit aufgeben?

Den Verstand verlieren. Wenn sie ein Kind kriegen.

Auf dieser Vortreppe hier zu sitzen erfordert meine volle Aufmerksamkeit. Der zweite Zug an der Zigarette ist auch keine gute Idee. Es ist windig und kalt, und ich trage weder Mütze noch Handschuhe. Mir läuft die Nase.

Danke für den Eichhörncheneinsatz.

Kein Thema.

Wir könnten in seinen Pick-up steigen und fahren und fahren, bis wir das entfernteste Meer erreicht haben, und niemals wiederkehren. So was soll es gegeben haben.

Stattdessen gehen wir rein. Ich biete ihm einen Tee an, aber er lehnt ab, als müsste er sich vorsehen.

Tut mir leid, sage ich aus dem Nichts.

Nein, sagt er zum Abschied. Er trägt ein grau kariertes Flanellhemd, und es hat dieselbe Farbe wie seine Augen, verdammt noch mal.

Sie war nicht hübsch, meine Mutter, gilt aber in der allgemeinen Erinnerung als hübsch, kleine Entschädigung für einen frühen Tod.

Wenn mein Vater sich genötigt sieht, über sie zu sprechen, räumt er ein, dass sie »launisch« war. Was urkomisch ist, wie alle Euphemismen.

Höllenzicke, kritzelte ich mit neun in mein Tagebuch. Verlangte von ihrem einzigen Kind, dass es sie Janice nannte. Wandte aus Jux und Dollerei körperliche Gewalt und Psychoterror an. Ließ ihr Kind in der Obhut Fremder, die dafür Geld bekamen und dann ganz fürchterlich von ihr behandelt wurden.

Wenn sie gut drauf war, ging sie mit mir shoppen oder Eis essen und schmiss Dinnerpartys mit einem halb irren, quicklebendigen Glanz in den Augen. War sie schlecht drauf, stierte sie so finster aus der Wäsche, dass die Schwarte krachte, tobte, legte sich zwei Tage lang ins Bett und sagte schreckliche Sachen zu mir und meinem Vater. Wenn sie wütend war oder traurig, hatte man zu leiden. Die dunklen Momente haben sich am tiefsten eingeprägt und überwiegen bei Weitem die erträglichen. Ihr böswilliger Nebel.

Sie pöbelte unsere Haushälterinnen an, bis sie weinten. Latinos zog sie Schwarzen vor, weil die Schwarzen sich nichts gefallen ließen. Die Latinos duldeten ihre Scheiße wie echte professionelle Scheißedulder, ganz nach ihrem Geschmack.

Ich erinnere mich an eine ganze Reihe verschreckter, kuschender brauner Frauen: *Jawohl, Miss Janice, okay, Miss Janice, so leid, Miss Janice, ach, Miss Janice, ja, so leid.* Es gab eine Gehaltserhöhung, wenn sie eine aggressive Phase überstanden hatten, und schließlich wegen irgendeiner Lappalie die Kündigung. Weinende braune Frauen liefen eine nach der anderen aus unserer Wohnung. Einige küssten mich auf ihrem Weg hinaus. Spanische Segnungen; ich war ihre kleine *pobrecita.* Eine drückte ihre Lippen auf meine Stirn.

Süßes Mädchen, süßes Mädchen. Ich beten für dich.

Es stimmt allerdings auch, dass Janice hin und wieder Chocolate Chip Cookies buk und ich den Teig vom Mixer schlecken durfte, es war also nicht alles schlecht.

Sie trug winzige goldene Kreolen. Sie hat sich einmal eine Dauerwelle machen lassen (großer Fehler). Sie liebte das Kino. Sie genoss ihr Kinopopcorn, wie man Genuss noch nicht gesehen hat. Sie konsumierte Kultur. Ging in jede Ausstellung. Reagierte auf alles leidenschaftlich. Las jedes Buch. Ich begriff schon früh, dass ich das, was ich brauchte, wenn schon nicht bei ihr, dann in Büchern finden würde. Das zumindest hat sie mir mitgegeben.

Aber der Kleine. Der Kleine. Ich erzähle nicht genug vom Kleinen. Walker. Er: eine Person! Mein Sohn. Eine eigene Persönlichkeit. Toller kleiner Kerl. Wonnigster Wonnewonneproppen. Wenn ich mich umbringe, wird er vielleicht mal Dichter.

In den ersten Tagen ereilte mich ein spontaner Letdown, was nach einer abgefahrenen Psychostörung klingt, aber eigentlich nur bedeutet, dass die Milch überall hinfloss. Klitschnass die ganze Zeit. Ständig dabei, mir Stoffwindeln unters Hemd zu schieben. Ein großer, leckender alter Grabbrunnen, das war ich. Dockte der Kleine an einer Seite an, fing die andere an zu sprühen. Ich musste ihn im Liegen stillen, damit die Schwerkraft den Fluss eindämmte.

Er schlief nicht. Bestimmt hatte der chirurgische Eingriff ihm geschadet, seine Chance auf ein glückliches Leben in dieser Welt zunichte gemacht. Er hatte ständig Hunger. Er musste gehalten werden, er musste gestillt werden. Er schiss die Windeln voll, er pisste die Windeln voll. Er schrie, er musste gehalten werden, er musste gestillt werden. Endlose Bedürftigkeit. Wieso gab es bloß keine Pause. Keine Ruhe. Es gab einfach kein Ende. Es ging immer immer immer weiter. Ohne Ende. Und ich konnte ihn nicht an Paul abgeben, weil er doch *meins* war, *meins, mein* Baby, *meine* Verantwortung, alles meins. Ich musste ihn beschützen, dafür sorgen, dass er in Sicherheit war und wohlauf und atmete und geliebt wurde und gesund war und ganz nah. Ich litt geradezu körperliche Qualen, wenn er nicht in meinen Armen lag. Jede Faser schrie: Nein! Mord! Wo ist er? Festhalten! Ganz fest! Nicht loslassen!

Ungeahnte körperliche Anstrengung. Schon allein das Körperliche, besonders quälend nach der OP. War das Baby schwierig, weil die Mutter eine schwere Zeit durchmachte, oder machte die Mutter eine schwere Zeit durch, weil das Baby schwierig war?

Er verweigerte den Schlaf. Schlaf, warum schlief er nicht?

Wann würde er schlafen? Wir brauchten Schlaf. Wir alle, schlaflos. Hinlegen und schlafen. Alles verquer. Schlaf. Schlaf. Schlaaaaaf.

Nach einem tränenreichen Anruf bei meinem Vater – *ein bisschen Unterstützung*, flehte ich, *wir brauchen einfach nur jemanden, der uns ein bisschen unter die Arme greift* – richteten sich Sheryl und er im Wohnzimmer ein, hielten den Kleinen und machten unendlich viele Fotos von sich und einander mit dem Kleinen im Arm.

Hin und wieder hielten sie inne, um uns wegen der Beschneidung zu schelten.

Ihr begeht einen schrecklichen Fehler, sagte mein Vater, überwiegend an Paul gewandt. Und an mich: *Du hast keine Ahnung, wie es ist, in der Jungsumkleide groß zu werden.*

Wir haben gerade genug von Messern, Dad, danke.

Sheryl war ähnlich entsetzt. *Es fehlt ihnen an Respekt! Millionen Tote in den Lagern, und können sich nicht mal dazu durchringen, ihren Sohn beschneiden zu lassen.*

Mein Vater schüttelte traurig den Kopf. *Das ist das Einzige, was sogar kaum gläubige Juden einhalten.*

Bemühe dich nicht, Norm. Sie macht das ja nur, um uns zu ärgern. Er wird es eben später nachholen müssen, wenn es unglaublich schmerzhaft ist.

Paul, in ihrer Gegenwart für gewöhnlich nachgiebig und wortkarg, meldete sich zu Wort. *Genau genommen ist erwiesen, dass es auch für Babys unglaublich schmerzhaft ist.*

Schwachsinn! Sheryls Gesicht konnte kein Missfallen ausdrücken. Wohlgefallen allerdings auch nicht. *Ein winziger Schnitt, und sie spüren gar nichts, so schnell geht das.*

Das sehen wir anders.

Na, dir bedeutet es ja auch nichts. Es gehört ja nicht zu deinem *Erbe.*

Ich saß da und versuchte zu stillen, versteckte mich halb vor

Scham und Demütigung. Meinem Vater waren meine entblößten Nippel offensichtlich peinlich, er glotzte glasig, angewidert durch mich hindurch und verließ so oft wie möglich das Zimmer, um mich nicht ansehen zu müssen.

Sheryl verlor sich auf ihrem Gerät. Das Teewasser kochte. Der Kessel fing an zu kreischen.

Eine Frau in einem Zimmer muss sich um so viele Menschen kümmern, wie sich in diesem Zimmer befinden, hatte Marianne einmal geschrieben. Das hatte ich unterstrichen.

Das Wasser kocht, bemerkte Sheryl und regte sich nicht.

Der Herbst ist endgültig gewichen. Die Bäume sind kahl, und das Tageslicht ist zutiefst unbefriedigend. Ich habe versucht, noch einen Tag nur im Sweatshirt auszuhalten, und friere mir den Arsch ab.

Walker ist bei Nasreen, ich arbeite in der Co-Op. Mittags hat man's mit den Rentnern zu tun, den verkorksten einheimischen Künstlerkids, Sozialhilfeempfängern und Vorortmüttern, weil Bio am besten ist.

In einer Pause trinke ich an der Infotheke einen Tee. Ich denke immer noch, ich könnte hier Freunde finden, aber irgendwas stimmt nicht mit mir oder mit dem Ort hier oder mit beidem, denn gefunden habe ich genau niemanden.

Walker hat wieder geweint, als ich ihn zu Nasreen brachte. Rabenmutter Rabenmutter Rabenmutter.

Paar Meter weiter ein Neugeborenes in einer Tragetasche auf dem Boden. Seine Mutter versucht, bei den Bananen eine Entscheidung zu treffen. Knautschekätzchen, zwinkernder Klecks. Rosenknospe. Roh.

Wer soll sich da entspannen mit so einem Ding in der Nähe? Mein Kiefer wird starr, die Gliedmaßen kalt. Knoten in meiner Schulter, Atmen nicht vergessen. Es ist merkwürdig, wenn Menschen diese ungaren Menschenbällchen schuckeln und begurren. Merkwürdig, sie in aller Öffentlichkeit zu beobachten. Licht aus! Musik aus! Runter auf die Knie, um Vergebung bitten, Blicke abwenden, Gesicht zu Boden, beten.

Wenn ich schwangere Frauen sehe, will ich sie an den Schultern packen und schütteln. Ich meine *schütteln*. Seid ihr bereit? Nein, nicht: Habt ihr schon Namen ausgesucht und Geschlecht und Aussehen? Nein, nicht: Habt ihr schon jede medizinische Eventualität durchdacht? Ich meine: Seid ihr bereit?! Seelisch, ihr Pfeifen. Seelisch.

Völlig verzweifelt klopfte ich schließlich eines frühen Abends bei Crispin und Jerry, Neugeborenes im Tragetuch. Paul hatte eine späte Sprechstunde. Paul war immer irgendwo und machte irgendwas. Paul war noch immer Teil dieser Welt. Paul war noch immer im Besitz seines Körpers, seines Geistes, seiner Seele. Es fühlte sich an, als ginge er mir aus dem Weg. Allmählich hasste ich ihn ein bisschen, weil ich mir auch so gern aus dem Weg gegangen wäre.

Sie waren immer freundlich, Crispin und Jerry. Kuchen, als wir einzogen; Polenta-Auflauf, als wir aus dem Krankenhaus kamen. Ich dachte, da bedanke ich mich mal persönlich.

Als Jer die Tür aufmachte, lachte er gerade über etwas, das Crisp gesagt hatte. Ihr Haus war hell und warm und roch, echt jetzt, nach frisch gebackenem Brot. Rickie Lee Jones kam gerade mit einer besonders jazzigen Nummer aus der Anlage.

Seine Gesichtszüge entglitten ihm, sobald er mich sah.

Alles okay?

Danke für die Polenta. Ich habe die Form vergessen, tut mir leid. Ich habe sie abgewaschen.

Schon gut. Bitte. Willst du reinkommen?

Ich weiß nicht, ich verlier gerade irgendwie den Verstand. Ein fremdes Klagen in meiner Stimme. Ein schlafender Walker auf mir, in meinen Mantel gebündelt.

Komm rein, Süße.

Entschuldigung. Ich brauche einfach. Ich weiß nicht. Kann ich einfach ein bisschen hierbleiben? Ich will euch nicht stören. Wenn ihr beschäftigt seid. Weil unser Haus ... Ich verliere einfach den Verstand. Weißt du? Seid ihr, gerade, sehr beschäftigt?

Rickie Lee war jetzt beim Beboppen, und Crisp schwang die Hüften, um mir zu zeigen, wie beschäftigt sie waren.

Ja, Schatzi, wir sind am Ersaufen.

Sie gaben mir zu essen. Sie bemurmelten und beglucksten das Baby. Sie schmissen eine intime kleine Stegreifparty, und als sie mich ein paar Stunden später nach Hause schickten, fühlte ich mich fast wieder menschlich, fast ganz.

schon vergeben zum essen?, simste Jerry ab da mehrmals die Woche, woraus ein schlichtes komm rüber wurde, worauf ich einfach rüberging.

Immer etwas auf dem Herd, etwas im Ofen. Etwas vom Gemeinschaftshof, frisch, lokal, saisonal. Jerry war ein phänomenaler Koch, ein bescheidenes, entspanntes Naturtalent. Und während die Tage heller und länger wurden – und der Kleine sich umdrehte, aufsetzte, zahnte, Apfelmus aß –, erreichte ich einen irgendwie erträglichen Zustand und dachte: Vielleicht geht es mir besser. Vielleicht geht es mir gut.

Eines Abends reichte mir Jerry nach dem Essen einen Joint, und Crispin holte ein Feuerzeug raus.

Gute Medizin, sagte er. Ich hatte seit meiner Schwangerschaft keinen mehr geraucht, also bevor wir hierhergezogen waren. Ich hatte keine Quelle und dachte: Schön, probieren wir das Leben ohne aus. Aber jetzt war ich nicht mehr schwanger. Und das Leben lief ja nicht so toll ohne.

Ich sah den Kleinen an, der auf einer Decke auf dem Boden schlief.

Schon gut, sagte Jerry. *Wir machen die Fenster auf.*

Ich meine die Muttermilch.

Crispin legte einen Arm um mich.

Schatzilein, ich würde meinen, deine Verfassung ist momentan das Gefährlichste für dein Kind. Alles, was dich entspannt, ist wahrscheinlich hilfreich. Die haben ihm doch schon bei der Geburt eine heftige Ladung Schmerzmittel reingejagt? Das hier ist ein albernes kleines Kraut. Mach dir keine Sorgen. Echt. Hier.

Okay. Ich war zu Hause. Ich lachte, bis ich weinte. Lachen als Infusion. Mein Gott. Das hatte mir so gefehlt. Tausend Verhärtungen schmolzen dahin. Gott, hatte mir das gefehlt. Als würde ich in eine warme Wanne gleiten, so fühlte er sich an, der erste Zug. Regen nach der Dürre und so weiter. Ich hatte, so stellte sich heraus, ziemlich heftig die Zähne zusammengebissen.

Crisp sprach über seine Familie, wie sie ihn verstoßen hatte, als er sich outete. Widernatürlich, sagten sie. Schändlich. Sie hatten nicht viel Geld. Dad in der Navy. Mom unterrichtete Hauswirtschaft, bis Hauswirtschaft abgewickelt wurde. Eigentlich war Dad derjenige mit der verschärften Homophobie, aber Mom konnte, wollte sich Dad nicht entgegenstellen.

Wahrscheinlich sind sie beide nicht mehr lange da, sagte Crisp.

Seine Schwester trat hin und wieder mit ihm in Kontakt.

Soll heißen, ich bekomme Weihnachtskarten. Die Schwester war auch ein gewisses Problem für die Eltern, weil sie erst mit über vierzig geheiratet hatte, woraufhin sie schließlich keine Kinder mehr bekommen konnte. Woraufhin die Eltern ihre Ersparnisse hingaben – die eigentlich für ein paar Kreuzfahrten gedacht waren – und sagten: Macht ein Kind.

Den ganzen Winter ging das so und den Frühling und den Sommer auch, bis die beiden weggingen, diese Ärsche.

So ist das immer in Krisenzeiten: Die Menschen, von denen man Hilfe erwartet oder erhofft, sind dazu nicht fähig oder bereit, und andere, von denen man niemals gedacht hätte, dass sie für einen da sind, geben einem genau das, was man braucht, genau so, wie man es braucht. Und es gibt praktisch keine Möglichkeit, ach, überhaupt keine Möglichkeit, vorherzusehen, wer sich als was entpuppt.

Habe zum ersten Mal seit Walker meine Tage bekommen. (*Tante Flo kommt zu Besuch!*, hat meine Freundin Molly früher immer gebrüllt, wenn sie hysterisch wurde und traurig und Schmerzen bekam, wenn sich ein Riesenpickel auf ihrem ansonsten makellosen Kinn zeigte.)

Merkte gestern schon, dass etwas anklopfte, als ich in der Zeitung von einem sechsjährigen Jungen in Glens Falls las, der sich aus Versehen mit der Pistole des Stiefvaters seines Freundes in den Kopf geschossen hatte. Die natürlich geladen war und in einer unverschlossenen Vitrine lag. Die Waffen liegen irgendwie immer geladen in unverschlossenen Vitrinen. Und immer ist es die Waffe des Stiefvaters des Freundes. Da war ein Bild von dem kleinen Jungen, mit Brille. Riesiges, unbefangenes Grinsen mit Zahnlücken. Unvermittelt drang ein Schluchzen aus mir heraus und hallte durchs Haus.

Paul kam mit dem Kleinen rein.

Alles okay?

Nein. Dieser kleine Junge hat sich erschossen.

Er warf einen Blick auf die Überschrift, auf das Bild.

Erstaunlich eigentlich, dass das nicht öfter passiert. Paul und das Baby und der tote kleine Junge starrten mich an.

Nein, ist schon gut. Doch, alles prima, Paul. Ich meine, wie dreht sich die Welt eigentlich weiter, hm? Wie kann es so beschissen leicht sein, zu sterben, und so arschschwer, geboren zu werden? Wo kommt so ein Ungleichgewicht her? Hm? Was gibt es für eine Erklärung dafür? Kannst du mir das erklären? Ich hätte wirklich gern, dass mir das jemand erklärt. Echt mal, Scheiße! Irgendjemand musste diesen Jungen gebären. So 'ne Kubikscheiße.

Er reichte mir ein Taschentuch.

Leg dich doch ein bisschen hin.

Der kleine Junge in der Zeitung grinste.

Noch ein paar Dinge über meine Mutter.

Sie mochte gern verbrannten Toast mit Margarine auf einem quadratischen Stück Küchenpapier. Einmal hat sie einen Stuhl an die Wand geworfen, als sie nach Hause kam und ich trotz Verbot fernsah. Ein paar Tage später kam jemand, um Putz und Farbe auszubessern. Der Vorfall wurde nie wieder erwähnt.

Sie wurde krank, als ich noch ein Baby war, erholte sich, wurde zu Grundschulzeiten wieder krank, erholte sich etwas, wurde wieder krank und erholte sich nicht mehr. Ich war nicht richtig auf dem Laufenden. Alles ziemlich verschwommen. Kein Arsch erzählte mir irgendwas. Ich musste mir alles selber zusammenreimen. Sie wurde immer kränker. Starb im November meines siebten Schuljahrs, Monate vor den Sommerferien, und ich dünstete den Gestank von Krankheit und Tod aus, vermischt mit der Pubertät, diesem anderen tückischen Verfall.

Ihre Fotos sind überall; dieses Haus ist wie ein Schrein: Schwarz-Weiß-Baby mit Sattelschuhen, holde Braut mit Hochsteckfrisur und Wespentaille. Seltsam gedämpft mit Ende dreißig, Eulenbrille, in der sich das Licht vom Fenster spiegelt, als sie auf mich hinabblickt, während das Neugeborene in ihren Armen ausdruckslos zurückstarrt. Wie eine entfesselte mexikanische Beerdigung ist das hier. Ich habe sogar in einem Sozialkaufhaus so ein abgedrehtes kleines Gemälde von einem Schädel gefunden. In fluoreszierenden Farben. Psychedelisch.

An dem Abend, als es schließlich passierte, klopfte mein Vater an meine Zimmertür.

Es ist vorbei, Schatz. Es ist vorbei. Es ist endlich vorbei. Er nahm mich fest in den Arm – zu fest – und weinte eine Weile an meiner Schulter, ging raus, machte die Tür hinter sich zu und überließ mich meiner Stille und meinen Büchern und meinen Folksängerinnen. Irgendwie ernüchternd, das Ganze. Ich blieb bis zum Morgengrauen auf, keine Ahnung, wieso.

Die ganze Klasse unterschrieb eine Kondolenzkarte. Ein Haufen gezwungener schiefer Unterschriften: welch pure, verdichtete Demütigung. Ich hatte gehofft, mich anders hervortun zu können. Es war peinlich, dass meine Mutter gestorben war, dass ich so menschlich und bemitleidenswert war. Alle waren so *nett* zu mir, so falsch und fröhlich. Ihr Sterben hat nichts mit *mir* zu tun, wollte ich klarstellen. *Ich* bin nicht gestorben.

Doch ich war in eine andere Sphäre eingetreten und würde dort unendlich lange bleiben müssen, in nächster Nähe zum Tod. Damit wurde ich indirekt zur Exotin abgestempelt; ich war nur nicht ausgebufft genug, um auf Grufti zu machen.

Die Jenny-J-Attacke wurde mir nicht weiter angehängt (obwohl ihr Vater kurz erregt angedroht hatte, mich zu verklagen). Ich ergötzte mich daran, wie Jenny vor mir zurückwich und ihr Auge sich von dunkelblau über lila schließlich rot und mulschgelb färbte. Jawohl, du blöde Zicke. Sieh dich vor. Sie versuchte, mir aus dem Weg zu gehen. Ich starrte sie nieder, um sie zu quälen. Dadurch fühlte ich mich besser.

Lehrer redeten mit mir wie mit einem beängstigenden Roboter, bei dem ein falscher Ton oder eine Kombination aus den falschen Wörtern einen Kurzschluss auslösen konnten. Statt selbst mit mir zu reden (egal worüber, Hauptsache überhaupt), schickte mich mein Vater zu Jack, meine Therapeuten-Premiere. Jack wand sich ausgiebig und sagte *hmmm* und *das sind mächtige Gefühle* und linste immer wieder über meine Schulter zur Uhr.

Ein kleines Geheimnis gefällig über Trauer, Katastrophe, Verlust und Leiden? Hinterher ist man genau dieselbe wie vorher. Nur mehr.

Ich solle wegen meiner Gefühle kein schlechtes Gefühl haben, riet mir Jack und regte an, ihr einen Brief zu schreiben und ihn an ihr Grab in Queens mitzunehmen und ihr all das zu sagen, was ich ihr gern sagen würde.

Tut mir leid, dass du tot bist, Mom, ich liebe dich, war mein redlichster Versuch – und eine Lüge.

Wir beschließen, Thanksgiving dieses Jahr zu »lassen«. Eine Erleichterung.

Letztes Jahr sind wir mit Walker in seinem nagelneuen, ausgasenden Kindersitz in die City gefahren. Mein Schnitt beeinträchtigte mich noch immer sehr. Ich bewegte mich immer noch wie eine Fünfundneunzigjährige. Als wir ankamen, umschwärmten Sheryl und mein Vater und meine Cousine Erica und wer noch alles den Truthahn, umschwirrten und umkreisten das Scheißteil wie das ewige Licht und konnten sich kaum lange genug losreißen, um uns zu begrüßen. Der Truthahn, der Truthahn, sieh dir diesen Truthahn an! Sorry, aber ich hätte ein kleines bisschen Geflatter um *das Baby* erwartet. Sie stehen total auf ihre eingesafteten Kadaver, mein Vater und Sheryl. Sich um ein totes Tier zu kümmern macht sie unglaublich an.

Von mir und meiner Mutter gibt es in ihrer Wohnung übrigens keine Bilder. Nicht ein einziges. Von der Mutter von Sheryls Mutter gibt es ein russisches Porträt aus dem neunzehnten Jahrhundert, Sheryls Mutter als Kind, die Hochzeit von Sheryls Eltern, Sheryl als Präsidentin ihrer Studentenverbindung. Die Söhne als Grundschüler, Söhne samt Gattinnen an ihren jeweiligen Hochzeitstagen, Studioaufnahmen der Enkel. Norman und Sheryl auf einer Gruppenreise, Norman und Sheryl auf einer weiteren Gruppenreise, Norman und Sheryl auf noch einer Gruppenreise.

Für uns gab es einen Salat und eine Schüssel zerkochtes Gemüse *(für die Vegetarier!)*, als wäre das eine zünftige Mahlzeit für eine stillende Mutter, die zudem eine OP hinter sich hat. Natürlich hatten sie die Füllung mit Bratensaft getränkt, also hielt ich mich an Brot und Salat und übersautiertes Gemüse und diesen schrecklichen Kuchen, den Sheryls Söhne aus dem Food-Land mitgebracht hatten. Nicht zu fassen, was Sheryls schmierige Söhne und ihre Gattinnen Essen nennen. Das gewachste Gen-Obst, der industrielle Scheiß, der Maissirup-Dextrose-Raps-Konservierungs-Mist, den sie Essen nennen. Dass sie nicht schon alle tot sind, bezeugt wohl die guten Gene.

Die meiste Zeit saß ich auf der Couch und stillte, weil man ein Neugeborenes nun mal stillt und stillt und stillt. Irgendwann versuchte Sheryl, mir eine Decke überzulegen.

Später kam eine Enkelin von Sheryl und stellte sich direkt neben mich. Sie war etwa sechs und sah sehr interessiert zu.

Was macht er da?, flüsterte sie und starrte auf den winzigen saugenden Mund des Kleinen.

Er trinkt Milch, flüsterte ich zurück. Sie hatte noch Zeit. Sie stand noch einen Augenblick stocksteif da und rannte dann zu ihrer Mutter.

DAS BABY DA TRINKT MILCH AUS DEM BUSEN, flüsterte sie hörbar mit großen Augen. Alles lachte.

Ja, knödelte ihre Mutter mit so einer höllisch verstellten Stimme, mit der Leute ihre Kinder verarschen wollen, *das hast du ja nicht gemacht, nicht, Hayden?*

Hayden sagte, das habe sie wohl nicht.

Meine nächste Couchbesucherin war Erica. Walker war eingeschlafen und hatte meinen geschwollenen, noch nassen Nippel losgelassen, den ich noch nicht wieder eingepackt hatte. Aus Ericas Gesichtsausdruck hätte man schließen können, sie habe soeben frischen, dampfenden Kot erblickt. Ich zog die Stoffwindel unter meinem Hemd hervor, wo sie das Leck der anderen Brust eingedämmt hatte, und hakte den Still-BH wieder ein, ohne das schlafende Kind zu wecken, stolz, neuerdings diese krasse Abfolge von Handgriffen draufzuhaben. So stolz wie noch nie auf irgendwas, genau genommen.

Erica saß da mit ihrem Gesichtsausdruck, als würde sie gleich kotzen oder masturbieren oder beides. Den Kleinen sah sie gar nicht – die unendlich faszinierende Wölbung seiner Stirn, seine erstaunlich vollkommenen Nasenlöcher und Fingernägel und Wimpern. Ihn im Arm zu halten verschob alle Wertigkeiten. Wie schmerzhaft offensichtlich war es doch, dass Männer mit ihren Geheimbünden und Waffenarsenalen wenig vom Leben wussten. Anderswo im Zimmer liefen erhitzte Diskussionen über Football und Politik und einen neuen Science-Fiction-Film, dessen Effekte laut einem von Sheryls Söhnen *total abgefahren* waren.

Also, sagte Erica. *Hör zu. Ich wollte mit dir über die Hochzeit sprechen, ja?*

Hm-hm, sagte ich. Cipriani, Februar. Winter Wonderland. Sie hungerte schon fast ein ganzes Jahr. Ich sollte eine der Brautjungfern sein und ein lavendelfarbenes Kleid tragen. Ich hatte vor, zum ersten Mal seit langer Zeit eine angemessene Menge Alkohol zu trinken. Mit dieser angemessenen Menge würde ich mich so dermaßen abschießen. Da freute ich mich schon drauf.

Ja, also, Steve und ich finden halt, dass das unser *Tag ist, verstehst du?*

Klar.

Ich meine, eigentlich meine ich, dass das mein Tag ist. Es ist mein Tag.

Herrgott. Wie fremd muss man sich selbst sein, wie pubertär und zurückgeblieben, um sich an eine solche Vorstellung zu klammern? Wie ein verhaltensgestörtes Kind.

Und das ist mein Problem. Sie hatte das einstudiert. »Das Problem«. Es stieg auf aus dem Anspruchssumpf, von Schilf bedeckt, verhangen von einem matschigen Schleier, an einen riesigen Blumenstrauß geklammert. *So viele Freunde von uns haben Kinder. Wir lieben Kinder und die Kinder unserer Freunde auch, und wir wünschten, wir könnten alle mit einbeziehen, dennoch sind wir zu dem Schluss gekommen, dass wir nicht alle Kinder einladen können, und es wäre ungerecht, Ausnahmen zu machen, also wollte ich dir nur sagen, dass wir unsere Hochzeit ohne Kinder feiern.* Sie hatte das garantiert einstudiert; sie spulte das ohne zu stocken runter. *Und ich habe einfach das Gefühl, dass die Kinder mir einfach die Aufmerksamkeit stehlen würden. Deshalb!* Zum Abschluss atmete sie tief ein und geräuschvoll wieder aus.

Erica, ich stille. Er ist gerade erst auf der Welt.

Sie schob trotzig ihr Kinn vor, auf Krawall gebürstet.

Wir blieben nicht über Nacht. Auf der Rückfahrt plärrte der Kleine hinten, und ich plärrte vorne.

Ich weiß nicht so recht, wen ich zuerst trösten soll, sagte Paul.

Arschloch, sagte ich, weil sonst keiner da war.

Wir hielten an einer Raststätte in Ulster County und verschlangen die widerlichste/fantastischste warm gehaltene Pizza aller Zeiten.

Etwas hat sich in mir verändert. Ich kann nicht mehr zurück. (Das war Thelma in *Thelma & Louise*.)

Hi, hm … entschuldige die Störung. Ich bin ein Freund von Mina Morris. Wir sind bei, hm … Crisp und Jerry? Das Wasser hat sich heute Morgen verabschiedet. Das heiße Wasser. Es gibt kein heißes Wasser. Und die Heizung ist wahrscheinlich auch hinüber. Es klopft so komisch. Kannst du zurückrufen? Danke.

Männliche Stimme. Ich höre sie mir noch drei Mal an. Im Grunde genommen ziemlich erstaunlich, dass diese Häuser überhaupt noch stehen.

Will freut sich, mich zu sehen, könnte ich schwören. Drinnen riecht es nach Nag Champa. Er holt seinen Mantel. Wir gehen zu Fuß. Sonnig, eiskalt.

Sie kriegt ein Kind. Kann jeden Moment so weit sein. Also, vielleicht in diesem Moment.

Cool. Dann kannst du ihr zeigen, wie es geht.

Dazu müsste sie aber metertief in der Scheiße stecken.

Der Typ, der bei Crisp und Jer die Tür aufmacht, ist Ende vierzig, klein, Wollsocken, gut aussehend, Brille, Flanell. Unsicher, was man sofort an den Klamotten sieht, die sind ein kleines bisschen drüber. Hasst seinen Vater, will seinen Vater beeindrucken. Gerade nicht genug Selbsthass, um den Narzissmus auszuschalten. Bewundert zutiefst Menschen, die weniger materialistisch sind als er, kann es nicht so ganz aufgeben, Menschen zu beeindrucken, die materialistischer sind als er. Wenn man unter Reichen aufwächst, wird man ein veritabler jungianischer Hellseher in Bezug auf materielle Selbstdarstellung.

Hi, sagt der Typ.

Er lässt uns rein. Zum Zähneklappern kalt. Ein Heizlüfter richtet kaum etwas aus. Mina ist auf der Couch dermaßen in Decken gewickelt, zuerst sehe ich gar nicht, dass sie ein Neugeborenes hält.

Wir starren hin.

Sie sehen aus wie nackte Ratten, wenn sie derart neu sind, wie weiche Aufziehpuppen. Die faszinierendsten, unerhörtesten nackten Aufziehratten, die man je gesehen hat. Unglaublich, was passiert, wenn ein Neugeborenes im Zimmer ist. Diese Energieladung, diese komische gesegnete Wolke. Es fällt schwer, nicht zu flüstern, auf Zehenspitzen zu gehen, ganz sachte, nicht zu vergessen, was man sagen wollte.

Hi, sage ich.

Vor vier Tagen, sagt sie, ohne aufzusehen.

So klein und zart, unerhört nah am Nichtsein. Sehr ähnlich

den Sterbenden. Fast genau so. Gebietet Schweigen. Ich verehre Babys, wird mir gerade klar. Das macht Verehrung mit uns: vermurkst uns vielfältig.

Mina deutet in Richtung Heizlüfter. *Schlechtes Timing irgendwie.*

Wie geht es dir? Überflüssig; ich hab ja Augen im Kopf.

Hm. Ging schon mal besser. Gut? Sie fragt: Geht es mir gut? Ihre Haare sind wirr.

Will und der Typ stehen stramm wie bei der Beerdigung eines Menschen, den sie kaum gekannt haben, null Ahnung, was von ihnen verlangt wird.

Dann merkt der Typ, dass er sich noch nicht vorgestellt hat.

Ich bin Bryan, sagt er.

Kindsvater? Freund? Verwandter?

Ari.

Will.

Hi. Cool.

Will geht voran in den Keller. Ihre Schritte hallen auf der Treppe wider.

Hebamme ist neulich Nacht nach Hause, paar Stunden danach. Meinte, sie kommt wieder vorbei, um nach uns zu sehen. Hab aber nichts mehr von ihr gehört. Nachricht hinterlassen. Sie nimmt ihren Apparat und legt ihn wieder hin.

Hast du ihn hier bekommen?

Klar, sagt sie, von wegen Na logisch!

Wo ist deine Familie? Oder wer auch immer. Kommt da jemand? Ich fühle mich kraftlos, so über ihr aufragend, hundert Meter groß. Und habe Platzangst wie als Kind bei den Panikattacken. Eine Kampfzone, das hier: Leben und Tod, die auf der Seele eine nervenzerreibende Polka tanzen.

Sie lacht. Lacht und lacht, schüttelt sich vor Lachen, dass ihr die Tränen kommen, kriegt sich gar nicht mehr ein. *Meine Familie. Meine Familie!* Das ist die lustigste, putzigste Vorstellung, die sie je hatte. *Meine Familie!* Sie seufzt dankbar, froh über das Lachen. Lachen, die großartige Infusion.

Ah, sagt sie, ruhiger jetzt. *Meine Familie.* Der Blick etwas weniger irre, einen Tick präsenter. Sie starrt auf ihr lebendiges Bündel. Schüttelt den Kopf, lächelt, macht Glubschaugen wie eine Soap-Darstellerin, die versucht, eine Verrückte zu mimen.

Meine Familie!

Ich setze mich.

2
Dezember

Eines Nachts, fast schon gegen Morgen oder tatsächlich schon Morgen, genau wusste ich es nicht, saß meine Mutter neben mir auf der Couch, während ich stillte.

Woher weißt du, ob er genug kriegt?

Er kriegt genug.

Woher weißt du das?

Weiß man einfach.

Na. Wir wussten es immer. Wir haben dein Fläschchen in die Mikrowelle gestellt.

Ich schloss seufzend die Augen, hoffte, sie möge weg sein, wenn ich sie wieder aufmachte.

Was? Wir hatten keine Ahnung. Man kriegt sie besser satt! Er schläft dann länger. Gott, weißt du, was wir noch gemacht haben? Benadryl. So ein Segen. Da warst du für Stunden hinüber.

Kichernd blickte sie sich in dem Durcheinander um: War der Korb voll mit sauberer Wäsche, oder war sie schmutzig? Die Schale, aus der ich am Morgen meinen Haferbrei gegessen hatte, setzte langsam Kruste an. Schmutziges Geschirr stapelte sich in der Spüle. Sie hob die Augenbrauen.

Ein bisschen Ordnung zu viel verlangt?

Leg dich nicht mit mir an, du Demerol-Zicke.

Wie bitte? Wenn das hier nicht so ein Schweinestall wäre, würde es dir besser gehen.

Ich starrte aus dem großen Fenster, die Arme steif um Walker gelegt. So wollte ich nicht um ihn sein, kein Wutausbruch.

Entschuldige, Spatz, flüsterte ich. *Es ist schon gut.* Wie oft in meinem Leben würde ich wohl diesem armen Ding versichern, dass »es« schon »gut« sei?

Im Übrigen hast du kein Recht, so mit mir zu reden.

So war sie: hart und gemein, bis man entsprechend konterte, dann gekränkt und selbstgerecht.

Bald darauf war er links fertig, großer Junge. Ich hob ihn hoch, drückte ihn an mich, köstlich weiches, wahnwitzig trunkenes Gesicht, klapste ihm auf den Rücken und legte ihn rechts an. Wochen hatten wir so verbracht, er und ich, untergetaucht, desorientiert, in seltsam verdrehter Zufriedenheit. Jetzt sehne ich mich nach dieser Zeit, will angedockt und sicher neben ihm liegen. Die Erinnerung ist ein lächerliches Arschloch.

Das ist mein Sohn, sagte ich zu ihr und sah ihn an, um mir ihren Anblick zu ersparen. *Das ist Walker. Ist er nicht schön?* Die großen Augen, so glänzend und gut. Man konnte gar nicht anders als lächeln, erfüllt von dem, was auch immer jetzt verdammt noch mal den kleinsten gemeinsamen Nenner ausmachte.

Das ist ein idiotischer Name. Wo habt ihr so einen Namen überhaupt her? Was soll der eigentlich heißen?

Das ist altenglisch. Ein toller Name. Hallo? Walker Percy? Walker Evans? Immerhin liebte sie Bücher und Kultur.

Du hättest ihn nach mir benennen sollen.

Ich sagte nichts.

Also wirklich.

Ich wollte was Gutes, zischte ich. *Einen Neuanfang. Ganz frisch.* Mein Herz raste. Walker fing an zu weinen. Ich legte ihn an meine Schulter, wie meine Lieblingskrankenschwester es mir gezeigt hatte, klaps klaps klaps rubbel rubbel rubbel. *Schon okay. Schon okay schon okay schon okay schon okay schon okay schon okay.* Bluff.

Sie gackerte.

Klaaaar. Hey, was macht die Doktorarbeit, Fräulein Neuanfang? Du siehst furchtbar arbeitsam aus.

Leck mich.

Charmant.

Das hier ist Arbeit.

Walker spuckte, sah zutiefst beunruhigt aus, fing sich wieder. *Tschuldige Spatz tschuldige Spatz alles gut Spatz schschsch.* An meine Mutter gewandt: *Reichst du mir mal einen Lappen?*

Dauernd brauchte ich Leute, die mir irgendwas reichten.

Geh duschen! Zieh dich um. Herrgott. Mach dir was zu essen. Lässt aber auch keine Gelegenheit aus, dich gehen zu lassen. Hast du in letzter Zeit mal in den Spiegel geguckt? Was stellst du dich eigentlich so an? Reiß dich zusammen. Wirklich.

Ich habe gerade ein Kind gekriegt, das stell ich mich an, du tote Fotze.

Sie fing an, mich anzumuhen, kriegte sich gar nicht wieder ein vor Lachen.

Muuuhhhh. Sie wurde ziemlich hysterisch, und dann verschwand sie. Ohne mir einen verdammten Lappen gereicht zu haben.

Schscht Spatz, schscht, alles gut, alles gut, alles gut.

Ich schreibe an Crispin und Jer wegen des geplatzten Boilers. Crisp antwortet:

> verdammte kackkkkkke. na schön, weg damit, mach was nötig ist. 0 knausern. dachte das scheissteil hält noch 1 winter. danke, punky. sorry. du fehlst uns. gestern abend 1 pizze gegessen du wärst gestorben. jer umarmt dich & wird fett.

Punky, weil ich ihm erzählt habe, dass ich als Kind von der Filmfigur Punky Brewster besessen war.

Der Boiler, stellt sich heraus, ist 1975 installiert worden. Will und ein Typ vom Baumarkt sind fast fertig mit dem neuen.

Bryan sitzt in einem Sessel und starrt auf seinen Computer. Hab immer noch keine Ahnung, was seine Funktion hier ist.

Minas Brustwarzen auch nur anzusehen tut weh, so geschwollen sind sie. Sie zuckt zusammen, wenn das Baby andockt. Das ist der Aspekt, von dem keiner spricht, der Aspekt, der verdächtig nach Geheimnis riecht. Pardon: *ein* Aspekt. Und Geheimnisse sind naturgemäß schändlich. Es kotzt mich an, sie so kämpfen und zusammenzucken zu sehen.

Sieh mal, so ein winzig kleines Baby, sage ich zu Walker, der feierlich nickt und sich dann wieder der Aufgabe widmet, die unterste Küchenschublade von ihrem Inhalt zu befreien, ein Teil nach dem anderen auf den Fußboden zu schleudern und alles wieder einzupacken. Solange er nicht in tödlicher Gefahr schwebt.

Ich bringe Mina ein Glas Wasser.

Sie dankt mir, als würde ihr solche Freundlichkeit den Rest geben.

Scheiße, tun mir die Titten weh. Sie sind riesig, ihre Titten, groß und hart wie Implantate.

Sein Name, da ist sie sich ziemlich sicher, ist Zev.

Ich lass es noch mal sacken, sagt sie. *Vom Gefühl her passt es. Oder?*

Einem Wesen einen Namen zu geben, ist beinahe unmöglich. Zev klingt ziemlich gut in meinen Ohren. Manchmal denke ich: Walker?! Bitte was? Aber wenn man sich an etwas gewöhnt hat, spielt es irgendwann keine Rolle mehr, per definitionem.

Mir gefällt er, sage ich. *Ein guter Name.*

Links tupft sie etwas Salbe auf. Bryan hebt den Blick vom Bildschirm, um zuzusehen.

Bedeutet Wolf. Passt irgendwie. Swingt. Ich hab ihn angeguckt, als er rauskam nach meinem ganzen Geheul, und da war er. Sie stimmt ein leises, melodiöses Heulen an. *Stimmt's? Stimmt's, kleiner Wolf? Ich könnte ihn wohl auch Wolf nennen. Wenn Zev zu gewollt ist, von wegen hebräisch. Vielleicht ist Wolf besser.*

Ich finde es nicht zu gewollt hebräisch.

Was ist an Hebräisch auszusetzen?, möchte Bryan wissen, ohne von seinem Schirm aufzublicken.

Sie braucht einfach nur unsere Gesellschaft. Unser Schlepptau. Nicht so schrecklich viel verlangt. Nicht weltbewegend. Einfach.

Eigentlich sollten wir Mütter haben, sage ich. *Eigentlich sollten wir Schwestern haben. Aber wenn man keine Mutter hat? Wenn man keine Schwester hat?*

Oder eine Scheißmutter, murmelt Mina beim Massieren ihrer riesigen, empfindlichen Brust. *Oder eine Scheißschwester.*

Fertig, sagt Will, als er vor dem Typen vom Baumarkt die Kellertreppe hochgestampft kommt.

JIM steht auf dem gestickten Namensschild. Er erzählt uns, dass seine Frau auch gerade ein Kind bekommen hat. *Unser sechstes*, sagt er. Mina sieht schockiert aus, und Jim sagt irgendwas über die Segnungen Christi.

Worauf ich mir meinen eigenen kleinen Segen schnappe, weil es spät wird und man immer gehen sollte, bevor andere sich das wünschen.

Ruf mich an, fordere ich sie auf. *Ich kann jederzeit rüberkommen.*

Sie nickt ernst.

Das Schlimmste am Erica-Hochzeitsfiasko war, dass sie *Steve* heiratete, du liebes Deo! Steve, der Gipfel ihrer Ambitionen. Kein schlechter Mensch, aber Steve ist unaufregend, es sei denn, man findet es aufregend, nicht zu häufig mit ihm zusammen sein zu müssen. Er erzählt viel von den schicken Cocktailbars, in die er einen reinlotsen kann, das Wahnsinns-Hotel-Upgrade, das er letztes Mal in Vegas bekommen hat, dem »Fleischschweiß«, der ihm mal nach dem Besuch eines sehr speziellen Restaurants in Argentinien ausgebrochen war.

Ich bekam eine blassviolette Stoffprobe mit der Aufforderung, mir daraus ein Kleid schneidern zu lassen. Sie war irrsinnig aufgekratzt. Sie war völlig von der Rolle.

Also ließen wir unseren Dreimonatigen mit Fläschchen in der Obhut einer Fremden, und ich zog dieses scheußliche Kleid an, noch immer fünfzehn Kilo drüber. Keine Metapher vonnöten, um zu beschreiben, wie schrecklich ich aussah. Nein, ich gehöre nicht zu den Frauen, die begriffen haben, wie man Eitelkeit überwindet. Zu jenen außergewöhnlich schönen Frauen, die begriffen haben, wie man Eitelkeit überwindet.

Ich hätte aussteigen können. Ich hätte Nein sagen können.

Waren Sie schon mal auf einer Hochzeit? Dann waren Sie auf allen Hochzeiten. Brautjungfern aufgereiht wie die personifizierten Stadien im Leben einer Frau. Die dürre, patente Singlefrau, die sich schwer bemüht, nicht über ihrem Singledasein zu verzweifeln. Sie sieht »gut« aus. Sie hat sich Sprühbräune gegönnt. Ihre Hautmilch hat Glitzer. Je älter sie wird, desto mehr Zeitschriftentipps probiert sie aus. Sie wirkt ein wenig verbissen, ihre Hände sind leicht sonnengeschädigt, und ihre Füße sehen in diesen engen Stilettos aus wie ein Paar ädrige Shar-Peis, aber hey, sie macht was draus. Sie wird sich ein paar Drinks zu viel genehmigen. Es wird deutlich werden, dass sie sich in einer romantischen Komödie über Brautjungfern wähnt. Sie wird einen der Trauzeugen vögeln. Welchen wohl?

Dann gibt es die Schwangere, die höllisch selbstgefällig die ganze Zeit auf Guck mal, ich bin schwanger! macht. Ich bin erfüllt und leuchte! Ich habe es tatsächlich getan! Single und Schwangere gehen sich beflissen aus dem Weg, außer, um sich scheinheilig zur jeweils anderen herabzulassen. Sie tun einander ja *so* leid.

Dann die, die erst kürzlich ein Kind oder zwei bekommen hat. [Knicks.] Sie hat so einen gereizten, traumatisierten Blick, als wäre sie auseinandergerissen und unbeholfen wieder zusammengesetzt worden, was, na ja, zutrifft. Aber sie gibt sich immer noch Mühe auf ihre traurige, halbherzige Art, der Tatsache zum Trotz, dass die patente/bombige Phase ihres Lebens endgültig vorbei ist (oh-ho-ho, aber so was von). Sie wird nie wieder dieselbe sein, das weiß sie. Nie, niemals. Sie kann die patente Singlefrau, die sie – schon wieder diese Herablassung – wie die *Ältere* behandelt, kaum ansehen. Eben weil die patente Singlefrau sich nicht zu ihr in Konkurrenz setzt, ist ihr endgültig klar: Sie ist abgemeldet. Sie fühlt sich unsichtbar, weil sie, nun ja, unsichtbar ist! Ein großes Tier, ins selbe blöde Kleid gestopft – vielleicht aquamarin, vielleicht limettengrün, vielleicht mauve. Die Schwangere möchte eher nichts mit ihr zu tun haben, beäugt sie aber eingehend: Ganz bestimmt wird *sie* sich nicht so gehen lassen.

Und dann gibt es noch die mit den Kindern im schulpflichtigen Alter, vielleicht sogar in der Pubertät. Sie hat die Waffen gestreckt, vor einer ganzen Weile schon. In ihren Augen sind die anderen irgendwie rührend, so verstrickt in ihre Kämpfe. Sie ist fertig. Sie ist vielleicht vierzig, vielleicht aber auch siebzig, völlig egal. Sie ist durch mit ihren Verwandlungen. Sie beharrt auf ihrem Standpunkt und hakt die Jahre ab, die noch vorüberziehen. Sie macht sich nichts aus diesem philosophischen Blödsinn, geht nicht wieder und wieder ihre Entscheidungen durch. Im schlimmsten Fall ist sie sich gar nicht bewusst, Entscheidungen getroffen zu haben. Es ist, wie es ist. Fertig. Bleibt nur noch, sich auf verschreibungspflichtige Medikamente für dies und das und jenes zu verlassen, bis es endgültig vorbei ist.

Da sind sie also, hübsche Jungfern, die das Versagen und die Lächerlichkeit der jeweils anderen hervorheben, eine neben der anderen um den Leitstern versammelt, die Blätterteigbraut. Um die Braut zu *ihrer* nächsten Palette beschissener Optionen zu führen. Und Plastikgrinsen in die Fotos zu grinsen, die auf der Stelle hochgeladen werden.

Wir saßen an einem klassischen, quälend langweiligen Paartisch, an dem sich alle kannten und es nicht für nötig befanden, sich vorzustellen oder uns in die Unterhaltung einzubeziehen, die bei der Beschallung durch die zehnköpfige Band sowieso nicht zu hören war. Im Übrigen könnt ihr mich mal, ihr Paare an Paartischen auf Hochzeiten, die ihr euch nicht bemüßigt fühlt, das eine Paar zu beachten, das niemanden kennt.

Wir gingen früh. Meine Brüste loderten. Ich hatte mich nicht abgeschossen – jammerschade! Und als wir im Hotel ankamen, waren meine Brüste steinhart wie explosives Vulkangestein, als würden sie raketenmäßig abgehen und in einem Tableau aus Neonblau und Orange explodieren. Ich spürte meine Titten in den Ellbogen. Walker schlief im Reisebett, ich musste ihn zum Stillen wecken, und danach wollte er nicht wieder einschlafen. Stinkig saßen wir bis zum Morgengrauen in einem Sessel am Fenster.

Mina, die Kriegerkönigin. Sie hat ihr Kind *zu Hause* bei Crispin und Jerry bekommen. Sie hat ihr Kind tatsächlich *bekommen*.

Es gibt Hunderte von Clips, in denen Menschen Kinder gebären. Da kann man zugucken. So was Unglaubliches hat man noch nicht gesehen. Da kann man ohne Ende zugucken. Jedes Mal ist anders. Individuell. Mina Morris wird man nicht mit dem Messer zu Leibe rücken – dazu ist sie nicht der Typ.

Die OP-Filme sind zahlenmäßig geringer und schwieriger anzusehen. Unheimlich. Unpersönlich. Inzwischen könnte ich wohl in einem mitspielen.

Wieso guckst du dir das dauernd an?, fragt Paul. *Das macht dich doch nur traurig.*

Vielleicht bin ich gerne traurig.

Unterleib rasieren und mit einer antiseptischen Lösung säubern. Katheter einführen. Venenzugang in Arm oder Hand. Vollnarkose oder Lokalanästhesie verabreichen. Patientin mit ausgestreckten Armen am Tisch fixieren, OP-Abdecktuch als Blickschutz. Schnitt quer über den Bauch etwa zwei Zentimeter oberhalb der Blase vor der Schwangerschaft. Gewebe über der Gebärmutter durchschneiden und trennen. Horizontaler Schnitt in die untere Hälfte der Gebärmutter. Fruchtwasser absaugen. Baby rausholen.

Ari. Ich weiß, du wolltest es nicht so. Aber es ist vorbei, und wir können es nicht ändern. Also ist es vielleicht mal an der Zeit …

Kaiserschnittbabys leiden häufig an neonataler Atemnot, die häufig noch eine Beatmung auf der Kinderintensivstation erfordert. Kaiserschnittbabys haben häufig niedrige Apgar-Werte, in der Regel wegen Atemnot, und sind infolge der Narkose der Mutter lethargisch. Die Betäubungsmittel können darüber hinaus das Stillen erschweren.

Ich wüsste wirklich zu gern, warum du damit nicht aufhören kannst.

Endomyometritis im Wochenbett, Entzündung des Gebärmuttergewebes ist zwanzig Mal wahrscheinlicher. Das Risiko von Blutgerinnseln fünf Mal größer. Harnwegsentzündungen sind an der Tagesordnung. Diese Infekte werden in der Regel durch den Blasenkatheter ausgelöst und können mit Antibiotika behandelt werden. Träge oder ausbleibende Verdauung ist auch üblich, in der Regel als Folge der Betäubungsmittel vor und nach dem Eingriff. Frauen sterben vier Mal so häufig bei operativer wie bei vaginaler Geburt. Bei Frauen, die operativ entbinden, kann sich um die Gebärmutter Narbengewebe bilden, das künftig natürliche Geburten erschwert.

Ari. Du musst versuchen, dich davon loszumachen.

Frauen, die operativ entbinden, sind …

Schatz. Ich weiß.

– wahrscheinlich anfälliger für Wochenbettdepressionen, darunter …

Was soll ich deiner Ansicht nach dabei tun, Süße? Kannst du mir sagen, was ich tun kann?

– Versagensgefühle, Hilflosigkeit, posttraumatische Belastungsstörungen …

– Ari, das hilft nicht weiter.

– Gefühle von Machtlosigkeit, Enttäuschung, Wut, Verlust und Frustration.

– Sag bloß.

Als sie ihn mir gibt, ist es erst mal so, als hätte ich noch nie ein Neugeborenes gehalten.

Zev. So kribbelig und verkrampft, als würde er mir meine Nervosität anmerken. Sie sind einfach kleine Spiegel. Ganz unverfälscht. Erst mit etwa zwei Jahren lernen wir zu lügen. Die Welt hat keinen Platz für diese kleinen Scheißer, diese winzigen Stimmgabeln. Er ist viel zu weich und beängstigend, und was, wenn ich ihn aus Versehen umbringe? Es ist sehr wohl möglich, diese Dingelchen aus Versehen umzubringen.

Aber Scheiße, okay, schön: *Hallo, Kleiner. Hallo, Zev.*

Wie seltsam, dass er nichts war, bevor sie ihn gemacht hat. Wo war er? Irgendwo? Nirgendwo? Jetzt ist er hier und hat diesen Namen und ist eine Person. Seltsam. Mina geht duschen. Ich breite eine Decke auf dem Boden aus und wickel ihn, schon besser.

Sie kommt dampfend wieder runter, ein Handtuch um den Kopf gewickelt, in einem sauberen T-Shirt.

Wie ausgewechselt, sagt sie. *Ich habe ungefähr eine ganze Handvoll Haar verloren. Ist das normal?*

Total. Hormone.

Ein rosa T-Shirt mit Strichzeichnung einer schönen Frau mit riesigem Hut und Zigarette. Der Zigarettenrauch bildet das Wort MONTREAL.

Ich kann immer noch nicht fassen, wie normal sie wirkt. Ihr

Körper. Wie sie sich bewegt. Ich meine, riesige Brüste, Hängebauch; sie hat vor einer Woche entbunden. Aber sie ist einfach da und völlig intakt. Eine Woche nach der OP war ich noch so was von am Arsch. Ausgenommen wie ein Fisch. Jede Bewegung tat weh, aber ich versuchte, die Schmerzmittel abzusetzen, weil dadurch das Scheißen unmöglich wurde, und dann kamen die Abführmittel dran. Fünf Tage nach der Geburt öffnete sich die Wunde etwas, und ich musste zurück in dieses Scheißkrankenhaus, um die Nähte verstärken zu lassen. Ein Fiebertraum. Ein ganz falscher Schmerz. Alles tat weh.

Wow, sagte Mina. *Wo bist du denn hin? Du warst gerade sonst wo.*

Ich schüttle es ab und widme mich den letzten Verfeinerungen eines großen Topfs Suppe.

Bryan packt, heute Abend reist er ab. Ich hatte gedacht, er sei der Vater, ihr Partner. Offenbar nicht.

Freund, sagte Mina, als wir allein waren. *Mit Unterbrechungen. Wie ein Bruder. Ein charmanter, aber nerviger kleiner Bruder. Hin und wieder hab ich ihn gefesselt. Lange her. Er brauchte was zum Wohnen, und ich hab es angeboten. Da steht er drauf: verarmter Künstler. Er meldet sich, wenn er Geld braucht, das ist es mehr oder weniger. Die Vorstellung, eine »Geburt zu erleben«, fand er cool. Und weil ich zurückgeblieben bin, hab ich eingewilligt, halbwegs in der Erwartung, er würde irgendwie für mich »da sein« wollen, was mich so ungefähr zum größten Schwachsinnsarsch aller Zeiten macht. Jetzt schreibt er offenbar darüber.*

Wo fährt er hin?

Austin. Sie verdreht die Augen.

Paul ist in der Bibliothek, beim Hausarbeitenkorrigieren oder irgendwas. Paul ist immer irgendwo und macht irgendwas. Walker ist bis fünf bei Nasreen.

Ist die lecker, sagt sie über die Suppe.

Du bist die Beste, sagt Bryan schlürfend.

Gute Fee, verdammte, sagt Mina.

Ich werde Bananenbrot herschaffen, Zaubernuss, Bockshornklee, Arnika, Oregano. Windeln, Spucktücher. Eine zusammengematschte Lasagne und Zucchinibrot aus der guten Bäckerei. Bittersalze, Kohl, Tollkirsche, Senföl. Vegane Eiscreme, Himbeerblättertee. Ein kleines Stück Rosenquarz. Alles, was sie braucht.

Bryan steht auf, um sich zu verabschieden, als ich gehe, und nimmt mich fest in den Arm, eine richtige Umarmung, die mir den Atem nimmt. Erst wenn einen jemand richtig umarmt, wird einem klar, wie selten man eigentlich richtig umarmt wird.

War schön, sagt er. Er ist ein echtes Kerlchen.

Später, als Paul nach Hause kommt, mache ich einen zehnminütigen dunklen Spaziergang in der Kälte den Fluss runter. Tolle Luft. Dann mache ich die Küche.

Du wirkst aufgekratzt, bemerkt Paul.

Ich recherchiere Bryan.

... [Ein] gelegentlich tiefgründiger und bedeutender Schriftsteller, nach Meinung eines Kritikers. *Nur schreibt er leider ziemlich viel.*

Ich erwäge, vorm Schlafengehen tatsächlich einen Stift zur Hand zu nehmen und irgendwas von Jeanette Winterson. Ich tue es nicht, aber ich erwäge es. Immerhin.

Heute gehe ich mit Walker zur Geschichtenstunde in der Bibliothek und anschließend zum Burgerladen in der Mall, denn am Donnerstag keine Nasreen, und ohne Plan gerate ich etwas in Panik. Als ich ihn auf dem Parkplatz der Mall für die Rückfahrt hinten in den Kindersitz zu schnallen versuche, hat er einen Tobsuchtsanfall. Will partout nicht in den Sitz. Diskutieren zwecklos. Er will einfach nicht in diesen Kindersitz. Flippt komplett aus über diesem Scheißsitz.

Hilflos blicke ich mich um. Eine Fremde in der Nähe; junge Weiße mit rausgewachsener Blondierung und drei manierlich im ausgedienten blauen Minivan verstauten Kindern. Haufenweise Tüten aus dem Megastore. Sie beobachtet mich. Ich denke: Scheiß drauf.

Was macht man, wenn die so sind?, frage ich sie.

Bei mir ziehen die so 'ne Nummer nicht ab, sagt sie mit eisigem Funkeln in den Augen. Und wendet sich dann an die drinnen aufgereihten Kinder: *Oder?* Starrt sie nieder in ihren befleckten Kindersitzen. Sie blicken geradeaus wie Kadetten, lebenslange Stresssyndrome vor Augen.

Halb neun morgens. Paul und der Kleine sind schon unten, fast fertig mit dem Frühstück, ich schaffe es noch nicht aus dem Bett.

Das Telefon klingelt. Mina.

Hab ich dich geweckt? Tut mir leid.

Nein. Was gibt's?

Schlechte Nacht. Schlechter Tag, dann schlechte Nacht, jetzt … einfach … schlecht.

Draußen graues Winterlicht, nur Schatten, und als ich mich endlich aufraffe, rüberzugehen, ist es da drinnen genauso. Schwer. Gedimmt. Wie Waldboden. Dunkel, still und moosig, leise summend, so aufgeladen, spärliches Licht, das durch einen Baldachin aus hohen Bäumen sickert. Wie ein Tempel, der erst noch gebaut werden muss (*Daniel Libeskind sitzt dran*, würde Crispin sagen). Überall Becher mit kalt gewordenem Tee.

Sie waren beim Kinderarzt, und anscheinend nimmt Zev nicht zu. Genau genommen nimmt er ab. Der Kinderarzt war keine Hilfe.

Nach dem Motto »Kein Grund zur Beunruhigung, solange er pinkelt. Geben Sie ihm Milchpulver, wenn es Sie beruhigt. Haben Sie eine neue Versichertenkarte?«

Aber sie stillt ihn unentwegt, und ihre Brustwarzen sind blutig und zerfetzt, eine große Schwellung in der linken, und die vor zwanzig Minuten gewechselte Windel war rosa. Was bedeutet, dass er dehydriert ist.

Meine Titten bringen mich um, er ist am Verhungern, und ich bin so beschissen müde und außerdem komplett am Ausrasten. Merkt man das? Ich bin komplett am Ausrasten. Und die Scheißhebamme ruft nicht zurück.

Im Ernst? Sollen die nicht irgendwie Plazentasuppe kochen und der Göttin ein Loblied singen? Und trommeln?

Trommeln nicht.

Es ist offensichtlich, dass Zev – wie man so über Kinder sagt – nicht gedeiht. Er sieht verschrumpelt aus, mehr als noch vor ein paar Tagen. Miniaturstirnrunzeln. Wenn man so klein ist, machen ein paar Gramm viel aus.

Sie geht und klapst, geht und klapst. Ein, zwei Sekunden lang beruhigt er sich, dann schreit er wieder. Dieses zornige, machtlose Babygebrüll.

Die ganze Nacht ging das so. Okay, okay, schscht. Ich höre andauernd diese Zeile von »A Hard Rain's A-Gonna Fall« – schscht, okay – »I saw a newborn babe with wild wolves all around it«, kennst du das? Okay, schscht. »I saw a roomful of men with their hammers bleeding …«

Eine Mutter mit Baby auf dem Arm, sich wiegend, auf den Füßen federnd, schwallend wie ein Wasserfall, ist unverwechselbar. Sie spricht in Zungen. Der Kleine beruhigt sich kurz und heult dann wieder los.

»I saw a newborn babe with wild wolves all around it«, singt sie leise mit Betonung auf »wild wolves«, wie Bob Dylan auf dem einen langsamen illegalen Live-Mitschnitt, den mir mal jemand geschenkt hat, wo seine schnarrende Stimme über diese Zeile gleitet, rauf und runter.

Und offenbar ist das komisch, denn jetzt kichert sie.

Also, ich bemühe mich echt, nicht den Verstand zu verlieren, und das ist ja auch eigentlich überhaupt nicht dein Problem, aber ich hab ziemlich lange nicht geschlafen und keinen verkackten Schimmer, was ich machen soll, also, ich meine, der Arzt mit seinem »Es geht ihm gut!«, nein, es geht ihm nicht gut, du beschissener Schwanzlutscher. Sieht man doch, dass es ihm nicht gut geht! Der Arzt mit seinem »Geben Sie ihm Milchpulver, wenn es Ihnen keine Ruhe lässt«, aber ich gebe ihm kein Kackpulver, du Kackarsch! Er hat gestern neun Stunden lang gesaugt. Ich hab mitgezählt. Ich saß alles in allem neun verkackte Stunden in diesem Sessel! Neun Stunden! Ich hatte keinen Schimmer, dass meine Nippel so wehtun können! Und ich stand mal auf seichtes SM! Wenn er andockt, spüre ich das in meinen Augäpfeln! Alle Welt erzählt mir, ich soll ihm die Flasche geben. Gib dem Jungen die Flasche, gib dem Jungen die Flasche! Ich gebe dem Scheißjungen nicht die Scheißflasche! Ich hab ihn gerade in einer Scheißwanne geboren! Da geb ich ihm doch jetzt keine verkackte Pudergiftkuhzuckerchemiescheiße, Ekelnestléafrikagewaltplörre! Tut mir leid! Das ist mein Kind! Und ich gebe ihm nicht die Flasche! Danke vielmals, ihr mich auch!

Sie zittert so, wie man zittert, wenn man das Atmen vergisst und noch nicht kapiert hat, dass man nicht atmet.

Baby heult das Elend dieser Welt hinaus, und ich gerate langsam selbst etwas unter Druck. Dieses Baby hat ernsthaft Hunger. Meine Gewissheit erfüllt mich urplötzlich mit großem Stolz. Das hier ist ein arschhungriges Baby.

Okay. Tief einatmen. Ich mache es vor: ein, aus, suche ihren Blick. *Ich verstehe dich hundertprozentig, und es wird alles gut. Hast du was gegessen?*

Keine Ahnung. Eigentlich nicht. Keinen Hunger. Der kriegt von mir kein Kackfläschchen, verstehst du? Basta. Gib acht auf das, was du nach dem Willen der Allgemeinheit lieber vergessen sollst.

Okay, sage ich. *Okay.*

Sag das nicht dauernd.

Okay. Entschuldigung.

Das ist von Muriel Rukeyser. »Gib acht auf das, was du nach dem Willen der Allgemeinheit lieber vergessen sollst.« Kennst du die?

Glaub ja.

Die ist toll.

Okay.

Sie versucht wieder zu stillen. Vorbild für Brustimplantate war ursprünglich die Stillbrust, interessanterweise.

Schieb vielleicht mal den Arm noch etwas mehr drunter, Moment, hier. So. Genau. So kriegst du ihn direkter ran. Da. Besser?

So was von überhaupt nicht besser.

Ja. Es tut echt weh am Anfang.

Ach, das ist es dann, oder was? »Es tut weh am Anfang?« Und am Ende die reine Qual? Soll es denn eine Qual sein? Weil das wäre echt nett gewesen, wenn ich nicht erst vor zehn Tagen überhaupt mal irgendwas davon erfahren hätte, echt. Sie nimmt das Telefon, schmeißt es wieder hin. *Verkackte Promihebammendeserteurin, Pestbeulenschlampe.* Zev bearbeitet sie nach Kräften, ist voll dabei, aber es funktioniert nicht. Er ist frustriert, und sie leidet.

Eins nach dem anderen. Die Speisekammer. Jerrys schnieke italienische Co-Op-Pasta. Apfel schneiden und servieren, während das Wasser kocht. Butter, Salz, Pfeffer, geriebener Parmesan auf die Nudeln, Mina vorsetzen. Dann rücke ich ganz nah ran, lege Kissen zurecht, ziehe die Beine unter und warte.

Schscht, schnieft sie nicht sehr überzeugend und verdrückt den Apfel. *Scht, scht, scht. Alles okay. Es wird alles gut. Okay? Es wird alles gut. Okay? Okay. Okay.*

Das Wort *Okay* als Hundeleckerli, das das Bewusstsein in

den knurrenden Sturm des Unbewussten hievt. Okay, okay, okay. Es wird alles gut. Okay? Okay? Okay, okay.

Aber er heult wieder, so laut, dass ich es in meinen eigenen Titten spüre.

Genau: meine Titten.

Logisch: meine Titten.

Meine Mädchen. Meine Welpen.

Du, sage ich. *Kann ich ihn mal haben?*

Sie ist verwirrt, aber ich strecke die Arme aus und nicke langsam, bis sie kapiert. Ich rutsche ein Stück, sodass sich unsere Oberschenkel berühren, und nehme ihn.

Hallo, menschliche Seemuschel. Nicht Walker. Ein anderes Baby, neues Knautschknäuel als Gesicht. Winziger glänzender Gaumen im heulenden Mund.

Mina macht sich über die Nudeln her.

Ich lege Zev, rotgesichtig und wütend, auf meine Beine und mache die rechte frei.

Mina ist so damit beschäftigt, ihre Nudeln zu verschlingen, dass sie nichts mitkriegt. Ich versuche, ihr irgendeine Zustimmung zu entlocken. Sie hört auf zu essen.

Du hast doch kein AIDS oder so was? In bedeutenden Augenblicken sagen Menschen die dümmsten Dinge; das macht sie aus.

Nein.

Sie schlingt weiter. Als hätte sie noch nie Nudeln gegessen.

Er ist nicht wählerisch; er ist mordshungrig. Tatsächlich nicht das beste Andocken. Schmerzhaft. Aber er hat ja noch Zeit zu lernen. Viel Zeit, Zeit im Überfluss. Er lässt kurz los, der üppige Fluss eine Überraschung, und sucht mich dann gleich wieder mit weit geöffnetem Mund, keuchend. Weit auf. Schluck, Schluck. Entspannt sich an meiner Brust. Augen geschlossen. Das Zimmer schmilzt. Problem gelöst. Alles friedlich und blumig wie nach einem guten ersten Kuss. Ausstrecken. Auskosten. Ich erinnere mich daran. Ich kann das. Ihr bleibt nur, zuzusehen.

***

Also, ich wurde zwar aufgeschnippelt, aber das mit den Möpsen hab ich zum Glück geregelt gekriegt. Sie rollten den Kleinen in so einer Plastikwanne rein. Hintendran die Schwester von der Kinderintensiv, ihr Namensschild eine Insel in einem Ozean von Busen. DONNA KENDRICK, KINDERKRANKENSCHWESTER.

Also, hören Sie zu, Schätzchen. Folgendermaßen. Zuerst vielleicht ein bisschen heikel, aber den Dreh kriegen Sie raus. Und der kleine Mann hier kriegt's auch raus, oder, Schnucki, und schon bald ist es für Sie beide ein Spaziergang. Totaler Klacks, wenn Sie es einmal raushaben. Ihr beide hattet einen holprigen Start miteinander, aber das ist jetzt vorbei. Okay? Gut. Also, das wird prima. Probieren wir's aus, mal sehen, was Sie haben. Okay, nein, Moment, führen Sie ihn gerade ran, in gerader Linie, geben Sie ihm einen guten Winkel, dann kann er mitmachen. Tut das weh? Gut. Es soll nicht wehtun. Wenn es wehtut, ist das Andocken schlecht. Schlechtes Andocken ist nicht gut. Schlechtes Andocken ist schlecht. So viele Leute, beim schlechten Andocken schlagen sie die Hände überm Kopf zusammen und sagen Unmöglich. Sie geben auf. Das wollen wir nicht. Absoluter Klacks, wenn man es einmal raushat. Ich hab vier Jungen, denen geh ich inzwischen bis hier. Okay, geben wir ihm noch eine Minute und probieren dann die andere Seite. Tut weh? Nein. Gut. Heute geht's eher ums Prinzip. Übungszeit für Sie und für ihn; morgen kommt die Milch erst richtig, wenn Sie es also heute hinkriegen, ist es morgen ein Spaziergang. Sie sehen so aus, als wenn was wehtut. Tut was weh? Keine Scheu. Gut, gut, der Trick besteht darin, wir wollen seine Unterlippe mög-

lichst weit umstülpen, so, genau, sehen Sie? Genau, richtig, kleiner Mann. Wir sorgen einfach weiter dafür, dass ihr es hinkriegt, alle beide, und morgen seid ihr startklar und könnt loslegen. Braucht einfach ein bisschen Übung, ein bisschen Geduld. Okay, mal wechseln. Bisschen Übung, bisschen Geduld. Na denn, okay, zweite Runde, hey, na, das ist ja was! Perfekt. Das ist gut. Gut, gut. Bis ihr nach Hause kommt, seid ihr Experten. So wollen wir's haben. Gut. Dann könnt ihr einander genießen. Ihr werdet einander genießen, ihr beiden, glauben Sie mir, Ehrenwort. Sie sehen so aus, als wenn Sie mir nicht glauben. Das ist 'ne harte Nummer, so eine Sectio. So soll es nicht laufen. Und mal ganz unter uns, diese Arschlöcher bilden sich gern ein, sie wissen, wie es läuft, also machen sie, dass es so läuft. Verkaufen es Ihnen, als wären sie die Retter der Nation. Ach, Süße, natürlich fühlen Sie sich nicht so gut nach so was. Glauben Sie mir, das ist nur der Anfang. Sie haben einen tollen kleinen Jungen. Von jetzt an geht es bergauf. Oder bergab. Wie man's nimmt, nicht wahr. Ich hab vier Jungen, wie gesagt. Inzwischen haben sie schon alle selbst wieder Jungen. Ich habe acht Enkeljungen! Ich krieg nur Jungen hin. Und sehen Sie sich bitte mal den wunderschönen Jungen an, den Sie da haben! Ich weiß viel über Jungen. Immer noch Schmerzen? Tja, ist nicht immer gleich so bequem. Wie heißt er? Walker, hm? Gefällt mir. Gefällt mir sehr. Das ist ein schöner Name. Ach, ihr beiden seht prächtig aus. Das sieht gut aus. Fühlt es sich gut an? Da muss man sich dran gewöhnen. Ohne Zweifel. Sie und er, beide. Übung, Geduld. Nichts überstürzen. Gehen Sie locker ran, er macht das schon, und ihr beiden werdet euch richtig gut kennenlernen, glauben Sie mir.

Als hätte ich Oprah Winfrey an meinem Bett. Meine Dankbarkeit grenzte an religiöse Verehrung. *Das* konnte ich. Ich konnte das. So konnte ich alles wiedergutmachen. Her mit der Oxytocin-Flut! Wo hätte ich das sonst lernen sollen? Was wäre aus uns geworden, wenn wir nicht auf diese Station geraten wären, an Darling Donna, sondern so eine gestörte, gleichgültige, fläschchenverabreichende Schlampe? Und aus mir in meinem verflixten zugenähten Schockzustand?

Sie kam noch mal, bevor wir entlassen wurden, und gab mir ihre Nummer.

Normalerweise mach ich ja so was nicht, aber melden Sie sich, wenn Sie einen Schubs brauchen, ja? Bin schon lange dabei, also, raus mit der Sprache, was immer Sie für ein Problem haben. Die ersten paar Monate sind wahrscheinlich etwas holprig, nichts Aufsehenerregendes, da müssen Sie einfach durch. Danach läuft's wie geschmiert. Das vierte Trimester nennen sie das; stellen Sie es sich einfach so vor, als wenn er noch nicht ganz bereit ist für die Welt da draußen. Ein Klacks, wenn Sie's einmal raushaben. Das Beste, so ein kleiner Junge. Das Beste auf der Welt, die Liebe eines kleinen Jungen für seine Mama. Sie sind jetzt die Königin, kleine Mama.

Er dockt nicht weit genug an, erkläre ich Mina. *Also gibt's eine Schwellung, was den Nachschub blockiert.*

Meine Mutter sitzt auf der Couchlehne und lauscht.

Hört die Expertin, sagt sie.

Und daher die Schmerzen, so kannst du nicht entspannen, was den Fluss zusätzlich hemmt. Was bedeutet, beim Andocken bekommt er nicht, was er braucht, um kräftiger zu werden. Teufelskreis.

Schau einer an, Mannschaftskapitänin der La-Leche-Liga, sagt meine Mutter. *Das ist mal echte Bewusstseinsbildung hier. Wie urfeministisch von dir.*

Zev ist eingeschlafen, meine Milch läuft ihm noch die Wange runter.

Er hatte Hunger, sage ich, und Mina wird von einem Lachweinen geschüttelt.

Meinst du echt?

Der Mensch tut gern so, als wären kleine Kinder und Tiere keine empfindsamen Wesen, so lassen sich gegen sie umso schrecklichere Verbrechen verüben. Das macht es leichter, sie abzuschotten oder schreien zu lassen oder zu essen oder zu ignorieren oder zu schlagen oder zu vergewaltigen und ans Bett zu ketten. So zu tun, als wäre das, was nach Erleichterung oder Dankbarkeit oder Liebe oder Ruhe oder Angst oder Empörung oder Schmerz aussieht, bloß ein Reflex, weiter nichts.

Sie füllen einem die Arme wirklich aus, diese Wesen. Sind so gut darin, gehalten zu werden. Dann schwappt das schlechte Gewissen über mich, und ich will Walker. Ich vermisse *mein* Baby, das in einem anderen Zimmer ist, in anderen Armen.

Mina nimmt Zev, und ich habe niemanden. Was, na ja, genau, logisch.

Meine Freundin Jess hat mir damals die Dylan-Raubkopie geschenkt, fällt mir ein. *The newborn babe with wild wolves all around it. The highway of diamonds with nobody on it.*

Mina bindet sich Zev auf den Bauch, um die Arme frei zu haben, dann beugt sie sich über den Couchtisch und isst mit der freien Hand eine zweite Portion Nudeln. Balanciert die schwankende Schüssel auf einem Knie und haut rein.

Paul weigert sich, in mir zu kommen.

Es ist okay, Schatz, sage ich zu ihm. *Wirklich, Schatz, es ist okay.* Gelegentlich versteige ich mich sogar zu *Ich will deine heiße Wichse in mir*, weil wer will das nicht hören?

Aber er weigert sich. Er bringt mir noch nicht mal mehr einen Waschlappen. Es wäre nett von ihm, mir einen Waschlappen zu bringen. Das ist nicht zu viel verlangt, jemandem einen Waschlappen zu bringen.

Er sagt, er sei nicht bereit für ein zweites Kind. Ach nee, ich auch nicht, ohne Scheiß jetzt. Ich habe aber gelesen, dass die

Aufnahme von Sperma die Serotoninproduktion im weiblichen Gehirn anregt, betrachten wir es also als nette Geste: Hocken wir nun gemeinsam in diesem Schlamassel oder nicht?

Merkwürdig, dieses ganze trügerische »Bereitsein«, denn Paul ist komplett und über alle Maßen hin und weg besessen von Walker. Lächerlich, genau genommen. In Restaurants werde ich von Leuten angesprochen, die mir erzählen, wie bezaubernd Paul mit dem Jungen umgeht. Unversehens schiebe ich ihn mit dem Ellbogen weg, damit ich dem Kleinen auch mal den Arsch abwischen kann. Das ist zugegebenermaßen ein ziemliches Luxusproblem.

Für gewöhnlich sind es doch die Ladys, die so im Strudel ihrer Mamischaft stecken, dass sie die Weltpolitik vernachlässigen und sich nicht mehr fürs Blasen interessieren. Nicht so bei uns! Hier herrscht die Lust am Geschlechtertausch. Gestern habe ich ihn angeschnauzt, nachdem ich ihn gebeten hatte, nur mal fünf Minuten lang bitte danke nicht »Die Räder vom Bus« zu singen. Bitte lass ausnahmsweise mal die Scheißräder am Scheißbus. Können wir einfach mal in Ruhe Kaffee trinken? Vergiss doch den Kleinen bitte mal eine Sekunde und sprich mit mir. Dem Kleinen geht's gut. Der Kleine ist sicher. Der Kleine ist glücklich. Und ich hier bin sozusagen schrecklich einsam. Wie wär's mit einer kleinen Nackenmassage? Wie wär's mit einer kleinen Fußmassage? Wie wär's mit Abendessen, wie wär's, mich zum Lachen zu bringen? Erinnerst du dich an das kobaltblaue Hanf-Seiden-Teil, das ich zu den Stiefeln trug, als wir uns vor der Fachbereichssitzung zum ersten Mal im Flur begegneten? Weißt du noch, wie ich dich mitten in der Sitzung beim Gucken erwischte? Ich spürte deinen Blick förmlich auf meinen Schenkeln. Und erinnerst du dich an unsere stumme Unterhaltung, wir beide mit rotem Kopf, die ganze Sitzung hindurch? Weißt du noch, dass du in der Öffentlichkeit lieber nicht zu dicht neben mir standst, weil du sofort einen Steifen bekamst?

Jetzt kommt nur noch *Meinst du, von noch einer Banane kriegt er Verstopfung* oder *Hast du Tücher und Extrahemdchen und Lätzchen eingepackt* und *Wir können drüber reden, aber ehrlich mal, hin und wieder ein bisschen verdünnter Saft scheint mir halb so wild zu sein* und *Wo sind die Snacks* und *Hast du an die Thermoskanne gedacht* und *Ich glaube, das blaue Sweatshirt* und *Es ist zu kalt für ohne Hose, was meinst du?*

Um die Pubertät herum verschwimmt alles, tanzen Trauma und Hormone ihren schlammigen Twostepp auf dem Gedächtnis. Depression und Erinnerungsverlust sind beste Freunde.

Verloren in einem Privatschulmorast voller Sarahs und Jennys und Melissas und Lindsays, scheußlichen Wohlstandsgören, so hirngewaschen und devot, dass ihnen vorherbestimmt war, für den Rest ihres Lebens in einem zahngeweißten, nagelpolierten synthetischen Cardioselbstbräunerchemiepeelingschaum mit gezupfter und gewachster Fruchtbarkeitshormonersatztherapie samt Reproduktionschirurgie zu versinken.

Im Gefolge der Bat-Mizwa-Saison sprossen uns gleichzeitig Brüste und Schnurrbärte. Verzweifelten wir über unserer Akne und unseren krausen Haaren. Und standen im Morgengrauen auf, um mit der Hingabe und Entschlossenheit von Konquistadoren besagte Haare glatt zu bügeln.

Wer eine Mutter hatte, wurde kurzerhand zur Elektrolyse und in die Hautklinik gekarrt und alsbald mit Präparaten für alles und jedes eingedeckt, mit der Pille und monatelangen Antibiotikakuren, Aknebehandlungstaktik der verbrannten Erde nebst detaillierten Zeichnungen, die demonstrierten, wie unsere Föten aussehen würden, sollte man aus Versehen während dieser Medikationsphase schwanger werden, nochmals die Pille und Antidepressiva und noch mehr Antidepressiva.

Mein Vater gab sich alle erdenkliche Mühe, meine blühenden Entstellungen zu übersehen: schlimme Haut, dunklen Wangenflaum, ungleich große Brüste. Als wäre es ein Gebot der Höflichkeit, diese neuen und schrecklichen Entstellungen nicht zu thematisieren. Als Kind war ich natürlich seine schöne kleine Prinzessin gewesen; als das dann den Bach runterging, machte er einen auf Tja, zu dumm, viel Glück auch, igitt. Der blinde Augenarzt beim Weggucken.

Allein in meiner Stufe gab es sechs Mädchen, die Lindsay hießen. *Monobrauenlindsay* nannten wir die eine zur Unterscheidung, *Fette Lindsay* die andere. *Runterhollindsay, Magersuchtlindsay, Hübsche Lindsay, Mittelaltermarktlindsay.* Zwei Lindsays hatten sogar denselben Nachnamen. Lindsay Harris und Lindsay Harris.

Nein – wir verdrehten die Augen beim Lästern –, *die* andere *Lindsay Harris.*

Ach, die Privatschule in Manhattan, die mich lehrte, anhand kleinster Details bezüglich Körperpflege und Garderobe ein Mädchen absolut restlos zu entschlüsseln. Beim Schulabschluss hätten sie genauso gut Zeugnisse in objektorientiertem Mystizismus überreichen können. Ich wurde im Feuer des innersten Höllenkreises der Zicke geschmiedet.

Das wütende Katzengreinen, das wir anstimmten, um weibliche Gereiztheit heraufzubeschwören, die ausgefahrenen Krallen. Mädchen, deren Mütter ihre Töchter aufbauten und fertigmachten. Mädchen mit abwesenden Vätern, Mädchen mit hingebungsvollen Vätern. Mädchen ohne Mütter, arme kleine Lämmer, deren früh geschlagene Wunde durchschimmert bis in alle Ewigkeit. Mädchen, die sich leidenschaftlich hassten, weil sie sich eigentlich liebten. Und jene, die sich zuckersüß besäuselten, weil sie einander eigentlich verachteten.

Mädchen, die einander nicht ansahen, wenn sie sich auf der Straße begegneten. Mädchen, die wann immer möglich die Existenz der anderen ignorierten. Nein: die Existenz der anderen zu ignorieren *vorgaben.*

Meine Freundin Shane und ich beschlossen, einander ehrlich die Meinung zu sagen. Ihre luschigen reichen Ex-Hippie-»Künstler«eltern waren ewig bekifft, und ihre ältere Schwester vögelte den Ringerchampion aus der Abschlussklasse (vögelte ihn andauernd, vögelte ihn überall). Meine Mutter war tot und so oder so keine Hilfe. Also mussten wir ganz und gar ehrlich sein. Aussprechen, was der Rest der Welt sah. Wir standen auf derselben Sprosse der sozialen Leiter: absolut unbedeutend. Es gab nichts zu verlieren.

Sie machte den Anfang: *Das ist nicht böse gemeint, aber du hast eine totaaaaal jüdische Nase. Und einen dicken Bauch, also, irgendwie ganz komisch, viel dicker als der Rest. Du hast tolle Beine. Und Augen. Und okay, gegen deinen Schnurrbart müssen wir echt was unternehmen. Nicht böse gemeint. Du könntest fast hübsch sein.*

Nicht böse gemeint war Shanes Ding. Böse: um Gottes willen.

Dann war ich dran: *Dein Gesicht sieht aus wie von einem Alien. Deine komische Lidfalte ist unheimlich, und deine Augen stehen so weit auseinander, also praktisch schon seitlich am Kopf. Dadurch siehst du irgendwie aus wie ein fetter Fisch. Lassen wir deinen Körper erst mal außen vor. Du trägst hässliche Klamotten. Nicht böse gemeint. Dein Haar ist fantastisch, das darfst du nie abschneiden. Vielleicht ein Mal die Woche eine Haarkur, weil es irgendwie trocken ist. Wir sollten deine Augenbrauen wachsen.*

Wir brauchten einen Augenblick der Stille, um den jeweiligen Tatsachen ins Auge zu blicken. Dann schritten wir zur Tat. Sie half mir, meinen Schnurrbart zu bleichen, mit Zeug, das wir aus dem Kosmetikbeutel ihrer Schwester geklaut hatten. Es stank und brannte.

In der Drogerie kauften wir ein Set zum Selberwachsen, einen kleinen Plastikbottich mit braunem Wachs, das man in einem

Topf mit kochendem Wasser zum Schmelzen bringt. Ich verpasste ihr aus Versehen eine Verbrennung zweiten Grades auf der Nase und nahm links mehr weg, aber sie sah trotzdem viel, viel besser aus.

Bis zum Ende der Highschool taten wir weiter befreundet. Sie bekam gute Noten, ging auf ein gutes College und wurde ein närrisches Tantchen für die Horden von Kindern, die ihre Schwester mit dem Meisterringer zeugte. Plant jetzt offenbar, ziemlich enthusiastisch, ihre Hochzeit *(Kann's gar nicht erwarten, endlich Mrs. Jason Fishman zu werden!!!!!).* Offizielle Verlobungsfotos, tonnenweise Make-up. Was für ein Arsch hat bloß ihre Augenbrauen gefressen? Komplett verschwunden, drübergemalt. Ihre armen Augenbrauen.

Arlene war's – die einstige Highschool-Liebe und unverhoffte Seelenverwandte meines Vaters –, die sich meiner erbarmte und mich zu einem Elektrolysesalon karrte, zum Hautarzt und zu ihrem Schickimicki-Gynäkologen, bestürzt, dass ich bisher noch keinen aufgesucht hatte.

Norman, hörte ich durch die Wand, *da müssen sie hin, sobald ihre Menstruation einsetzt!*

Meinst du, sie, ähm … du meinst, sie hat sie schon?

Norman, der Müll im Bad stinkt.

Das wusste ich nicht, sagte er.

Ich hatte meine Tage schon, kurz bevor meine Mutter endgültig davongesegelt war.

Allein, mit zitternden Händen, war ich zur Drogerie um die Ecke gegangen, um Binden zu kaufen. Eine Hospizschwester wohnte bei uns. Ich wickelte jede gebrauchte Binde in eine halbe Rolle Klopapier und stopfte sie tief in den Eimer, den die Schwester für den ganzen Hospizmüll benutzte.

Du wusstest es nicht? Norm, sie trägt Doppel-D.

Wahrscheinlich … wusste ich das nicht.

Arlene führte mich in ein gedämpftes, in Grautönen gehaltenes Wartezimmer im Erdgeschoss eines Stadthauses auf der Upper East Side, kniff mir in den Arm und flüsterte mir zu: *Jackie O kommt auch hierher.* Das sollte wohl besänftigend wirken.

Ohne viel Trara machte mich der gute Doktor mit einem Spekulum bekannt, knetete meine ungleichen zarten Titten und verschrieb mir umstandslos die Pille, wegen »Unregelmäßigkeiten«. Eine strunzdämliche Maßnahme bei einer labilen Vierzehnjährigen mit großen ungleichen Titten und Schnurrbart, die Jahre entfernt war von der leisesten Aussicht auf eventuellen Geschlechtsverkehr.

Erfreulicherweise käme ich, so verkündete er, da ich ja nun ohnehin die Pille nähme, für die wundervolle neue Aknebehandlung in Betracht! Sie wirke Wunder, sagte er und überwies mich an einen Hautarzt. Ach, aber es sei »dringend empfohlen«, begleitend zur Aknebehandlung ein Antidepressivum einzunehmen, da sie bekanntermaßen »milde bis schwere« Depressionen/Psychosen auslöse/verschärfe. Also wahrscheinlich nicht die beste Idee, denn seit die tolle Englischlehrerin in der neunten Klasse mit uns Muriel Rukeysers Gedicht »Versuch eines Gesprächs zwischen zwei Menschen« durchgenommen hatte, lief in mir die Zeile »Mit vierzehn träumte ich von Selbstmord« wie ein geistiger Rosenkranz ab, um den ich mich herumwand. Ich spielte alle Möglichkeiten durch. Tabletten, Pulsadern, U-Bahn, Dach, Knarre, Schlinge, Brücke, Ofen. Bloß hatten wir einen E-Herd, und Waffen waren weit und breit keine in Sicht.

Derart medikamentös versorgt nahm ich achtzehn Kilo zu, stand nie wieder auf einem U-Bahnsteig ohne detaillierte Blitzvisionen meines Körpers unter einem Zug und habe ansonsten wenig greifbare Erinnerungen an diese Zeit.

Aber meine Haut wurde tatsächlich besser.

Es gab eine Sweet-Sixteen-Party nach der nächsten. Kleider

aus einem Laden im Village namens Neo-Romantic. Die verklemmten Mädchen, die sich geistreich und distanziert gaben, und die dummen Giftspritzen, die allen das Leben zur Hölle machten. Mädchen mit dicken Glocken und besiegeltem Schicksal. Mädchen, deren Eltern eine OP absegneten, damit besagte Glocken entfernt und durch sittsamere Exemplare ersetzt werden konnten.

Eine Freundin hatte ich, Rachel, eine echt passable, wie ich dachte: klug und ehrgeizig und spleenig und hübsch mit einer Trompetenlache, aber sie entpuppte sich in der elften Klasse als ein weiterer öder Hungerhaken. Im Laufe des Frühlings glubschten ihr die Rehaugen raus. Eisbergsalat mit nichts, das war ihr Ding. Spleenige, interessante Köpfe verabschiedeten sich in den Hungerhungerhunger.

Isst du kein Mittag?, fragte ich gern mit vollem Mund. In der Öffentlichkeit zu essen, und zwar herzhaft: Das war mein Protest. Ein One-Woman-Sit-in, Privatschul-Performance: Essen zu kauen, das ich auch tatsächlich verdaute.

Hab schon gegessen. Magersüchtige durfte man nicht ansprechen. Das galt als unhöflich.

Ach, echt? Was denn?

Sie funkelte mich an. Blödes Klischee! Lehrer schien es nicht zu scheren, ihre Eltern schien es nicht zu scheren, von uns Mädchen schien es keine zu scheren, und beizeiten fand es auch das Zulassungsgremium von Harvard nicht so wild.

Es gab die superzierlichen Mädchen (immer beliebt), grobknochige Frühentwickler (niemals beliebt), A-Mädchen und B-Mädchen und C-Mädchen und D-Mädchen. B-Mädchen, die sich eine neue Frisur und die modischen Accessoires zulegten oder sich einen angesagten Typen angelten, wurden unversehens an die Spitze katapultiert. Die C-Mädchen rotteten sich einfach zu ihrem eigenen unbedeutenden kleinen Utopia zusammen.

Und genau wie diese Mädchen will man sein, im Nachhinein so was von glasklar. Frühe Anarchistinnen. Voll krass drauf. Die anderen kratzten sie gar nicht, sie klammerten sich aus, kehrten ihnen den Rücken und beschäftigten sich mit Softball, Informatik, Gärtnern, Lyrik, Nähen. Solche Mädels haben eine Chance, einigermaßen zufriedene glückliche/taffe/selbstbewusste/erfüllte/grauhaarige erwachsene Frauen zu werden.

Eine wichtige Erkenntnis aus diesen schrecklichen, wenn auch verschwommenen Jahren: Wer sich am heftigsten bemüht, ist draußen. Zu laut, zu viel Make-up, Schnellsprecher? Offensichtliche Bedürftigkeit? Zerbrechlichkeit? Eine Spur von Anstrengung? Automatisch draußen.

Disqualifiziert.

Dem Allmächtigen sei Dank gab es damals noch kein Internet. Seinem elenden Sohnemann sei Dank gab es damals noch kein Internet.

Warum konnte ich es nicht einfach genießen? Warum konnte ich nicht ruhig sein und zufrieden und erfüllt und satt und sicher und ruhig? Warum bekam ich von Schlafmangel das Gefühl, sterben zu müssen? Und warum konnte ich dann den Kleinen nicht einfach jemandem geben und ein Nickerchen einlegen? Und woher der Wunsch, wenn er schrie, nach Stillen, Bäuerchen, Umarmung, Kuss und Windelwechseln und Stillen, Bäuerchen, Umarmung, Kuss und Windelwechseln immer noch schrie, wenn das Schreien weiterging und er nicht einschlafen wollte und die Tage sich von Sonnenaufgang bis Sonnenuntergang erstreckten, wenn ich weder gegessen noch mich umgezogen oder gebadet hatte, wenn ich niemanden zum Reden hatte und keine Gesellschaft, ihn behutsam in seine Wiege zu legen, in den Park zu gehen und ohne Mantel auf der Bank zu sitzen, bis ich sterbe? Warum so stumpf, so unzulänglich, so wütend, so geknickt?

Das liegt dir im Blut, sagte meine Mutter lachend.

Ruh dich aus, sagte Paul.

Nein, ich würde keine Ruhe finden. Es gab keine Ruhe. Dieser brutalen Ungeheuerlichkeit war nicht zu entkommen: Ich hatte ein Kind gekriegt. Ich war grundlos entzweigeschnitten worden, und noch so viele Stiche würden mich nicht wieder ganz machen. Das hysterische Gebot lautete, ihn fortdauernd aus mir heraus zu nähren, ohne Kompromisse. Ich musste wachsam sein. Allgegenwärtig. Ich war Opfer gewöhnlicher Gewalt geworden, und jetzt hatte ich dieses Kind, und es stand zu viel auf dem Spiel. Ich habe ihn vom Start weg gelinkt, ihn der entscheidenden Heldenreise durch den Geburtskanal beraubt, mein armes, zugedröhntes Bärchen. Armer, hilfloser Junge.

Schließlich fanden wir eine Ersatzgroßmutter, die wir für einige Stunden pro Woche engagierten. Sie war freundlich, Mutter zweier erwachsener Töchter. Sie tat, worum man sie bat, folgsam und zügig, aber ich wollte nicht bitten. Ich sehnte mich nach Anweisungen. Dass man es mir vormachte. Außerdem war sie nicht meine Mutter. Sobald ich eine Brust entblößte, verließ sie höflich das Zimmer. Plauderte schreckliches Zeug, wenn ich einfach nur Ruhe wollte. So fertig in der Ecke, unfähig, klar zu beantworten, welches Waschmittel ich für eine normale Maschine verwende.

Warum so nervös, so schreckhaft, so gereizt, so aufgebracht?

Paul gab sich Mühe. Er begriff nicht, was da schieflief. Wir hatten doch ein wunderschönes, gesundes Baby, oder etwa nicht?

Er stand jeden Tag in der Morgendämmerung mit dem Kleinen auf. So ein Mann war das. Morgen für Morgen. Jeden Tag, wenn es draußen noch dunkel war und ich mich nicht rühren, meinen warmen Kokon nicht verlassen konnte, die Geborgenheit dieser metaphorischen Gebärmutter.

Doch unweigerlich musste er irgendwann unterrichten oder

ins Fitnessstudio oder sonst wohin, und die Tür, die hinter ihm ins Schloss fiel, schlug dumpf in meiner Brust, ließ mich mit dem Kind allein, auf dass eine dunkle Panik in mir aufstieg. Wie *konnte* er nur?

Okay, Spatz. Mommy macht jetzt den Kühlschrank auf, alles gut. Mommy holt einen Apfel raus. Ja, einen Apfel brauchen wir jetzt. Dann setzt sich Mommy auf die Couch, okay, ja, ja, ganz bequem, klar, klar, kein Problem, hey, Wurzelchen, überhaupt kein Problem, alles ist gut, es ist Dienstag! Ich weiß nicht, was als Nächstes passiert. Mein Schatz. Okay. Wir überlegen uns den nächsten Schritt. Genau. Okay, dann eben ein bisschen Busen, mach's dir bequem, kleiner Mann, alles wird sich uns bald offenbaren, o ja, in der Tat, genau so, ganz sachte, okay, okay, okay.

Bis Paul nach Hause kam, war ich dann regelrecht hysterisch. Panisch und erleichtert und zerknirscht und regelrecht hysterisch.

Gott sei Dank, quetschte ich dann raus. Und er nahm den Kleinen und wiegte, gurrte, lachte, herzte, und ich sah aus der anderen Zimmerecke zu und fühlte mich ganz merkwürdig, außen vor, abgeschottet. In Endlosschleife: Ohne mich wärst du besser dran. Ich sollte verschwinden. Du brauchst mich nicht. Ich habe dich nicht verdient. Du brauchst ein angepasstes Frauchen, das sich klaglos einer unnötigen einschneidenden OP unterzieht. Und damit zurande kommt. Ein Nickerchen hinkriegt, wenn ihr Kind ein Nickerchen macht. So eine winzig kleine, kompakte, duldsame Schnepfe, die nicht mal Umstandsklamotten braucht. Die mit zunehmendem Alter weniger und leichter menstruiert. Ohne Körperbehaarung, ohne Stimmungsschwankungen. Eine glückliche Gattin. Eine Babybreiköchin, eine Kleiderflickerin.

Du hasst mich. Gib's zu. Du hältst mich für eine schreckliche Mutter. Doch. Gib's zu. Gib zu, dass du mich hasst.

Ich hasse deinen Zustand.

Hör auf, Paul! Ich bin doch nicht doof! Ich bin doch nicht bescheuert! Verarsch mich nicht!

Baby, natürlich bist du nicht doof.

Gib zu, dass du mich für einen abgefuckten Klotz am Bein hältst.

»Die schlechte Freundin«, wie Subeena es zu nennen pflegte. Nach dem Motto: Ich mag diesen Typen echt gern. Ich werde mich bemühen, keine schlechte Freundin zu sein, vielleicht klappt es ja diesmal. Wir wurden ziemlich oft sitzen gelassen.

Paul ermunterte mich, öfter mal vor die Tür zu gehen. Wir machten einen Familienausflug zum Bagel-Laden, einem fürchterlichen Kettenableger. Spazierten langsam und aßen schweigend schlechte Bagels, während der Kleine im Tragegurt vor sich hin döste. Ich konnte den Blick nicht von dem hässlichen Engelskalender an der Wand lösen, starrte die Daten an – 8., 10., 12., 19. Dezember – und fragte mich, wann ich endlich den Mumm aufbringen würde, meinem Leben ein Ende zu setzen, den einzig möglichen Ausweg zu nehmen und Paul in Ruhe diesen wunderschönen Jungen aufziehen zu lassen. Ich war Ballast, Gift, Krankheit.

Kommt in etwa hin, sagte meine Mutter.

Der Bagel-Laden war düster und kalt, klimatisiert mitten im Dezember.

Hühnerspätzle, antwortete das Mädchen hinter der Theke immer wieder auf die Frage nach der Tagessuppe. Auf ihrem Namensschild stand SISTER KATE. Ihr Chef war Brother David. Ich stellte mir eine Sekte vor, eine schlechte. Aber ist nicht jede einigermaßen zusammenhängende, irgendwie glückliche Familie eine Art Sekte? Eine gute?

Eines eisigen Abends geriet ich mit meiner Mutter aneinander.

Könntest du bitte, bitte ein paar Minuten lang ein bisschen mütterlich sein?

Ich wusste nicht, wie ich die nächsten Stunden überstehen sollte. Ich hatte Angst, die nächsten Stunden nicht zu überstehen. Ihre Miene wurde augenblicklich milde.

Ja, mein Schatz, sagte sie und legte den frisierten Kopf schief.

In meinem Herzen gab es tatsächlich noch immer einen kleinen Zugang für sie. Einen Nadelstich, durch den Blut oder Liebe oder was auch immer flossen. Schließlich war sie ein Teil von mir. Ich war ein Teil von ihr. Daran war ja nicht zu rütteln. Sie war in mir. Man kann sein Eigen nicht verleugnen, wie sehr man sich auch bemüht. Unser Eigen ist eigen ist eigen.

Danke, miaute ich mit ein, zwei Tränchen.

Sie kam näher, sprach sanft.

Wenn du mir vielleicht nur erklären könntest, was das heißt.

Ich bringe Cupcakes von der Co-Op mit.

In den letzten, weiß ich, sieben Windeln war nichts rosa. Und gestern Nacht hat er sieben Stunden durchgeschlafen. Es ist ein Wunder. Kommt dir das komisch vor?

Nein. Das ist toll. Ist das *komisch?*

Ich habe wach gelegen und gegrübelt, ob das komisch ist.

Aber es ist nicht komisch.

Überhaupt nicht komisch.

Das machen Frauen ja schon immer so, bloß nicht mehr seit der Erfindung von Milchpulver und Werbung.

Was war wohl zuerst, Milchpulver oder Werbung?

Werbung. Keine Ahnung.

Ich stille ihn, während sie abpumpt, um die Produktion anzukurbeln. Sie sinniert darüber, wie schwierig es bei so einem Scheißwetter sei, rauszukommen, und ich finde, ganz genau, der Winter sei eine Scheißzeit, um ein Kind zu kriegen, und sie gibt zu bedenken, dass doch aber jede Zeit irgendwie scheiße sei zum Kinderkriegen, oder?

Ich habe die Pumpe gehasst. Widerwärtige Maschine, ein echtes Folterinstrument mit seinem schrecklichen Ratatata-Gekeuche. Mina tickt abwesend mit dem Fuß die wippende leere Babyschaukel an, trinkt aus einem Tonbecher und starrt hinaus in die eisige Dunkelheit.

Das *Ratataratata* klingt allmählich wie *Wartemalwartemal* und geht dann in *Kannichmalkannichmal* über, kurz darauf ist es *Warstdudawarstduda*. Dann *Kannstdumalkannstdumal*.

Ach, sage ich. *Übrigens. Ich liebe Muriel Rukeyser. Vergessen.*

Guck mal, was meine Schwester mir geschickt hat, sagt sie, nachdem sie fast hundert Milliliter abgezapft und in den Kühlschrank gestellt hat, ein richtig gutes Zeichen, das bedeutet, sie produziert fleißig. Sie hält ein Stück Stoff hoch, rosa geblümt, und liest das Etikett vor: *»Stillschürze. Für die Bedürfnisse der modernen, aktiven stillenden Mutter.« Das ist eine Burka. So ist sie, meine Schwester. Und dann das hier.*

Noch so ein Überwurf, diesmal für den Sitz in einem Einkaufswagen. Damit das Kind niemals einen Einkaufswagen anzufassen braucht. Um das Kind vor den Übeln des Einkaufswagens zu bewahren. Mina knäuelt beides zusammen und stopft es hinter die Couch.

Ich mag dieses Baby, ihr Baby, das wirbelige feine schwarze Haar, sein Gewicht auf mir, den Geruch des Neugeborenen. Unser Baby.

Ich hatte ja keine Ahnung, wie abgefahren das wird, sagt sie.

Das kannst du laut sagen.

Wieso redet keiner darüber? Ich meine, wie blöd muss man sein, um sich danach noch drum zu scheren, ob Fremde meine Titten sehen können?

Das Problem ist Folgendes: Uns wird nichts beigebracht.

Nähen, Nahrung anpflanzen, Essen einkochen, Sachen bauen, Sachen reparieren, Feuer schüren, Kinder gebären, Kinder versorgen, Kinder füttern, die Zeit überdauern, alt werden, sterben, trauern, sich wandeln, still sitzen, ruhig sein. Still und ruhig, unermüdliche Internetter, ruhig, ruhig, ruhig.

Allein sein, Mund halten, fünf Minuten lang bei sich sein, zuhören, still sein, Übergänge wahrnehmen und verarbeiten, ritualisieren, mit nackten Füßen auf der Erde. Verschüttete Grundkenntnisse in einem Zustand schockierender Verwahrlosung, während wir auf unseren Geräten rumdrücken. Uns Affen zu nennen ist eine Beleidigung für Affen. Geburt und Betreuung eines neugeborenen Menschen ist heutzutage eine besondere Fertigkeit, Fachkompetenz, outgesourct. Biologische Grundfunktion, vor zwei, drei Generationen aufgegeben und inzwischen verschwunden, als hätte dieses Wissen niemals existiert. Als wenn das Atmen eine besondere Qualifikation erforderte oder, nein, das Scheißen. Als würde irgendein Unternehmen auf eine Goldader stoßen, indem es uns davon überzeugt, dass der Mensch nicht scheißen muss.

Verausgaben Sie sich nicht über der Kloschüssel, meine Damen und Herren! Das ist zuweilen schwierig, das ist zuweilen schmerzhaft, das ist zuweilen langwierig, so viel kann da schiefgehen. Wir befreien Sie von dieser ganzen Last. Ihr Körper ist nicht so gut darin, wie Sie vielleicht meinen, seinen eigenen Unrat zu entsorgen. Wir machen es richtig, wir machen es für Sie! Und ach, diese Öffnung ist so klein, und Ihr Unrat kann recht umfänglich sein. Wozu soll der Körper da *durch*? Unzählige Menschen leiden an Verstopfung und Darmerkrankungen, beides lässt sich nun ausmerzen! Testen Sie unsere simple Scheißabfuhr, ein Muss für den modernen, mobilen Menschen, der sich nicht mit traditioneller, dreckiger menschlicher Entleerung herumschlagen muss! Es braucht nur einen winzigen Einschnitt neben dem Darm, um täglich den Inhalt zu leeren. Steril. Auf dem neuesten Stand. Einfach.

Lassen wir die stinkenden Exkremente den Affen und Wilden. Sie sind etwas Besseres, und außerdem, wer braucht diese

Peinlichkeit? Jetzt können Sie über Zeit und Ort Ihrer Entleerung selbst bestimmen.

Und ganz bald, innerhalb weniger Generationen, erinnert sich niemand mehr, wie man ganz normal kacken geht. Niemand weiß, dass eine blöde Zeitschrift helfen kann, dass Drücken nicht gut ist, dass Kräuter oder Bittersalze oder Rizinusöl als letzter Ausweg eine feine Sache sein können.

Aber ach, na ja, die Jahre gehen dahin, und es scheint, als liege da doch, hm, vielleicht, haha, ein Irrtum oder eine gewisse, oh, Kurzsichtigkeit in diesen »Fortschritten«. Stellt sich heraus – wer hätte das gedacht –, dass die normale Darmkontraktion in der Tat erhebliche Vorteile hat, der Körper sein bester Hausmeister ist, Richter, Heiler.

Ganz ruhig jetzt, irgendwann wird man eine Studie dazu anfertigen. Vielleicht erinnert sich irgendjemandes Großmutter ans Scheißen, an die Vorstellung, dass der eigene Körper möglicherweise bestens dafür ausgestattet ist, seinen eigenen Müll zu entsorgen. Das ist wie ein Schauermärchen: fremd und faszinierend.

Und vergessen Sie einfach Ihre Narbe, Sie Trottel.

Alle sind ständig so »besorgt« um mich. Ich sei noch nicht wieder »auf dem Damm«, wie Sheryl es ausdrückt.

Manchmal, wenn ich mit dem Kleinen zusammen bin, denke ich: Du bist mein Ein und Alles, und ich würde für dich sterben.

Dann wiederum denke ich: Du Zwergendepp, lass mich verdammt noch mal in Ruhe meine Pulsadern aufschlitzen und sterben.

In dem Café, in dem ich nie an meiner Dissertation arbeite, sitzt die Frau, die ich in der Co-Op gesehen habe, mit ihrem knackfrischen Baby. Wir lächeln uns zu.

Hast du manchmal das Gefühl, komplett den Verstand zu

verlieren? Ihr Lächeln schwindet. *Das ist okay. Das ist total normal.*

Ihr Haaransatz ist braun und grau, der Rest rot gefärbt. Wahrscheinlich klammert sie sich stur an den ersten Look, den sie jemals an sich gemocht hat. Mit vielleicht dreiundzwanzig hat sie zum ersten Mal färben lassen und ist dann dem Mädchen mit dem roten Haar nie ganz entwachsen, genoss die Friseurtermine und war sehr selbstgewiss. Aber, Süße, seitdem ist viel Zeit vergangen.

Wir kommen prima zurecht, sagt sie. Ach bitte, das kannst du dem Postboten erzählen.

Wie alt ist sie denn? (Rosa von Kopf bis Fuß, also ziemlich eindeutig.)

Fünf Wochen. Glasperle. Knöspchen in Knospenvase.

War die Geburt okay für dich?

Sie zuckt tatsächlich zusammen.

Hier, sage ich und reiße ein Blatt aus meinem praktisch leeren Notizbuch. *Meine Nummer. Wenn du reden willst oder so, ruf mich an. Frauen sollten da nicht alleine durch.*

Ich mache ihr einen Auflauf, jawohl. Nehme ihr das Kind ab, damit sie duschen oder schlafen kann. Stille es für sie, wenn sie will.

Sie nimmt das gefaltete Papier.

Danke.

Wie heißt sie denn?

Luka.

My name is Luka, singe ich. Suzanne Vega.

Daran hatten wir eigentlich nicht gedacht.

Als sie weg ist, forsche ich ein bisschen. Lese eine römische Überlieferung über eine tapfere Frau, die ihren eingesperrten Vater vor Hunger und Tod bewahrte, indem sie ihn heimlich stillte. Caritas romana heißt die Geschichte. Siehe auch: Rubens, Caravaggio, Steinbeck. Präzedenzfall! Fragt die Großmutter eurer Großmutter eurer Großmutter eurer Großmutter. Der arabische Ausdruck für Menschen, die von derselben Frau gestillt wurden, so etwas wie »Milchbruder«, legt nahe, dass es sich um eine engere Beziehung handelt als die zwischen zwei Menschen, die von derselben Frau geboren wurden.

Ich schreibe an Marianne. *Weißt du was? Ich bin jetzt die Nachbarschaftsamme. Wenn das mal nicht die vierte Welle ist!*

Jetzt, wo ihre Hochzeit vorbei ist, stürzt sich Erica in den reinsten Schwangerschaftsterror (ja, so ist es recht! Gackergacker!). Wir skypen, während ich die Wäsche zusammenlege. Sie mustert sich auf ihrem Bildschirm, spielt mit ihren Haaren.

Sie »üben«, aber vier Monate sind vergangen, und noch ist nichts passiert.

Das zieht sich jetzt schon ganz schön, sagt sie. *Langsam mache ich mir Sorgen.*

Ach komm. Nicht im Ernst. Oder? Das meinst du nicht ernst, oder?

Und? Findest du, ich sollte halt keine Kinder kriegen?

Ich finde, du solltest dich entspannen und dein Leben leben und für alles dankbar sein, was kommt, und hoffen, dass du früher oder später so oder so ein Kind kriegst, und dich ansonsten damit abfinden.

Na klar, Ari, weil du schon eins hast und jetzt Zenmeisterin bist.

Hm.

Leck mich, sagt sie.

Bitte.

So fett zu werden hab ich allerdings wirklich keinen Bock. Nicht persönlich gemeint. Kann ich dich was fragen?

Das war schon eine Frage.

Woher wusstest du, dass du bereit bist? Wir haben da so einen Ovulationstest, der einem buchstäblich auf die Minute sagt, wann genau, also, wo man den Eisprung hat. Aber wir waren zu feige. Haben ferngesehen und uns was zu essen bringen lassen. Sie sieht sich um, ob sie auch allein ist, und senkt die Stimme. *Unter uns, ganz ehrlich? Steve hat ihn nicht hochgekriegt. Zu viel Druck, meint er.*

Es ist merkwürdig, wenn Leute vom Bereitsein reden. Das ist so dermaßen nicht meins. Mein Hirn hat überhaupt keinen Einfluss auf mein Herz. Ich bin nie bereit. Es gibt kein Bereit. Es gibt nur Tun, trotz allem.

Aaaalso bist du vielleicht noch nicht bereit.

Eine Boxershorts von Paul hat sich mit meiner Pyjamahose verknäuelt.

Und wie hast du dich dafür entschieden?

Ich habe es nicht verhindert. Dann ging etwas Zeit ins Land, und es ist passiert.

Winzig kleines T-Shirt.

Hm, und, wie viel? Wie viel Zeit?

Keine Ahnung. Ein Jahr?

Der Partner dieser winzigen grünen Socke. Als Erica und ich klein waren, nannte sie sich CaCa.

Also, sagt sie, *ich habe einen Termin gemacht, um alles abzuchecken und eine Überweisung zu bekommen. Für alle Fälle.*

Eine winzige orangerote Socke. Klar, wenn man sich ärztliche Unterstützung auch nur entfernt leisten kann – oder wenn ärztliche Unterstützung von der Krankenkasse bezahlt wird –, braucht man unbedingt ärztliche Unterstützung.

Erica, sage ich. *Süße. Das ist der falsche Weg. Entspann dich.*

Vielleicht will ich mich aber nicht entspannen, jammert sie.

Dieses zutiefst tragische Philosophenpaar an der Uni befindet sich offenbar in der siebzehnten Runde von diesem Quatsch. Bei Cam und Betsy letztes Jahr schüttelten einige von uns höflich den Kopf angesichts ihres Leidenswegs, während Crisp sich hitzig ereiferte.

Wer für Reproduktionsmedizin ist, könnte auch für die Todesstrafe sein, sagte er. *Wenn man selber unfruchtbar ist, wenn das* eigene *Kind von dem Wahnsinnigen vergewaltigt und ermordet wurde, dann ist man natürlich dafür, das ist purer Instinkt. Aber vielleicht hat man dann auch am Ruder nichts verloren? Bedenkt man unser höchstes gemeinsames Ideal, ach, wie heißt es noch gleich? Ach ja! Demut.*

Jerry fasste ihn am Arm, Crisp schüttelte ihn ab. Spannung lag zwischen ihnen.

Wusstet ihr, dass Amerika das einzige Land ist, in dem die Fruchtbarkeitsindustrie keinerlei Regularien unterliegt? Es geht nur um Geld, wie bei allem in dieser Schwachmatendemokratie. Kunden. Verkäufer. Keine ethischen Regularien, keine Gewinnbegrenzung.

Der traurige geschiedene Anglist meldete sich zu Wort: *Wenn die also den Leuten, die hundert Riesen hinblättern können, um sich ein Kind machen zu lassen, massive Steuern aufbrummen würden, wäre das für dich okay?*

Ja, das wäre mal ein Anfang. Impertinente Arschlöcher.

Jerry sprach leise. *Ein bisschen drastisch, oder?*

Nein, Schatz, finde ich nicht. Überhaupt nicht.

Und wenn wir auch gern Kinder hätten?, fragte Jer.

Du meinst, wie unsere Freunde? Die komplett den Verstand verloren haben? Wie meine Schwester, die jetzt von diesem Scheiß Krebs hat? Da würde ich sagen: Liebster, wir können nicht alles haben, was wir uns in diesem Leben wünschen.

Betsy trug Teller in die Küche und kam nicht zurück. Die Zartbesaiteten ließen sich zu den Weinflaschen treiben und sprachen über Unipolitik.

Wenn ich meinen Vater zu Hause anrufe, hebt Sheryl immer das zweite Telefon ab und hört mit. In seiner Praxis muss ich nicht mit ihr reden. Die Sprechstundenhilfe stellt mich durch.

Na, mein Mädchen! Was gibt's?

Liebenswürdig und fahrig wie immer.

Nicht viel, sage ich.

Kurze Vision: feste Zange am zarten Schädel meines Vaters, gedreht und gezogen von irgend so einem großspurigen Geburtshelfer mitten im Krieg. Zigarette im Mundwinkel. Ein Knacken seitlich am Kopf meines Vaters, wiederholtes Knallen irgendwo tief drinnen, wo der Mut liegt. Seine Mutter sediert, apathisch, passiv, stöhnend, schwitzend, verlassen, willenlos. Das Baby entnommen, isoliert.

Wie geht's unserem hübschen Jungen?

Gut, Daddy. Gut.

Schön! Schön.

Wir schlagen unser Lager bei uns auf oder bei ihr. Wir hören Musik. Mir gefällt ihre Musik. Ich möchte alles wissen. Die Tage wirken wunderbar ausgefüllt. Walker ist beschäftigt und zufrieden. Ich frage mich langsam, ob ich Nasreen überhaupt noch brauche.

So könnte ich zehn Kinder haben, sage ich, womit ich meine: zusammen, als Team. Rumsitzen, essen, quatschen, Decken auf dem Fußboden. Verdammt noch mal kein Problem. Wir sagen *Hm-hmmm genau o Gott ja absolut so ist es normal yeah.*

Ich stille Zev. Mina hat die geniale Idee, statt abzupumpen Walker zu stillen, der viel größer und kräftiger ist und natürlich voll der Experte, wozu also mit der Pumpe rummachen? Scheiß auf die Pumpe.

Ich war mir nicht sicher, ob es ihm recht wäre. Erst sah er mich an, *Häh?* Dann kicherte er ganz irre, urkomisch, blickte zwischen uns hin und her und kicherte sich den Arsch ab. Dann ließ er es sich schmecken.

Ich halte die Stellung, wenn sie ins Bad geht; sie hält die Stellung, wenn ich das Mittagessen mache. Wir stretchen, wir atmen. Walker spielt, zeigt mir Sachen, ist tiefenentspannt, isst, schlummert. Und wir ruhen uns aus.

Wir sagen *Ja, genau, armes Ding* und *Eben, eben, das ist das ganze Problem* und *Echt, natürlich!* Wir bestellen beim suspekten Thai, dem einzigen Thai. Wir setzen eine böse Mail an die Promihebamme auf, die in der City hockt, viel zu viele Kundinnen annimmt und den Hudson rauf- und runterschludert. Sie hat noch immer nicht auf Minas ersten Hilferuf reagiert, hat nicht mal einen Termin für eine Nachsorgeuntersuchung ausgemacht.

Ich fass es nicht, dass ich so eine verpeilte Fotze von Hausgeburtshebamme habe, sagt Mina. *Wo ich doch gerade dachte, dass Hausgeburtshebamme und verpeilte Fotze sich ausschließen.*

Zev hat in einer Woche ein Kilo zugenommen.

Milchpulver!, sagt der Kinderarzt. *Was hab ich Ihnen gesagt? Viele Frauen können einfach nicht stillen. Haben wir Ihre aktuellen Versicherungsdaten?*

Dies tun Frauen seit unvordenklichen Zeiten. Wir haben das Normale wiederentdeckt. Nicht allein zu Hause zu sitzen und in aller Stille verrückt zu werden, dankevielmals.

Das ist meine Scheißdissertation.

Auf der Highschool hießen die Mädchen Lindsay, im jüdischen Ferienlager Yael.

Jüdisches Ferienlager. Diese Wörter schmecken selbst jetzt noch nach Strychnin. Da kam einem doch die Frage, verdammt noch mal, und wenn an dieser Theorie von den Juden als minderwertiger Rasse doch was dran ist? Alles drehte sich ums Vögeln und um Zionismus, basta. Fast schon eine Erleichterung, im Herbst wieder in die Schule zu gehen, und das will was heißen.

Aber! Das jüdische Ferienlager bescherte mir Jess. Meine wunderbare Jessica. Mitbetreuerin. Lehrerin. Gruppenleiterin.

Kerlemädchen nannten wir diejenigen, die sich gleich zu Anfang einen Kerl schnappten und nicht mehr hergaben. Langweilige Luschen. Das fand ich schon immer einen tollen Bandnamen. Die Kerlemädchen. Die Langweiligen Luschen.

(*Ja*, sagt Mina. *Alles klar.*)

War man mit einer langweiligen Lusche befreundet, die sich sogleich einen Freund angelte, war man auf der Stelle abgemeldet. Man war immer nur Zwischenstation zu einem Kerl. Lückenfüller. Publikum für endlose Wiederholungen desselben Dramas.

Jess war kein luschiges Kerlemädchen.

Jess war Befreiungstheologin des jüdischen Ferienlagers. Aus einem Bostoner Vorort. Älter, kurz vorm letzten Collegejahr. Sie war scharf und furchtlos. Sie hasste das Ferienlager noch mehr als ich, aber genau hier hatten sich ihre Eltern vor hundertdreißig Jahren kennengelernt. Der Speisesaal war nach ihrem Großvater mütterlicherseits benannt.

Ganz einfach, sagte sie. *Wenn es so aussieht, als würde ich mich ihren Wünschen beugen, bezahlen sie meine Kreditkartenrechnungen und lassen mich in Ruhe.*

Sie machte mich mit Naomi Wolfs *Mythos Schönheit* bekannt und spielte das erste Ani-DiFranco-Album rauf und runter. Wir hielten Händchen. Sie hatte das vergangene Collegejahr in Indien verbracht, und ihre Garderobe bestand jetzt aus exquisiter schlichter Baumwolle und Seide in Edelsteintönen, Weiß, Lila, Himmelblau und Silber. Ihre Haltung war makellos. Stets ohne BH. Brüste stolz herausgestreckt. Nie wusch sie ihr glänzendes langes Haar. Ich spielte damit. Sie rieb mir die Schultern.

Süße nannte sie mich. *Herzchen. Honey.* Wir fassten uns dauernd an. Ich hatte noch nie eine Freundin gehabt, die ich anfassen konnte. Welche Frau hatte mich jemals angefasst?

Jess bemühte sich nicht darum, hübsch zu sein. Wollte nicht

hübsch sein. Wurde von allen verehrt. Und sie war meine Freundin. Meine!

Sie hatte schon mehrere Männer gehabt. Und mindestens einer hatte ziemlich viel kaputt gemacht. Genaueres hat sie nie erzählt, aber irgendwas Schlimmes war passiert. Oder viel Schlimmes. Eine Abtreibung, dämmerte mir eines Nachmittags, aber ich habe nicht nachgefragt. Sie hatte ihre Geheimnisse. Darin lag eine gewisse Macht.

Jedenfalls hatte sie mit Männern abgeschlossen. Männer konnten sie mal. Sie wollte mehr über meine Mutter hören. Über meinen Vater und seine Frauen. Sie wollte mehr über die Privatschule hören, die Lindsays.

Sie erzählte mir von Gender Studies, den Guerrilla Girls, Jean Kilbourne.

Das war neu: eine Frau, die ich *sein* wollte. Ich kopierte sie schamlos. Imitierte sie von Kopf bis Fuß. Ich lief in Strohsandalen und Kurtas herum, ließ mir die Nase piercen und hörte auf, mir die Haare zu waschen. Von ihr erfuhr ich alles über Sharon Olds, Cowboystiefel und Amulette, die man wie Schmuck trägt. Sie schenkte mir Susie Bright, Grace Paley, Emma Goldman. Und Sleater-Kinney. Nasenduschen. Yoga. Heiliges Holz aus Peru. Vegetarismus. Hula-Hoop-Reifen. Ecstasy. Wir kochten Tee mit Honig und Zitrone und Zimt und schliefen eng umschlungen ein. Wir sangen unseren Schutzbefohlenen, einer Horde hormongeplagter zwölfjähriger Mädchen, die wir ansonsten ignorierten, »Both Hands« vor.

Eines Abends gab ich puterrot zu, noch Jungfrau zu sein und nie einen Orgasmus gehabt zu haben – *also*, glaube *ich jedenfalls, aber vielleicht schon, keine Ahnung* –, und ganz geduldig, bedächtig und selbstbewusst langte sie in ihre Gummizughose, um mir einen Orgasmus vorzuführen. Beim Zusehen begriff ich, dass ich ziemlich weit davon entfernt war, jemals einen gehabt zu haben.

Kurz vor Ende des Sommers ließen wir uns bei einem Ausflug in die Stadt die gleichen Tattoos machen. Beide high. Eicheln. Meine linke Schulter, ihr rechtes Handgelenk. Wohin auch immer uns der Wind tragen würde, wir stammten zweifellos vom selben Baum.

Ihr College war nur zwei Stunden von der City entfernt, und eine Weile sahen wir uns ständig. Wir trafen uns die Ostküste rauf und runter und gingen in Konzerte, ich in höchster Euphorie, völlig in ihr aufgegangen. Wie sie da vorne stand und ihre Zustimmung herausbrüllte, die Fäuste schüttelte und heiser, tränenüberströmt, verquollen und zufrieden daraus hervorkam. Mein Idol. Hinterher aßen wir im Diner, als hätten wir eine Woche lang nichts gegessen.

Du und deine Lesbenmusik, bemerkte Erica einmal. Ich hatte sie nicht als Lesben betrachtet, meine geliebten Indigo Girls, meine Michelle Shocked, Dar Williams, Shawn Colvin, Le Tigre, meine Ani DiFranco. Ich wusste nur, dass ich mich auf diesen Konzerten im Reinen und am Platze fühlte. Da war ich ein Mensch. Da war ich wichtig. Ich war eben doch nicht dumm und weder fett noch hässlich noch trantütig; ich war geistreich und cool und super und gut drauf. Ich hatte verdammt noch mal eine Stimme. Die Frauen auf diesen Konzerten waren keine aufgebrezelten Geishas. Sie sprachen über Kunst, Leben, Politik. Sie nahmen sich das Recht auf Gefühle und Meinungen und Wut und Poesie und Lachen und Tränen und Körper. Widerspruch. »Hübsch« auszusehen stand weit unten auf ihrer Liste. Solides Schuhwerk ganz oben. Es zählte nur, dass man sich Gehör verschaffte und der Rest der Welt kacken gehen konnte. Ich war schön. Ich hatte Stil. Substanz. Ich rauchte. Fuhr zu schnell. Wir sind alle Klischees. Man lernt von Freunden, wer man sein will. Vor allem, wenn man ohne Geschwister aufwächst.

Oder mit Geschwistern, die einem nichts beibringen können, sagt Mina.

Jess meldete sich zum Friedenscorps, ging nach Ecuador, verliebte sich in einen Deutschen und lebt heute in Berlin. Einmal im Jahr entschuldigt sie sich, dass sie sich so selten meldet.

Ich will alles darüber hören!

Was, die Geburt? Die verrückteste Erfahrung meines Lebens. Also, LSD, Heroin, Sadomaso: Kinderkram. Pubertärer Scheiß. Spielzeit.

Wieso, wegen dem Schmerz?

Der Schmerz läuft so mit. Wobei, nein; es geht um den Schmerz. Der Schmerz packt deine Aufmerksamkeit. Wenn etwas nicht stimmt, kommt Angst zum Schmerz, und dadurch wird er schrecklich. Angst ist schrecklich. Angst ist das Ätzendste, was es gibt im Leben. Wenn alles so ist, wie es sein sollte, und wenn du darauf vertraust, braucht es keine Angst, also ist der Schmerz … egal. Eine Tatsache. Ein Ding. Schmerz allein verbürgt noch keine Angst. Durch diese Erkenntnis ändert sich alles. Hat mich komplett umgehauen.

Weiter.

Das hatte was von Todesnähe. Man steigt in Tiefen hinab, in die man im Leben selten gelangt. Extreme. Und es gibt kein Rettungswort. Kein, was weiß ich, »Haltet den Zug an, ich will aussteigen«. Als hätte man mich von innen nach außen gekrempelt. Als würde sich die Haut lösen, die Seele den Körper verlassen. Ego-Brandbombe. Ich dachte, ich explodiere. Also, buchstäblich: dass ich mich in einen Stern verwandle. Es war galaktisch. Und es geht weiter in so Wellen, total rhythmisch und irre. Dieses … keine Ahnung … wie der abgefuckte kosmische Rhythmus seit Urzeiten. Und man ist allein damit. Das ganze Leben, die ganze Persönlichkeit ist ausgelöscht. Als würde man versuchen, sein Alltagsbewusstsein abzustreifen, ja? Darum saufen Menschen oder machen Fitness bis zum Umfallen oder bekiffen sich oder sonst was. Weil es der Hammer ist. Aber hier gibt es, na ja, Erlösung, Überleben. Sobald es vorbei ist, ist der Schmerz weg, und da ist buchstäblich die Frucht deiner Qualen. Die buchstäbliche Frucht deiner Qualen! Du kannst ihn in den Arm nehmen, ihn einwickeln und festhalten und beschützen. Das ist doch Wahnsinn!

Hm, sage ich.

Ihre Finger wandern Zevs Bein rauf und wieder runter. Er ist total aufmerksam. Ich dachte immer, Babys wären einfach ein bisschen weggetreten, aber jetzt stellt sich heraus, nein, wenn sie normal geboren werden, sind sie – aber hallo! – ziemlich munter.

Weil es nicht so ein Konstrukt ist wie Sadomaso zum Beispiel. Ein Spiel in beiderseitigem Einvernehmen. Da ist keiner, der sozusagen am anderen Ende das Tau hält. Es ist eine Kraft, die du nie erkennen wirst. Wie … Leben, Tod, unbekannte Dimensionen. Keine Ahnung.

Sie steckt sich seinen Fuß in den Mund und knabbert daran. Er hebt die Ärmchen, konzentriert sich so fest auf sie.

Und das Baby?

Wie, das Baby?

Ich weiß nicht, was ist dann mit dem Baby?

Das Baby ist die Belohnung. Das Baby ist der Preis. Das Baby ist das Geschenk. Das auf der anderen Seite der … na ja … mythischen Überfahrt wartet. Keine Ahnung. Es gibt ein Davor und ein Danach. Davor ist was völlig anderes, und danach ist das Davor unwichtig. Tod, Wiedergeburt.

Das Baby ist unschuldig. Tabula rasa.

Total. Das ist es doch, oder? Tabula rasa, in deine Arme und los.

Ja, sage ich. Das ist es.

Sie ist fantastisch, Paul. Sie ist so toll.

Er nickt.

Sie klingt cool.

Ich liebe sie, Paul.

Er wischt die Arbeitsflächen, sortiert einen Stapel Post.

Ich meine, sie ist noch viel abgefuckter als ich wegen ihrem ganzen Zeug.

Ihres ganzen Zeugs.

Scheiß drauf, Paul.

Noch so etwas, was ich gar nicht erst versuchen muss, Paul verständlich zu machen. Sie ist wie eine große alte Glocke, die ich tief in meinem Innern schlagen höre, da, wo meine besten Seiten sind. Die Schwingungen setzen sich fort, immer weiter, verjagen die Spinnweben, den ganzen kompakten, wild reingestopften Müll, sodass plötzlich ach du lieber Gott so viel Raum hier drinnen ist, ich hatte ja keine Ahnung, dass in mir so viel Platz ist, was für ein angenehmer Ort ich auf einmal bin. Eine Wiedererkenntnis. Eine Wiedervereinigung. Ein Licht, das so lange gelöscht gewesen war.

Das gefällt mir wirklich. Das werde ich diesmal nicht kaputt machen. Das hier gehe ich langsam an.

Also, von Anfang. Was passierte am Anfang?

Ich habe meine Freundin Ilana angerufen, die sich bereit erklärt hatte, umsonst die Doula zu machen, solange sie noch nicht zugelassen ist. Bryan war da. Bryan war seit etwa einer Woche da. Die Hebamme kam von Poughkeepsie hoch und ließ sich jede Menge Zeit. Es fing langsam an. Bryan schlief. Es gibt so Momente, wo einem klar wird, Scheiße noch mal, ich bin ganz allein.

Hattest du Angst?

Ich war dabei. Ich war konzentriert. Ich war nicht angespannt. Anspannung ist das Schlimmste. Man darf sich nicht anspannen.

Nach einer Weile taucht Ilana auf, und Bryan findet sie knackig, also flirten sie, und ich nur, Raus mit euch, alle beide. Ein paar Stunden vergehen. Die Kontraktionen waren cool, ziemlich cool, alle paar Minuten, aber ich war total da, konnte nur nichts anderes mehr machen, verstehst du? Das hat mich von allem abgezogen, was ich gerade tat. Beim Apfelschneiden musste ich das Messer hinlegen und einfach meine ganze Aufmerksamkeit auf die Kontraktion richten. Absolut machbar. Kein Thema. Okay. Hebamme immer noch nicht da. Kontraktionen werden immer stärker. So stark, dass ich gar nichts anderes mehr machen konnte – mich nicht mehr unterhalten, nicht mehr essen, überhaupt nichts mehr außer damit fertigwerden. Durchhalten. Da war ich schon, weiß ich, sieben Stunden dabei. Endlich kommt die Hebamme, untersucht mich und geht hoch zu einem Nickerchen, weil es noch Stunden und Stunden dauern kann, aber na ja. Eigentlich hatte ich mich darauf gefreut, sie bei mir zu haben. Bryan war für die Musik zuständig und spielte ständig so einen verkopften Indie-Rock-Scheiß, um Ilana zu beeindrucken. Von mir kam dann, Leck mich, ich brauch ordentlichen R&B, ein bisschen Blues. Etwas. Und, sobald wieder so eine abgehobene Indie-Rock-Nummer losging, Mach den Scheiß aus, aus, aus.

Nach etwa neun Stunden wirkte Ilana irgendwie eingeschüchtert, irgendwie neben der Spur. Bryan war nicht eingeschüchtert, aber Bryan strebte in den virtuellen Raum. Er konnte damit nicht umgehen. Er war abgemeldet. Mir egal. Die Hebamme kam und ging. Ich weiß noch, wie sie irgendwann in der Küche ein Sandwich aß und ich dachte, Wie bitte, Madame? Als es richtig dicke kam, ging ich zu Boden, und auf einmal war sie voll da. Das war so glasklar, wie der unglaublichste Trip. Alles war klar. Kein Raum mehr für irgendeinen Schwachsinn.

Darf ich kurz – ich meine, Entschuldigung, aber wenn was schiefgegangen wäre?

Dann wären wir ins Krankenhaus gefahren.

Das klingt bei dir gar nicht beängstigend.

Wäre es beängstigend, dann wäre es wohl beängstigend. Also, wenn du Angst hast, ist es beängstigend. Das Leben ist genau so schreckenerregend, wie man es haben will.

Das ist heftig. Gott, was bin ich für eine Versagerin.

Was dann kam, war eine ganz andere Nummer. Es gab keine Pausen. Also fortlaufend, richtig schnell, eine Welle nach der anderen ohne Pause: ein Brecher, und der nächste Wellenkamm baute sich schon wieder auf. Totale Kakophonie, Überlappung, verstehst du? Ein einziger irrer Sturm, der endlos mit mir spielte. Gnadenlos.

Wie Mutterschaft!

Und ich war inzwischen am Stöhnen und Betteln, Ah, eine Pause, bitte, aber nix, keine Pause. Es packt dich am Nacken und schleift dich mit, wenn du nicht freiwillig kommst. Also steigst du besser auf und machst mit.

Das hätte ich nicht gekonnt.

Natürlich hättest du das gekonnt.

Ich zucke die Achseln. Sie schimpft beinahe mit mir.

Natürlich hättest du es gekonnt. Man hat dich verarscht. Und ich meine, ja klar, wäre irgendwann eine nette Schwester reingekommen und hätte gefragt, »Wie sieht's aus mit einer Spinale?«, ich hätte JA SCHEISSE LOGISCH gerufen und BISSCHEN PLÖTZLICH, DU SCHLAMPE. Ich bin ja kein Übermensch oder, was weiß ich, »schmerzresistent«. Sie rahmte ihr Gesicht ein und klimperte mit den Wimpern. *Ich wusste halt einfach, dass ich es so haben will, und ich wusste, was mit Frauen passiert, die sich nicht schützen. Also habe ich dafür gesorgt, dass mich keiner in die Tonne trümmern kann.*

Erst wenn einem jemand richtig in die Augen blickt, wird einem klar, wie selten einem jemand in die Augen blickt.

Man hat dich vergewaltigt, unterm Strich.

Danke, sage ich, nach Kräften bemüht, ihrem Blick standzuhalten.

Ein paar Tage im Monat will ich jeden Mann bespringen, der mir unter die Augen kommt. Dann bläht es mich auf, und der Bauch wird rund. Eine Weile will ich mir Essen ins Maul schaufeln, mich von Zucker ernähren. Dann tendiere ich zu Selbstmord. Völlig hoffnungslos, beängstigend traurig. Will meine Mutter. Einen Draht zu ihr. Ich bin sie. Sie war ich. Und an dem Punkt fange ich an, Paul zu hassen. Wie er mich anguckt, wie er mit mir redet, wie er mich anfasst. Will weg. Stelle mir vor, mich selbst anzuzünden. Fühle mich belogen, klein gehalten. Bin mir sicher, dass seine Freundlichkeit gespielt ist, reine Pflicht. Dass ich im Grunde seines Herzens eine Randfigur bin.

Heute in den Nachrichten: ein Bericht über ein zweijähriges Mädchen in China, das allein durch die Straßen einer großen Stadt läuft. Überwachungskameras zeigen, wie es auf die Straße watschelt, wo es von einem weißen Lieferwagen erfasst und überfahren wird. Der Wagen hält kurz an und fährt dann weiter. Neun Minuten lang liegt das kleine Mädchen blutend auf der Straße, während Menschen zu Fuß und auf Fahrrädern an ihr vorbeiziehen. Der Link zum Filmmaterial warnt: EXTREM AUFWÜHLEND. Ich sehe das Mädchen vor diesen Lieferwagen watscheln, sehe, wie es erfasst wird, wie es erstaunt die Ärmchen hochwirft, beinahe, als würde es sie nach jemandem ausstrecken.

Ich kann mich davon nicht losreißen. Ich zünde eine Kerze an und versuche, mich nicht zu übergeben. Gehört alles zum ewigen Kreislauf.

Das rostige Rad dreht sich weiter wie von einer unsichtbaren arthritischen Hand gekurbelt. Morgen oder übermorgen oder am Tag danach kommt die Blutung. Und unmittelbar wird sich der Schleier heben. Alles licht und friedlich, und die Schlagzeilen versauen mir nicht mehr den Tag. Alles ist, wird, war immer okay.

Bände und nochmals Bände über Forschung, Krieg, Gewalt und die lebensbedrohlichen, lebensbildenden Reisen der Männer. Hierüber jedoch redet man nicht. Das Vögeln, die Traurigkeit, die Dunkelheit, das Blut, das Licht. Für dieses Zeug würde man bei lebendigem Leibe abgefackelt.

Eine Zimmergenossin auf dem College hatte einen schicken schwarzen BH, den sie nie wusch. Eine Studentin mit Stipendium und einem Hass auf den Privilegienwildwuchs. Was ich, ja klar, verstehe, und hey, tut mir leid, und bitte, ich gebe mir alle erdenkliche Mühe, ein Leben zu führen, in dem Geld keine Rolle spielt.

Sie war so besessen von Geld. Welch Ironie! Ich wurde für meinen Wohlstand gehasst, aber mir war Geld egal! *Du* bist diejenige, der Geld so wichtig ist! Wer ist hier also verachtenswert? Hier, nimm meine Klamotten. Hier, ich lade dich zum Mittagessen ein. Klar leih ich dir was. *Mir völlig egal.* Nimm etwas, nimm mehr. Wie viel kann ich dir geben zum Beweis, dass mir Geld nichts bedeutet? Wie viel, damit du kapierst, dass ich keine gierige, egoistische, abgeschottete Prinzessin bin? Wie zerlumpt meine Stiefel, wie billig mein T-Shirt, wie altmodisch meine Kleider? Wie viele Jahre im selben Mantel? Wie fixiert auf lausige Caféjobs und mein Studium? Müßig. Sie wollte mich nun mal zum Kotzen finden.

Dann die Mitbewohnerin mit dem Drogenproblem. Sie kam und ging wie ein Geist, kaum ein Hallo, wollte mich nicht kennen. Vögelte einen Kerl in einer Band. Fast nie da. Schöner Kerl, schreckliche Band. Der Kerl hat mich immer wieder angebaggert.

Dann gab es noch Shira. Süße Schlampe aus einer religiösen Familie in New Jersey. Ihre Mutter war sterbenskrank. Im

Herbst unseres zweiten Jahres die zweite Runde Chemo. Lymphknoten befallen.

Meine ist gestorben, als ich dreizehn war, vertraute ich ihr eines Abends über Dosas an. Die tote Mutter war ein alter Hut für mich. Ich könnte ihr eine Freundin sein.

Meine wird wieder gesund, sagte sie. Der Bissen blieb mir im Halse stecken. Sie aß ruhig weiter. Hm, klar.

Sie war dünn und vollbusig. Komplett besessen von einem Schnösel, der sie wie den letzten Dreck behandelte. Ich wurde meine Jungfräulichkeit immer noch nicht los, aber sie ließ, sobald das Thema aufkam, ein kokettes kleines Schmunzeln sehen, um mich wissen zu lassen, dass sie miteinander vögelten. Ich sollte sie darum beneiden. Sie war ein ziemlicher Depp, hatte aber das reizendste Zahnlückengrinsen.

Unsere Freundschaft endete, als ich zu Rosch ha-Schana bei ihr zu Hause war und der Vater sich als widerwärtige Bestätigung aller semitischen Stereotypen entpuppte, von denen man je gehört hat. Dieser Mann war, genau genommen, die fleischgewordene Nazi-Karikatur: schmierig, dick, Halbglatze, ordinäre schwarze Kippa. Überwältigender Körpergeruch. Essensreste auf seinem Baumwoll-Polyester-Hemd, Schweißflecken unter den Achseln. Als hätte er sich zur Halloweenparty des Ku-Klux-Klan als dreckiger Jude verkleidet.

Er begrüßte mich überschwänglich, aufdringlich.

Ariella. Enkelin von Überlebenden, wie ich gehört habe.

Ja.

Und irgendwie landeten wir binnen drei Minuten bei den Palästinensern – und dass sie nicht verdient hätten zu leben.

Sie haben Glück, dass wir sie leben lassen. Aus Barmherzigkeit.

Shira half ihrer Mutter, die Suppe aufzutragen, hin und her zwischen Küche und Esszimmer. Ihre traurige Miene wollte sagen, *Ja, ach, er übertreibt halt gern.*

Es ging endlos so weiter. Er ließ nichts aus.

Wir könnten sie mir nichts, dir nichts auslöschen. Sollten wir auch. Israel hat schon immer dem jüdischen Volk gehört, und das wird auch so bleiben. Die Sorgen einer Horde schmutziger Nomaden sind nicht unser Problem.

Entschuldigung, aber das ist, na, echt rassistisch.

Shira kam mit dem letzten Teller herein. Alle anderen am Tisch aßen oder nickten oder starrten in die Luft.

Sie wollen uns ins Meer jagen, und Sie sind wahrscheinlich der Meinung, das sollten wir zulassen. Im Interesse – hm? – politischer Korrektheit? Na, tut mir leid, Mädchen, aber das Überleben des jüdischen Volkes hat Vorrang, und daran ist nicht zu rütteln. Sie verstecken ihre Waffenvorräte mitten unter Frauen und Kindern, damit sie Zeter und Mordio schreien können, wenn Frauen und Kinder getroffen werden. Ich würde diese Tiere mit Vergnügen eins nach dem anderen zusammentreiben und vergasen. Israels Wirtschaft ist stärker als die aller seiner Nachbarn zusammengenommen! Handys kommen aus Israel. Die moderne Reproduktionsmedizin. Ein winziger Streifen Wüste, in ein blühendes Paradies verwandelt, Licht der Völker. Sie können ja mal bei den Arabern leben, die Hände über den Boden schleifen lassen, Schleier tragen, nur zu, und dann kommen Sie wieder her und erzählen mir, was das für ein ehrenwertes Volk ist.

Sie sind so ein Arschloch.

Shira zog noch vor der Winterpause in ein anderes Zimmer. Ihre Mutter starb im Frühjahr. Nach ihrem Abschluss hatte der Schnösel dann wohl richtig mit ihr Schluss gemacht, denn mein letzter Stand ist, dass sie einen Kinderzahnarzt geheiratet, viele Babys in die Welt gesetzt hat und in einer dieser Kleinstädte in Upstate New York wohnt, die voller orthodoxer Juden sind. Wahrscheinlich nicht weit von hier.

Weihnachtsabend bei Cam und Betsy. Das Haus ist festlich geschmückt, und alle sind bester Laune.

Cam und ich verhakeln uns in diesem Klassiker, wo man sich nicht auf die Wange einigen kann und kaum merklich in Panik gerät, weil beinahe die Münder aufeinandertreffen.

Bist du nicht, ähm, Jude?, frage ich ihn.

Sozusagen.

Na dann. Schöne Weihnachten.

Cat will unbedingt hören, was mit Mina ist. Sie nimmt sich nicht mal die Zeit, meine Klamotten niederzumachen.

Hab gehört, sie hat ihr Kind gekriegt.

Ja.

Sie wirkt echt cool.

Ist sie auch.

Walker klettert auf meinen Schoß. *Bus*, sagt er. *Bus?*

Er darf so ziemlich immer trinken, wenn ihm danach ist, und manchmal fragen Leute in diesem affektierten Ton, *Ach, du stillst ihn noch?*

Und siehe da, die Zombiegattin des herablassenden Politikfuzzis: *Noch immer am Stillen, hm?*

Wow, sagt der herablassende Politfuzzi. *Wenn sie alt genug sind, drum zu bitten …*

Im August setzte sich eine Oma, bestimmt so eine mit Wochenendhaus hier oben, in einem Café in Chatham an den Nebentisch und meinte ganz leutselig: *Wissen Sie, Sie können dieses Kind stillen, bis es zwanzig ist, aber Sie versauen ihm damit das ganze Leben.*

Ach, keine Sorge, antwortete ich ebenso leutselig, *ist ja nicht meiner.* Geradezu hellsichtig, oder.

Dieser Gesichtsausdruck! (*Über echte Meinungsverschiedenheiten streite ich nicht*, sagt die Frau in meiner Lieblingsgeschichte von Grace Paley.)

Als wäre es ihnen lieber, wenn man einfach zu Hause bleibt,

unsichtbar. Nein, ich mache mich nicht unsichtbar. Ich setze mich nicht mitten beim Essen aufs Klo, damit ihr euch nicht damit auseinanderzusetzen braucht, dass ihr zweibeinige Säugetiere seid, Miststück.

Wenn doch nur Crisp und Jerry hier wären.

Ja, sage ich. *Sieht so aus, als würde ich stillen.*

Ist ja okay, sagt Zombie.

Ach, danke vielmals.

Tut das weh?, erkundigt sich Cat, durch und durch Akademikerin.

Nein, die Kommentare tun weh. Die angeekelten Gesichter tun ein bisschen weh.

Ist doch egal, was andere denken, sagt Paul. Bemüht hat er sich jedenfalls, der Süße.

Meine Schwägerin stillt ihren Kleinen immer noch, und der ist irgendwas bei zwölf, sagt Cam.

Er ist drei!, brüllt Betsy.

Egal, Mann, jedenfalls merkwürdig. Er massiert da an ihr rum, während sie versucht, sich mit einem zu unterhalten, als wäre nichts.

Du meine Güte, wie dreist, dieses Multitasking!

Alle sehen mich an.

Nein, im Ernst, ihr solltet sie bis zum Hals einbuddeln und mit Steinen bewerfen, bis sie tot ist. Was für eine verrückte Irre, die ihrem Kind die gesunde normale Kindheit eines Säugetiers bietet. Eine vor Gesundheit strotzende Frau, die ihren Körper so einsetzt wie von der Biologie vorgesehen? Eklig. Wo sie doch zum selben Zweck von einem multinationalen Unternehmen ein total minderwertiges Produkt kaufen könnte. Das ist regelrecht unamerikanisch. Und dann noch vor den Augen eines Intellektuellen wie dir?! Fesseln und BEI LEBENDIGEM LEIB VERBRENNEN.

Paul ist schockstarr. Betsy gibt ein nervöses, helles Kichern von sich, Cat mopst sich unentwegt unendlich kleine Bissen von ihrem Teller, und ich denke: Ich finde euch zum Kotzen. Ich finde euch wirklich alle zum Kotzen.

Dann, na toll, einfach wunderbar, stützt natürlich meine Mutter, klar, den Ellbogen auf den Kaminsims und nickt mir hämisch beeindruckt zu.

Mir sagte der Arzt, Stillen sei was »für Eingeborene«, sagt sie. *Es gab Pillen, die man nehmen konnte, damit keine Milch mehr kam. Die Schwestern waren strikte Befürworterinnen des Milchpulvers. Ich habe dich die ersten Tage praktisch nicht zu Gesicht bekommen. Himmlisch.*

Bevor noch irgendjemand etwas sagen kann, nehme ich den Kleinen und stapfe mit einer entblößten Brust zur Haustür.

Rumms. Ich habe meine Tasche vergessen, mitsamt Hausschlüssel. Ich sitze eine Weile auf unserer Vortreppe, mit Herzwummern, die Tränen laufen. Dann trage ich Walker zu Crisp und Jerry rüber und setze mich eine Weile auf deren Stufen, versuche, mich zu beruhigen, und warte auf irgendwas. Keine Ahnung, was. Ein Zeichen. Vergebung. Gnade. Vergeblich, doch als ich klopfe, macht Mina auf, und ich brauche nichts zu erklären. Sie schließt einfach hinter mir ab.

Unkraut oder Blumen, sagte Marianne zu mir, als wir zum ersten Mal essen gingen. Sie hatte mich früh auserkoren. Ich fühlte mich furchtbar geschmeichelt. *Das sind die Optionen. Ist man zäh, besitzt man diese robuste Schönheit? Oder ist man eine zarte Züchtung? Nichts trauriger als ein Unkraut, das danach strebt, zur Blume zu werden. Oder eine Blume, die so tut, als sei sie Unkraut.*

Ist das nicht ein bisschen essentialistisch?

Unkraut oder Blume, Schätzchen. Unkraut oder Blume.

Am letzten Tag, Blutung fast vorbei, zurück zur Normalität, versuche ich Paul davon zu überzeugen, dass es okay ist. »Sicher«, wie man so sagt.

Bitte, sage ich kurz vor Schluss. Er liegt oben, was ich Geschichte und Religion zum Trotz echt am liebsten mag. In letzter Zeit fühlt es sich an, als käme ich ihm nur so überhaupt halbwegs nah.

Baby, sage ich zu ihm, *es ist okay.*

Sicher? Er ist nicht überzeugt, aber einigermaßen gewillt, sich überzeugen zu lassen.

Ja, Baby, ja. Bitte. Ja.

Sicher?

Allein der Gedanke, dass er in mir kommen könnte, ausnahmsweise – wie in alten Zeiten! –, reicht fast schon aus, um mich explodieren zu lassen. Ich bin nah dran. So nah. So nah.

Bitte, flehe ich. *Bitte.*

Die Gebärmutter ist ein Monster. Unersättlich. Sie will mein Hirn fressen. Sobald ich mich entspanne und richtig einatme, ausatme, den Kopf klar kriege, mich umsehe, die Welt wieder wahrnehme, mich erkenne und die Menschen um mich herum, genau in dem Moment kommt dieses bösartige Flüstern, dieses höhnische Noch ein Baby, noch eins, komm schon, feige oder was, wann kriegst du das nächste, na los, jetzt jetzt jetzt komm schon komm schon du willst es doch du willst du willst, das weißt du.

Bevor ich ein Kind bekam, hieß es immer, Willst du ein Kind? Wie viele Jahre noch, bis du keins mehr bekommen kannst? Was passiert, wenn die Zeit um ist und du keins bekommen hast? Wirst du eins bekommen? Na, na? Was, wenn du es verpasst und kein Kind bekommst? Ticktack, ticktack! (Übrigens, psssst! *Willst* du kein Kind? Spielt das eine Rolle?? Na los!)

Na schön, prima, okay, hat also alles geklappt, du hast ein Kind bekommen, noch bevor sich ab vierzig der eiserne Vorhang senkt, und musstest dir nicht mal aus fragwürdiger medizinischer Ethik, schierem Willen und einem Koffer voller Kleingeld eins zusammenbasteln. Abklatschen, geschafft! Gut gemacht. Und: Kriegst du jetzt noch eins? Willst du nicht noch eins? Und noch eins? Kriegst du noch eins? Na? Na?? Eins, stellt sich heraus, hat nicht ausgereicht, um mir die Welt, bzw. die Welt in meinem Körper, vom Leib zu halten.

Paul kommt auf meiner Hüfte, und ich hole mir einen Waschlappen.

Meine letzte Zimmergenossin auf dem College war Liz. Ihr Vater hatte sich das Leben genommen. Sie war seltsam still und konnte einem ums Verrecken nicht in die Augen sehen, saß auf einem Müllhaufen voller Wut und log das weg, dass sich die Balken bogen. Sie war die Königin der Lesben, und ich liebte sie alle, meine Lesben, war durch mit den Störungen der Heteromädchen. Damals schien mir, man könne nicht ganz und gar Frau sein – nein, Mensch –, wenn man keine Lesbe war. Oder, weit abgeschlagen, ein Heteromann. Eine Person, mit anderen Worten, die sich für Frauen interessiert. Frauen liebt. Eine Person, für die Frauen das Wichtigste sind, der Mittelpunkt.

Ich hatte nie den schwulen Klischeekumpel, der mich beim Shoppen und bei Jungs beriet. Scheiß drauf. Ich war zu der Erkenntnis gelangt, dass Heterofrauen und schwule Männer uninteressant sind. Wer sich für Sex mit Männern interessiert, nein danke. Lesben und Heterokerle: so geradeaus, so einfach. Alle Karten auf dem Tisch. (Außerdem wollten sie mich vögeln.)

Nur Sex mit einer Frau kriegte ich irgendwie nicht hin; das war das einzige Problem. Ich liebte Frauen, und ich liebte Frauen, die Frauen liebten, interessierte mich aber stur und grundsätzlich für den Schwanz. Ich war gern nackt mit Frauen zusammen. Legte gern meinen Mund auf Mädchenhaut. Aber den Liebestremor erreichte ich bei Frauen nicht. Einige versuchten mich davon zu überzeugen, dass ich einfach noch nicht bereit sei, die Wahrheit anzuerkennen. Dass ich mich kopfüber in das spezielle Unbehagen stürzen solle, das eine Frau zu bieten hat. Große Verwirrung.

Dennoch habe ich wichtige Lektionen gelernt. Gerade zu stehen, nicht dauernd zu lächeln, nicht jeden nach mir formen zu wollen. Kann man Feminismus nennen. Oder sonst was. Das Gesicht zu entspannen. Nicht die ganze Zeit so freundlich und zuvorkommend zu sein, sich nicht hintanzustellen, immer zuerst besorgt um anderleuts Gefühle.

Liz und ich krittelten ständig aneinander rum, gaben uns direkt nach dem College-Abschluss dem verrücktesten Hass-Fick aller Zeiten hin und sprachen danach glücklich und zufrieden nie wieder ein Wort miteinander.

Preise auszeichnen und Milchprodukte aufstocken in der Co-Op.

Walker ist bei Nasreen. Ich muss mir dauernd Fotos vom letzten Jahr angucken. Ich komm nicht drüber weg, wie der Kleine heute ist; ich habe mich doch gerade erst daran gewöhnt, wie er vor einigen Monaten war. In einem Jahr gucke ich mir bestimmt mit feuchten Augen Bilder von heute an und frage mich, wo die Zeit geblieben ist.

An die Arbeit, du Faulpelz, sagt Naomi. *Kommst du Silvester? Wird fantastisch.*

Was passierte nach der Auflösung der Band?

Ich hab eine Weile bei anderen Bands gespielt. Auf Honorarbasis sozusagen, aber das hat alles nicht hingehauen. Die Chemie hat nicht gestimmt. Die hat allerdings auch bei Kelly und Stef und mir nicht gestimmt. Überhaupt nicht. Stef war am schlimmsten. Die unsicherste Frau, die du je erlebt hast. Fest entschlossen, alle so unglücklich zu machen, wie sie selber war.

Ja, das hat man gemerkt.

Kelly war toll, aber so wahnsinnig depressiv. Sie hat sich einfach immer weiter zurückgezogen. Keiner kam an sie ran. Je mehr ich es versuchte, desto weiter entfernte sie sich. Sie hatte ihre Drogenfreunde, und die hatten so eine Privatsprache. Sie war schon lange weg, bevor sie starb. Das war eher ernüchternd.

Ja, also eigentlich noch nicht mal richtig traurig.

Im Grunde genommen eine Erleichterung.

Aber das kann man niemandem erklären.

Nein. Die Trauer ist nur nebensächlich.

Und dass Stef eine wiedergeborene Christin geworden ist und so ein christliches Rockcamp aufgezogen hat – stimmt das? Gibt es Berichte darüber?

Volle Pulle Rock: Knallhart wie Jesus.

Und dann?

Hab ich lange Zeit gar nichts gemacht. Männer gevögelt, die meine ganze Aufmerksamkeit beanspruchten, an komischen Orten gelebt, so Zeug. Überdosis. Eine Weile Krankenhaus. Geschrieben. Viel rumgereist. Einfach weg, nichts, wohin man zurückkann.

Wo denn?

Rom erst mal. Frankfurt. Nach dem schlimmsten und letzten Mann. Maine. New Mexico. Zwei Monate im Jahr eine Künstlerkolonie in Wyoming. Das Leben fühlt sich ziemlich voll an, wenn man ständig in Bewegung ist. Und dann nicht mehr.

Wie war das Krankenhaus?

Du meinst die EKT? Nicht wie in Einer flog übers Kuckucksnest. *Ein Mal hat schon gereicht. Ich kann mich an kaum was erinnern.*

Plötzlich greift sie nach ihrem Apparat.

Keiner ruft mich mehr an.

Keiner ruft mehr irgendwen an, glaub ich.

Um sechs schreit Walker. Ich steh auf, lass Paul schlafen.

Danke, Schatz, sagt er unterm Kissen.

Küche. Haferbrei machen, Schnabeltasse füllen. Mit Löffel nachhelfen. Ein Spiel mit Bauklötzen erfinden, das mir etwa sechs Minuten Frieden verschafft. Als er die Klötze überhat, wackelt er zu mir und gräbt das Gesicht in mein Bein, quietscht vor Vergnügen, prustet, schmeißt sich weg vor Lachen.

Bus?

Ich behaupte nicht, dass es jeden Tag jede Sekunde so ist, und ich behaupte nicht, dass dadurch alles andere unwichtig wird, aber es gibt Augenblicke der wahnwitzigsten, allumfassendsten Freude. Was für ein phänomenal schönes Kind. Ein lustiges Kind, ein Schatz. Freundlich und offen und lieb. *Wurzelchen* nenne ich ihn. *Spatz. Schmupidu.* Wenn die Welt sich an ihm vergreift, an seinem lieben, offenen, lustigen Wesen, werde ich mich mit Gebrüll aufbäumen. Mit einem Wisch meiner gewaltigen Pranke werde ich der Welt das Genick brechen, ohne Vorwarnung. Was mein Kind vermurkst, wird gemeuchelt.

Das ist total irre: Ich liebe ihn wirklich, ehrlich, von Tag zu Tag mehr. Das war mir nicht klar. Man verliebt sich doch eigentlich in dem Moment, wo er den eigenen Körper verlässt, aber in der Phase kam ich nur bis WAS WAR DAS DENN BITTE FÜR EINE SCHEISSE. Und ich muss einfach glauben, dass er das Ganze für eine ähnliche Scheiße gehalten hat. Und da waren wir dann also, wir beide. Die Beziehung entwickelt sich, das Kennenlernen. Also, er ist komplett, total abhängig, was sehr tief geht, aber keine Liebe ist. Irgendwann muss ich loslassen. Das ist Liebe. Das ist die eigentliche Aufgabe.

Aber was, wenn *ich* dieses Kind vermurkse? Wenn *ich* mich an seinem lieben, offenen, lustigen Wesen vergreife??

Wir haben gestern einen Film geguckt, Paul und ich. So eine abgedrehte Road Comedy, in der eine Schachtel Menschenasche eine tragende Rolle spielt. Am Ende verstreut die niedergeschmetterte/urkomische Witwe besagte Asche von einer Küstenklippe und wird, Wind sei Dank, vor allem selbst damit eingestaubt. Wann immer in einer Komödie menschliche Asche verwurstet wird, kann man davon ausgehen, dass keiner der Beteiligten auch nur das Geringste über den Tod weiß.

Paul begriff nicht, was genau ich an dem Schwachsinnsfilm auszusetzen hatte. Manchmal wird mir einsam in meiner Düsternis. Die Ehe ist hart. Man muss sich rund um die Uhr bemühen, sich von der besten Seite zu zeigen. Der grausige, jämmerliche, verlogene Sack Scheiße, der man eigentlich ist, muss täglich niedergerungen werden. Und das Herz rollt sich ja auch nicht zum Sterben ein; es will immer noch und will und will und will. Auch das muss niedergerungen werden.

Sobald wir den Fernseher ausgeschaltet hatten, hörten wir eine Fledermaus in der Dachtraufe. Mi mi mi mi mi. Mi mi mi mi.

Als er eingeschlafen war, masturbierte ich und dachte dabei an einen Typen, den ich mal einige Wochen lang geliebt hatte, unsere ganze Beziehung über nackt in meiner Wohnung. Ich erinnere mich ganz genau an ihn. Es hätte nie funktioniert zwischen uns, aber du meine Güte!

Die Fledermäuse waren die ganze Nacht zugange. Mimimimimi.

Dieses Haus ist eine Villa aus dem neunzehnten Jahrhundert; das vergesse ich manchmal. Staunend sitze ich im Wohnzimmer. Unermesslicher Raum, den wir nach und nach ausfüllen werden. Ob wir wohl noch ein Kind bekommen werden? So auseinandergerissen. Wie Adrenalinjunkies, wenn sie aus Flugzeugen springen. Hat mich geknackt. Mein altes Ich ziemlich gründlich zur Strecke gebracht. Die andere Frau ist verschwunden. Das Mädchen.

Ich hatte wohl erwartet, dass Walker eine Verlängerung von

MIR sein würde, ein kleines Stück von MIR. So ist es überhaupt nicht.

ihr wusstet schon, dass sie ihr kind in eurem whirlpool gekriegt hat?

ja, sie hat uns gewarnt. jer war total gerührt.

Cat will wissen, was ich mache, will Gesellschaft. Ich brauche sie nicht mehr. Ich habe jetzt eine echte Freundin!

Nicht ganz fit, lüge ich. Das Kreuz der Kinderbetreuung.

Fledermaus im Haus, simse ich Will.

Nichts zu machen außer mit dem Besen verjagen. Kommen eigentlich im Herbst, aber war die letzten Tage so warm, da sind sie vielleicht verwirrt aufgewacht. Es heißt, die nächste Pandemie wird fast sicher von Fledermäusen verbreitet.

Wunderbar. Danke.

Silvester.

Bryan ist wieder da.

party in troy ... flötet er auf meinem Apparat. wollen wir?

klaro, antworte ich, aber die Autokorrektur macht daraus *Klarinette.*

Silvester ist nicht Pauls »Ding«. Früher habe ich mit ihm gestritten, Feierstimmung erzwungen, aber nach einigen Jahren, die in Tränen endeten, während der Rest der Welt sich küsste und herzte und grölte und tanzte und sang, beschloss ich, ihn vollends zu ignorieren, den alten Grantler. So weit, so gut.

Ich lotse Bryan zu Crisps hochkarätigem, wenn auch muffigem Gras in einem jumbogroßen Pillenglas mit einem Etikett, auf dem Wellbutrin steht und darüber, mit wasserfestem lila Filzstift, ein Smiley.

Ich passe, Freunde, sagt Mina.

Ich erbarme mich spontan und simse Cat. Zwanzig Minuten später steht sie zurechtgemacht vor ihrer Haustür.

Das ist Bryan, sage ich.

Hi.

Selber hi.

Die Nacht ist Eis pur. Naomis Sparkassenfiliale ist hinreißend, bloß ich und Bryan und Cat und ein paar hundert Studenten aus Utrecht und Bennington, vom Bard College und Vassar und Skidmore in Outfits, wie ich sie damals in der neunten Klasse getragen habe. Springerstiefel, Kleider von Jessica McClintock, Brille, das ganze Programm.

Cat ist unzufrieden mit dem Publikum. Sie geht Drinks holen, als wäre sie in einer abgedroschenen CIA-Serie. Sie ist zu cool fürs College. Ich will gar nichts trinken.

Die ist ja nicht gerade locker drauf, bemerkt Bryan.

In der Tat.

Ich tanze ein bisschen, langsam, zaghaft. Bryan taucht mitten rein mit verhaltenen Roboterzuckungen.

Lichter gelöscht für maximale Entspannung, steht auf Naomis Einladungen ganz unten.

Bloß weil sie das Kind aus mir rausgeschnitten haben, sind meine Hüften ja nicht nutzlos. Ich kann sie immer noch ganz gut schwingen. Bin ja nicht tot. Und fühlt sich das gut an.

Bryans Spiel. Als Cat zurückkommt, sind wir richtig eingegroovt.

Man muss nicht bekifft oder hellseherisch sein, um zu merken, dass Cat schlicht die Hosen vollhat vorm Tanzen. Sie steht da mit drei Bier in der Hand. Sie gibt sie mir und huscht aufs Klo. Ich gebe Bryan eins und die anderen beiden einer jungen Studentin in Netzstrümpfen.

Prost, brüllt der Netzstrumpf und zieht weiter.

Ich habe deinen Mann noch nie zu Gesicht bekommen, brüllt Bryan.

Ich habe deinen Schwanz noch nie zu Gesicht bekommen, brülle ich zurück.

Was ist los mit dir?

Wie, los?

Bist du glücklich?

Ob ich »glücklich« bin?

Ja. Glücklich.

Achselzucken. Gehen wir diesem Rätsel doch mal nach. Glück.

Weiß ich nicht.

Gibt es sonst jemanden, der das weiß?

Geschenkt.

In der Nähe ist ein bezauberndes Mädchen, eins achtzig, kurzes Haar, etwa neunzehn. Tanzt ganz selbstverliebt. Ich beobachte sie und fange an, sie nachzumachen.

Wie fühlst du dich?

High.

Davon abgesehen!

Woher weiß man, wie man sich fühlt?

Man fühlt, und dann beobachtet man seine Gefühle.

Und wenn man nicht weiß, wie man sich fühlt? Wenn man nicht die beschissenste Ahnung hat, wie sich Gefühl überhaupt anfühlen soll?

Dann ist man vielleicht nicht glücklich.

Ich höre auf zu tanzen, greife nach seinem Bier und nuckel dran. Schwitzendes Frischfleisch um uns herum. Sie sind so wunderbar, diese Mädchen. Hoffentlich bedienen sie sich, wenn es so weit ist, all der differenzialfeministischen Geburtsratgeber, die sie mit ihren fähigen Händen ergattern können. Auf dass sie einander bei ihren Geburten in voller Blüte beistehen. Und hoffentlich als Schwestern vereint dem Mond huldigen. Bryan starrt mich an.

Meinst du, dein Mann ist glücklich?

Wahrscheinlich nicht. Ich beuge mich weit vor, um nicht so brüllen zu müssen. *Ich bin eine ziemliche Zicke.*

Sein Schmunzeln ist das Echteste an ihm, das Attraktivste. Das ist ein schreckliches Zeichen und das unwiderstehlichste. War es jedenfalls mal.

Du bist schön, sagt er. *Und das weißt du.*

Auf so was habe ich schon immer mit beschämter Skepsis reagiert und einem jämmerlich verzückten *Halt's Maul.* Aber ich lass es so stehen. Was bedeutet er mir schon? Vielleicht bin ich schön. Vielleicht fällt das spärliche Licht gerade vorteilhaft auf mich, vielleicht liegt mein Haar nett. Vielleicht hängt mein T-Shirt gut, vielleicht sitzt mein Arsch hoch und rund. Vielleicht haftet noch ein bisschen Lippenstift an mir. Klar, sicher: schön.

Ein blödes Spiel, Bryans Starren. Cat ist zurück, und er sieht mich immer noch an, aber bitte ohne mich. Bye, Bubi. Ich bin eine ausgewachsene Frau. Hab dem Tod ins Auge geblickt und diese schändliche, schockierende, zugenähte Geschichte überlebt, und hier steht ein zugewucherter Junge und versucht, mich für seine Mutprobe zu missbrauchen. Was bin ich schon für ihn?

Ich verschwinde in der Menge und verliere mich inmitten der schwitzenden Jugend.

Mein Gott! Naomi geht fast auf mich los. *Du bist da!*

Auf der Rückfahrt sitzt Cat regelrecht schnurrend auf dem Beifahrersitz. Bryans Hand liegt auf ihrem Bein, und jetzt, da wir nicht mehr auf der Party sind, hüpft sie zur Musik aus dem Radio. Losgelöst. Vielleicht ist sie high. Sie ist nicht sie selbst. Ich habe mich hinten ausgestreckt, noch verschwitzt vom vielen Tanzen. Ich habe heftig getanzt. Alles ist traumhaft.

Donut Drive-in, sagt Bryan.

Mein Gott, sollen wir? SOLLEN WIR?! Cat ist durchgeknallt, und irgendwie gefällt sie mir so.

Neujahr. Ich mache Essen für Mina und Bryan. Paul geht ins Fitnessstudio.

Er ist ein Guter, sagt Mina zu mir.

Ich weiß, sage ich und klinge geschlagen.

Es gibt gute Schokolade und heißen Butterrum und Linseneintopf, nicht in der Reihenfolge. Wir haben einen Stapel relativ aktueller Boulevardblätter, einen Zerstäuber, Bryan als DJ und zwei schlafende Babys. Wir haben ein Feuer im Kamin. Abgesehen von Bryans Geknipse und ständigem Geposte ist es nett.

Ich kotz gleich, sagt Mina. Sie wirft mir ihr Blatt hin. Titelgeschichte über eine Promi, die nach ihrem vierten Kaiserschnitt in fünf Jahren im Krankenhaus liegt. All diese Schnitte. Von Narbengewebe bedeckte Gebärmutter. Plazenta fand nirgends Halt.

Mach nicht das Opfer verantwortlich, sage ich.

Cool, wir werden Opfer, und keiner kann uns je für irgendwas verantwortlich machen.

Vielleicht solltet ihr, hm, Geburts-OPs so richtig brandmarken, sagt Bryan. *Eine Art Guerilla-Kampagne darüber, wie seltsam und gefährlich es ist, sein Baby rausoperiert zu bekommen. Das ist gut*, sagt er und greift nach seinem Gerät.

Wisst ihr, wieso ich Frauen hasse?

Nein, Schatz, sag's uns, sagt Bryan zu mir. *Wieso hasst du Frauen?*

Weil sie mich auf nichts vorbereitet haben. Weil sie mir nicht geholfen haben. Weil sie mich damit alleingelassen haben. Weil sie mehr oder weniger selbst nichts wissen wollten. Wie konnten sie mich in dieses Kaninchenloch fallen lassen? Sie wussten, was passiert. Jede Frau, die je gelebt hat, sollte das wissen.

Gott sei Dank haben wir keine Töchter, sagt Mina.

Gott sei's geschissen haben wir keine Töchter, pflichte ich ihr bei.

Sheryl hat mir erzählt, sie habe während der Wehen Karten gespielt. Völlig emotionslos berichtet. Piep machten die Maschinen. Piep piep piep. *Und ich sagte, Ach schau, ich hab wohl Wehen.* Sie kicherte dabei, als redete sie von einem fremden Körper, einer fremden Geburt.

Vielleicht muss man, wenn man geboren hat, den Tod nicht mehr fürchten, sagt Mina.

Bryan tippt. Meine Mutter beugt sich vor und schielt mit verschränkten Armen rüber auf den Schirm.

Wir haben so viel Angst vorm Gebären wie vor dem Tod, sage ich. *Wieso würden wir sonst alles daransetzen, es zu betäuben und zu kontrollieren? Wieso sonst mag niemand drüber reden? Alle haben Angst. So viel Angst, dass sie nicht mal begreifen, dass sie Angst haben, dass sich alles nur um Angst dreht.*

Das ist gut, sagt Bryan. *»Alle haben so viel Angst, dass sie nicht mal begreifen, dass sie Angst haben.«*

Meine Mutter verdreht die Augen.

Der Mensch hat sich schon immer vor der Geburt gefürchtet, sagt sie. *Und der Mensch hat sich schon immer vor dem Tod gefürchtet. Schon immer und ewig. Nichts Neues unter der Sonne.*

Im Regionalsender des National Public Radio läuft die Wiederholung eines *Gifts-of-the-Magi*-Specials. *Denk nur an das, was du hast*, tönt eine herrlich tiefe, raue Männerstimme, *und nicht an das, was dir fehlt.*

Hey, sagt Bryan später, als ich ins Bett gehen will. Mina hängt schlafend auf der Couch, Zev liegt auf ihrer Brust. Die Glimmkohle knackt noch. *Ganz ehrlich, bitte. Meinst du, sie hat, hm, Depressionen?*

Ähm … ja.

Meinst du, ihr geht's, na ja, gut? Weil ich hab gesagt, dass ich zurückkomme, aber ich kann nicht ewig bleiben.

Es ist nicht normal, ein Kind zu bekommen und dann allein zu sein.

Sie ist doch gar nicht allein. Sie hat dich! Was soll ich denn machen?!

Bei ihr sein. Den ganzen Irrsinn bestaunen. Ein bisschen Nachsicht. Es braucht Zeit. Fertig. Leiste ihr Gesellschaft. Mach ihr was zu essen.

Ich bin nachsichtig. Ich unterstütze sie doch die ganze Zeit. Gestern fängt sie aus heiterem Himmel an zu weinen, sagt, sie ist erschöpft und braucht eine humane Art, sich und ihn umzubringen. Das ist verrückt. Und ich weiß nicht, ob dieses ganze Zeug – er packt sich an die Brust, als wollte er sie mir anbieten – *echt weiterhilft. Warum nicht einfach Flasche und nach vorne gucken.*

Das will sie aber nicht.

Sie hat den Verstand verloren.

Da wäre sie nicht die Erste.

Bist du eine Hexe oder so was?

Ja, antworte ich und starre ihn nieder.

3
Januar

In den letzten watscheligen Tagen meiner Schwangerschaft, ermahnt, lange Spaziergänge zu unternehmen, stolperte ich über das Utrecht Historical Society Archive, eine Lagerhalle neben dem Utrecht Architectural Parts Archive, einer noch größeren Lagerhalle, in der man die unglaublichsten alten Türen und Fenster und Schmiededekorationen und Buntglasfenster und Leuchtkörper und Klauenfußwannen und Armaturenextras und Simse und Kamine und Heizkörper und Spindeln, Treppengeländer, Stuckleisten, Holzverkleidungen und Bodenbeläge jeglicher Couleur findet. So ein Ort, an dem sensible Studenten die schrulligen Antihelden ihrer Träume vermuten. In einem eingestaubten Stapel alter Wochenzeitungen entdeckte ich einen Still-Ratgeber aus dem Jahr 1941.

Am ersten Tag stille man sein Kind eine Minute lang. Am zweiten Tag stille man sein Kind zwei Minuten lang und drei Minuten am dritten Tag, nach zwei Wochen dann fünfzehn Minuten, länger sollte das Kind nie an der Brust liegen. Schreien kräftigt die Lunge.

Ich zahlte fünf Cent dafür und watschelte weiter.

Bryan sieht zu, wie ich Zev stille. Mina hat sich hingelegt.

Nuckelt Paul an deiner Brust?

Wenn ich Ja sage, bin ich frivol und illoyal, und wenn ich Nein sage, bin ich prüde.

Willst du an meinen Brüsten saugen?

Klar!

Tut mir leid.

Komm schon. Du hast so schöne kleine Nippel.

Ich entblöße sie ihm mit Genugtuung.

Jüdische Nippel. Die köstlichsten.

Ich singe dem kleinen Zev leise einen Refrain der Misogynists vor, in dem alle möglichen faszinierenden neuen Ausdrücke vorkommen: *not shy and won't apologize.*

Fantastisch, diese Babys und mein Busen.

Die Menschen wollen davon nichts wissen, sich nicht damit befassen. Scharenweise sehen sie sich im Internet nackte Mädchen an, die in eine Tasse kacken und dann daraus essen, aber Babys, die sich mit Höllenwonne an Brüsten laben als Quelle nie versiegender Nahrung und guter Gesundheit für alle, bleiben tabu. Erklär mir das doch mal einer, ohne den historischen Imperativ der Frauenfeindlichkeit zu umschiffen. Nur zu. Einen Versuch ist's wert.

Ich kann das gut. Seht her, zwei Babys im Tandem. Ich bin eine verdammt gute Amme. Ich bin mehr als ausreichend. Ich bin alles. Gebt mir ein drittes. Gebt mir ein viertes. Ich bin ein Brunnen. Genug für alle da. Lasst mich hier sitzen, Leben um mich herum, in mir drin, durch mich durch, mein riesiges Hemd hinunter, in Ewigkeit, amen.

Mina kommt verschlafen rein.

Hast du ihn gerade gestillt?

Ja.

Aber jetzt bin ich bereit.

Dann still doch Walker.

Okay. Sie wirkt ein bisschen verschnupft. Worauf ich ein bisschen verschnupft bin.

Ich wende mich Bryan zu.

Also.

Ja.

Willst du uns nicht erzählen, was an Neujahr zwischen dir und Cat abgelaufen ist?

Nicht sehr aufregend.

Das überlass mal mir.

Sie hatte überhaupt keine Lust, mir wehzutun, und ihr wollte ums Verplatzen nichts Interessantes einfallen, was ich mit ihr anstellen könnte. Und sie guckt mich die ganze Zeit so an und will knutschen, und ich, nein, hör zu, ich will, dass du mir die Eier quetschst, bis ich kotze.

Du solltest eine Geschichte schreiben über eine Welt, in der jeder ein Kind kriegen muss, sage ich.

Du meinst, als Zwang?

Ja, sage ich. *Überleg doch mal, was die Leute Verrücktes anstellen würden.*

Nicht verrückter als das, was die Leute sowieso schon anstellen, sagt Mina. *Außerdem sagt man einem Schriftsteller nicht, was er schreiben soll.*

Sheryl fordert mich hin und wieder auf, zu einem »Bummeltag« in die City zu kommen. Paul ist sehr dafür. Schiebt mich praktisch zur Tür raus.

Na los, mach schon, Schatz. Wir kommen zurecht.

Sheryl will sich die Nägel machen lassen. Sie ist ganz durchdrungen von der Idee, dass wir uns die Nägel machen lassen. Ich will mir nicht die Nägel machen lassen. Da drin riecht es nach toxischem Tod.

Ach, entspann dich doch mal, Ari, Herrgott. Was willst du *denn machen?*

Mir fällt nichts ein. Beziehungsweise, ich kann es nicht eingrenzen. Ich will eine leere 170-Quadratmeter-Wohnung in Chelsea mit einem fremden Namen auf dem Klingelschild. Ich will bei Regen mit Buch und Stift in einem Café am Fenster sitzen. Ich will mit dem Zug uptown fahren, um auf einer Party jemanden zu treffen. Ich will einen Hut tragen, ohne lächerlich auszusehen. Ich will mich bekiffen und in Boutiquen teure Kleider anprobieren. Ich will eine Stunde in einem guten

Secondhandladen in Brooklyn verbringen. Ich will etwas Hinreißendes und Einzigartiges tragen und damit in einem Museum einen schlimmen Liebhaber treffen. Bevor wir mit dem Dinner durch sind (Aperitifs und viel Wein), soll er seine Hand ganz leicht auf meine Brust legen, bis mir ganz heiß wird und wir sofort rausmüssen, jetzt sofort, die Rechnung, gehen wir, schon okay das ist zu viel Trinkgeld schon okay egal komm gehen wir. Ich will am nächsten Mittag im wunderschönen Licht seines aufgeräumten Zimmers aufwachen, ihn zum Abschied küssen, ihm versprechen, dass wir uns wiedersehen, und es vielleicht ernst meinen. Ich will spazieren gehen, auf den Wochenmarkt, wieder den ganzen Nachmittag mit einem starken Caffè Latte dasitzen, auch wieder mit einem Buch, auch wieder mit einem Stift, im Nachbeben des gestrigen Orgasmusausbruchs. Ich will mit einer Freundin ins Kino, mich über unsere jeweiligen Projekte austauschen, unsere Ziele, unsere Gedanken. Ich will lachen. Ich will ein kleines Haus in den Catskills, wo ich einen Futon hinlegen kann, ein wenig Salbei verbrennen, meinen Kopf kahl scheren wie eine Büßerin und die Tage still mit Lesen und Schlafen und Schreiben und Stretchen und Kochen verbringen. Ziemlich sicher bin ich in einem früheren Leben ins Kloster gegangen.

Also lassen wir uns die Nägel machen, Sheryl und ich, und danach erkenne ich meine Hände nicht wieder mit ihrer blöden kleinen rechteckigen Perfektion.

Am späten Nachmittag gehe ich mit Marianne Kaffee trinken. Sie beäugt meine manikürten Hände.

Marianne hatte mir Nancy Chodorows *Das Erbe der Mütter* empfohlen; ganz großer Schwachsinn. Ich rede über Susun Weed, Ina May Gaskin, Maya Tiwari, Pema Chödrön.

Bitte nicht dieser Erdmuttergöttinnenscheiß, Ari.

Also, eigentlich, ja, genau dieser Erdmuttergöttinnenscheiß, Mari. Ganz genau der.

Ich richte mich auf. Das sind die feministischen Schriftstellerinnen, die ich inzwischen für wichtig erachte. Feminismus ohne Augenmerk auf Körper, Seele und die Beziehung zwischen den beiden – biologisch weibliche Körper mit spezifisch weiblichen Konflikten – interessiert mich nicht mehr. Der Körper ist Heimat und Ausdruck der Seele. Der Körper ist alles. Dem weiblichen Körper zu schaden ist das einzige, das Ur-Verbrechen.

Ihre Augenbrauen sind dermaßen hochgewandert, dass sie aussehen wie kurz vorm Absprung. Man muss aufpassen, wie man sein Gesicht anspannt, denn genau so wird es über kurz oder lang aussehen.

Fremdstillen als politischer Akt, ich habe da so meine Zweifel, Ari.

Tja, meine Liebe, das könnte an schwerwiegender Fantasielosigkeit deinerseits liegen.

Ihr Lächeln ist schwach und zugleich starr. Ich möchte sie am liebsten würgen.

Na schön. Sie zuckt die Achseln. *Überzeuge mich.*

Sie wirft einen flüchtigen Blick auf Fotos von Walker auf meinem Apparat. Gelangweiltes Lächeln. Steckt sich noch eine Zigarette an.

Sehr süß.

Also, Folgendes ist wirklich lächerlich: Da hatte ich die Vorstellung, sie wäre stolz auf Walker, würde ihn ins Herz schließen, weil er meiner ist. Und würde ihn auch bemuttern wollen. Weil diese neue Familie sie einschließt.

Wir verabschieden uns an der Ecke Bleecker und Charles Street.

Alles Gute, Ari, sagt sie.

Dann laufe ich dreißig Blocks die Seventh Avenue rauf, um den Zug zu kriegen, mit vollen, schmerzenden harten Brüsten. Ich hatte gedacht, ich könnte mich einen ganzen Tag von meinen Säuglingen absentieren. Falsch gedacht. Okay, Körper, kapiert, ist angekommen. Reichlich.

Also, sagt Bryan. *Das ist der Entwurf. Wir schreiben das Jahr 2115. Die Menschheit hat die Fähigkeit zur Laktation verloren. Die Regierung kontrolliert alle Milchpulver, sie werden unter Geheimhaltung hergestellt mit, so vermuten wir, bewusstseinssteuernden Zusätzen. Damit Kinder, wenn sie groß sind, keine Autoritäten infrage stellen und nicht selbstständig denken. Nur eine einzige Frau weiß noch, wie man stillt, ein ungebildetes Bauernmädchen aus einem vergifteten amerikanischen Kaff. Die Gabe wurde ihr von der Mutter weitergereicht und von ihrer Großmutter und so weiter, einer ganzen Reihe von Frauen mit Mumm und Prinzipien in einer Zeit, als diese Dinge schwer diskutiert wurden oder so. Die Regierung kann der Frau nicht gestatten, ihre Kinder oder irgendwelche fremden Kinder zu stillen. Sie ist eine Bedrohung für die nationale Sicherheit, ganz zu schweigen von massiven Unternehmensinteressen.*

Was aufs selbe rauskommt, wirft Mina ein.

Würde sie ihre Kenntnisse mit anderen Frauen teilen, würde innerhalb einer Generation eine Rebellenarmee entstehen, die den Status quo untergräbt. Also entsenden sie einen Killer, und das Bauernmädchen flieht mit ihrer Kohorte.

Er sieht uns grinsend an.

Ja, sage ich.

Manchmal hat er gute Ideen. Er verfolgt sie nur nicht.

Er runzelt die Stirn.

Nein, hör zu, sagt sie, *das Problem ist, dass keiner sich um Babys schert. Also, schon im Sinne von »Ach, guck mal, was für ein süßes Baby« oder »Ach, haha, komisches Baby mit uralter Stimme«, aber im Grunde schert sich keiner um Babys. Im Detail, meine ich. Langweilig. Bitte schön.* Sie deutet auf den übersäten Couchtisch. *Milchpumpen, Lecithin, Saugbläschen,*

Bockshornklee, Kinderstühlchen. Echt, wen schert's? Nicht mal mich.

Frag sie, wer der Vater ist, sagt Bryan zu mir.

Ich trau mich nicht.

Jungfrauengeburt, sagt sie.

Mehr sagt sie nicht.

Guck mal hier, sagt sie zu mir. Filmmaterial mit Kristin Hersh von einem Interview in Dänemark, bei dem sie ihr einjähriges Kind stillt.

Ihr Schlampen seid doch alle gleich, sagt Bryan.

Wir sehen ihn an. Eine Einheit, sie und ich. Ein Körper. Grenzen sind nur ein Leugnen von Leben und Liebe.

Ach, Verzeihung; ihr Ladys *seid alle gleich.*

Schon besser.

Ihr quält euch mit Kinderwunsch kein Kinderwunsch hin und her ja oder nein ach die Uhr tickt und ich will ein Kind, dann kriegt ihr ein Kind und seid total am Arsch, weil das Kind da ist. Echt mal, ihr wolltet ein Kind, ihr habt ein Kind, entspannt euch und genießt das Kind.

Könntest du dir vorstellen, sinniert Mina, *dass es ein klein wenig komplizierter ist?*

Also, ich weiß nicht, Menschen bekommen nun mal Kinder, seit, ähm, immer schon. Habt ihr keine Eier in der Hose, Ladys?

Wir sind dumme Fotzen, erkläre ich.

Genau. Ihr seid dumme Fotzen.

Alter, glaub mir.

Leute, oh Gott, guckt mal. Sie drückt ihre rechte Brust, melkt sich selbst und sprüht eine Fontäne in die Luft.

Wir klatschen und johlen und schlagen ein.

***

In der Co-Op habe ich eine neue Schichtpartnerin. Sie ist frischgebackene Großmutter und war gerade zehn Tage in Oregon bei Tochter und Enkelin.

Wow, sage ich. *Deine Tochter kann sich glücklich schätzen.*

Ja, sagt sie. *Sie war schon dankbar.*

Zehn Tage, man stelle sich vor. Kochen, putzen, Wäsche waschen und mitten in der Nacht mit dem Kind aufstehen. Okay sagen, alles wird gut, was auch immer.

Ich sortiere die Fair-Trade-Bitterschokolade ein; Omi arbeitet an der Gourmet-Erdnusskrokant-Auslage. Ich teile einen Riegel Fair-Trade-Schoko und lege Proben aus.

Diese Schokolade, sagt sie. *Unschlagbar!*

Fantastisch, pflichte ich ihr bei.

Kann man nur schwer widerstehen.

Was ist das bloß mit Frauen und Schokolade?

Ich bezweifle, dass es was spezifisch Weibliches ist, sagt sie.

Oho, hier kommt die Polizei der zweiten Welle. Gott behüte, dass der weibliche Körper tatsächlich anders ist. Gott behüte, dass es sich in diesem weiblichen Körper tatsächlich anders lebt. Schrecklicher und schöner. Gott behüte, dass wir das zugeben. Denn sonst? Verlieren wir das Wahlrecht? Werden verschleiert, eingesperrt? Am besten leugnen, leugnen, Präsidentin werden, siegen, siegen, siegen.

Doch, es ist hundertpro was spezifisch Weibliches, sage ich, drehe mich um und arbeite schweigend meine Schicht ab.

Selbstverständlich wollen Sie wissen, wie meine Großmutter überlebt hat.

Die Mutter meiner Mutter. Peinigerin meiner Peinigerin. Ich besitze all ihre Briefe. Natürlich sind Sie neugierig, wie sie es von Auschwitz ganz bis in die Park Avenue geschafft hat und nach Westchester, wie sie es geschafft hat, den Flügel bar zu bezahlen und die Standuhr und das feine Porzellan und die Wohnung und das Haus, in dem das alles nach und nach unter Staubschichten versank. Welche Qualen aller Qualen hat sie durchlitten und welchen ist sie entronnen? Das wollen immer alle wissen. Und fragen um den heißen Brei herum.

Aber man kann ja nicht nicht wissen, nicht?

Sie hat überlebt, indem sie Nazischwänze lutschte. Mit neunzehn. Überlebt mit dem Mund voll pulsender Naziwurst.

Alles klar?

Unten im Schmuckkasten meiner Mutter habe ich Briefe aus der Zeit nach dem Krieg gefunden.

Sie überlebte unter einer Schicht Naziwichse. Überlebte, indem sie zuließ, dass Nazis sie in den Arsch fickten. Dachten Sie, derartige Aktivitäten seien neu?

So hat sie überlebt. So steht es nicht wortwörtlich in den Briefen, aber es kommt laut und deutlich rüber.

Schockiert? Abgestoßen? Erregt? Bitte tun Sie nicht so erschüttert. Meinen Sie, sie hat überlebt, weil sie an den Triumph des menschlichen Geistes glaubte? Dank Vertrauen, Hoffnung, transzendentaler Meditation?

Ach, bitte.

Sie überlebte, indem sie sich all den Dingen hingab, die Sie sich so gern im Internet ansehen. Sie. Ersparen Sie mir die Theatralik und löschen Sie Ihren Browserverlauf.

All die Dinge, die sie mit ihr anstellen wollten, all die Dinge, bei denen sie einander zusehen wollten. Sie überlebte, indem sie all das hinnahm. Gefickt in jeder nur erdenklichen Weise, in jeder nur erdenklichen Kombination. Drei Jahre lang.

Jetzt wissen Sie's.

Einmal habe ich mit zwei Kerlen gleichzeitig gefickt. Es hat mir irgendwie gefallen, aber kurz darauf fühlte ich mich schrecklich, und dieses schreckliche Gefühl war an sich schon eine aufregende schlimme Droge, von der ich mehr wollte. Ein Objekt zu sein gibt einem viel Freiheit. Zuzulassen, dass sie einen benutzen, der Körper zum Gebrauchsgegenstand wird. Ich fühlte mich auf unbestimmte Weise überlegen. Eigentlich nicht mal unbestimmt. Als hätte ich meine Seele transzendiert, diesen Störenfried ein für allemal hinter mir gelassen, kein Bedarf mehr. Lästiges Teil.

Nicht alle Nazis haben sie schlecht behandelt. Einige waren ganz reizend. Manche ließen es langsam angehen. Einer war noch Jungfrau. Er hat geweint, sagte sie. Hat seinen Kopf an ihrer Schulter vergraben und geweint wie ein Kind.

Sie bekam Essen, Heizung, eine Pritsche. Das Privileg, sich und ihre Kleidung zu waschen. Sie musste weder frieren noch hungern und bekam keinen Typhus.

Okay? So war's. Überleben ist nicht hübsch. Belesenes und musikalisches Mädchen vom Lande, Stolz und Freude ihres Metzgervaters, keine Jungfrau mehr. Geliebte älteste Tochter, Hüterin ihrer jüngeren Geschwister. Sie hatte davon geträumt, in der großen Stadt, wo die Künstler weilten, aufs Konservatorium zu gehen. Unter den Rauchschwaden vergewaltigt, damals, bevor es Handys gab zum Bilderknipsen fürs Nachrichtenportal. Was die Nachrichtenportale ja ohnehin nicht gekratzt hätte. Ihre jüngeren Geschwister hatten nicht annähernd so viel Glück.

Die Szene: Deportation. Vernichtungslager. Kälte. Angst.

Sie werden aus dem Zug getrieben, müssen sich in einer Reihe aufstellen. Vorne schickt ein Offizier die meisten nach rechts und ganz wenige nach links. Meine Großmutter klammert sich an ihre Kindheitsfreundin Elsa. Von ihren Geschwistern wurde sie bereits getrennt. Sie erreichen den Anfang der Reihe. Der Offizier mustert sie. Sie schmiegen sich aneinander und versuchen, nicht zu weinen.

Wer hat das Kleid gemacht, bellt er Elsa an, die ein bildschönes Wollmischkleid mit hoher Taille, Doppelnähten und raffiniertem Ausschnitt trägt, dessen Rockfalten wie Blütenblätter wirken. Sie war eine erstklassige Damenschneiderin mit langer Familientradition.

Sie blickt dem Offizier direkt ins Gesicht.

Das war ich, sagt sie. Ihr Deutsch ist makellos.

Du?

Ja. Das ist mein Beruf.

Du hast das Kleid gemacht.

Ja.

Du machst Kleider?

Ja.

Links.

Als Nächstes taxiert er meine Großmutter. Eine Schönheit mit blasser Haut, leuchtenden Augen, vollen Brüsten.

Alle beide! Links.

Eine tolle Geschichte. Darüber hatte es mal einen Film geben sollen. Zwei Mädchen, beste Freundinnen seit der Kindheit, die ihre Familien verlieren und durch Schönheit, Geschick und Freundschaft gerettet werden.

Na ja, Elsa arbeitete sich die Finger blutig, um für die Frauen und Kinder der Nazis schöne Kleider zu schneidern, und meine Großmutter lutschte Schwänze. Die Filmleute wollten das ein bisschen schönen. Der Drehbuchautor machte aus meiner Großmutter kurzerhand den Schwarm eines einzelnen weichherzigen Nazioffiziers. Eine Liebesgeschichte, unterm Strich. Das erboste meine Mutter so sehr, dass sie das ganze Projekt kippte.

Daraufhin wurde der Film trotzdem gemacht, eben nur über Elsa. Es gab Oscar-Nominierungen. Zutiefst ergreifende Filmmusik.

Da muss man meiner Mutter Respekt zollen.

Elsa lebte ewig und drei Tage mit ihrer umfangreichen Familie an einem See in Michigan. Stolze Überlebensmatriarchin, klassische Gattung.

Die anderen Huren lernten meine Großmutter an. Véronique aus Paris und Helga aus Berlin. Sie zeigten ihr, wie man einen kleinen Teil von sich verbirgt. Diese Frauen waren ihre Schwestern, verbunden durch Grausamkeit und innere Abschottung. Eine grimmige Liebe entwickelte sich zwischen ihnen. Pragmatische Frauen, notgedrungen. Keine Mätzchen, keine Spielchen. Alle drei gezielt an der Rampe vom Kommandanten persönlich ausgewählt: nur die Exotischsten, Schlanksten, die mit dem schwärzesten Haar, der cremeweichsten Judenhaut, den dunkelsten, mandelförmigen Judenaugen, den höchsten Judenwangenknochen.

Eins muss man dem Kommandanten lassen: Er hatte einen ausgezeichneten Geschmack. Einige Offiziere hegten echte Sympathie für die Frauen und brachten ihnen Geschenke mit, Marmelade, eine Schleife, eine Spieluhr, Parfüm. Ein Kniff bestand darin, jeden der Männer glauben zu lassen, er sei ihr Ein und Alles.

Und als alles vorbei ist, kommt das Rote Kreuz und verteilt Haferbrei. In einem Flüchtlingslager lernt meine Großmutter meinen Großvater kennen. Er ist ein freundlicher, sanfter Mann, ein vortrefflicher Mann ohne Interesse am Vögeln, selbst viel zu zerrüttet durch seinen eigenen Überlebenskampf, von dem keiner Genaueres weiß – oder je erzählt hat.

Als ich ihn kennenlernte, war er schon uralt. Er hatte bereits Frau und Kind gehabt, als der Krieg ausbrach. Der Krieg. Immer ein Krieg, immer irgendein Krieg. Frau und Tochter haben es offensichtlich nicht geschafft.

Er ist mein Passwort für alles: *IsaacRadnor36.* Glückszahl. Zwei mal Chai. So alt war er bei Kriegsende.

Er tätschelte mir immer abwesend den Kopf, steckte mir einen Vierteldollar zu, füllte sich den Teller voll, schlurfte zum Büfett und zurück. Er redete nicht viel. Ein Mal, erinnere ich mich, hat er mit mir über was Albernes gelacht, waren wir beide für einen Moment im Gleichklang. Für mich war er am ehesten so etwas wie ein sehr alberner, sehr alter Bruder. Witziger kleiner alter Mann. *Hier ist dein ergebener Opa*, sagte er immer mit seinem starken Akzent. *Hier ist deine ergebene Enkelin*, antwortete ich dann getreu.

Ich rede nicht so gern mit den Erwachsenen, vertraute er mir einmal an. *Die Erwachsenen sind langweilig. Du bist nicht langweilig, Bubbeleh.* Seine längste Ansprache aller Zeiten. Bevor ich zehn wurde, war er tot.

Mir gefiel, dass ich am Holocaustgedenktag in der Schule eine Sonderbehandlung bekam. Ich und Tricia Ginsburg und Daniel Sowieso. Mir gefiel, dass das Schicksal meiner Familie mich unangreifbar machte, im Kleinen, im Miteinander. Man brauchte nur Holocaust zu sagen, man brauchte nur Überlebende zu sagen, und schon war das wie *Ich habe meine Tage.* Dann bekam man die Entsprechung von *Armes Ding, leg dich ins Krankenzimmer und ruh dich aus.*

Aber der Krieg hat im Laufe der Geschichte viele Menschen zerstört, so forderte ich meine Mutter eines Tages heraus, nachdem wir in der sechsten Klasse in Geschichte Vietnam durchgenommen hatten. Nicht nur die Juden. Was ist mit Hiroshima? Was ist mit allen anderen Kriegen, die danach kamen? Mit Palästina? Das war der Köder.

Du hast ja keine Ahnung vom Grauen, putzte sie mich runter, gemeiner, je kränker sie wurde, oder kränker, je gemeiner sie wurde. *Nicht die allergeringste Ahnung vom Grauen. Keinen Schimmer. Null. Also halt doch einfach dein Maul.*

Jedenfalls, Großvater verehrt Großmutter ohne Ende, will für sie da sein, ist extrem zärtlich. Sie heiraten, fassen sich aber monatelang kaum an. Sie fahren zur Freiheitsstatue mit ihrer ausgestreckten und so weiter. Stehaufmännchen, mein Großvater. Klug. Stabil. Wundersam heiter, trotz allem. So ein *Ich-glaube-an-das-Gute-im-Menschen*-Typ. Und mit einem Händchen für Immobilien, wie sich herausstellt. Er fängt mit einem einzelnen Mietshaus an, sobald er als Geschäftsführer einer Druckerei genügend Geld für die Anzahlung beisammenhat, und zehn Jahre später besitzt er besagte Druckerei und zwei Lagerhallen in SoHo.

Dann fangen ihre Probleme an.

Meine allerbeste Freundin Molly lernte ich auf einer Party kennen, als wir beide dreiundzwanzig waren. Wir hatten gemeinsame Freunde, weiß nicht mehr genau. College-Absolventinnen in New York Shitty. Bezaubernde dumme depressive urkomische Molly.

So ein richtiges Schtetl-Herzchen. Stämmig und ebenmäßig. Sportlich. Cool, graue Augen. Das hübscheste Mädchen in der jüdischen Ganztagsschule, zweifellos. Was so viel bedeutet wie der größte Kerl in der Zwergenkonferenz, aber nu. Beine wie Baumstämme, was viele Männer, wie sich den Diktaten der Frauenzeitschriften zum Trotz herausstellte, ü-ber-haupt nicht störte. Ich meine, keinerlei Verjüngung zwischen Schenkel und Fuß, und sie war, was das anging, etwas empfindlich.

Sie lief absolut unmöglich rum, hatte kein Interesse an Kleidung und keinen nennenswerten Stil und hielt an einer nervigen Clique fader Freundinnen aus jüdischen Jugendgruppenzeiten fest, über die sie sich am laufenden Band lustig machte. War mit ihrem nichtexistenten Stil, den Baumstammbeinen und ihrer üppigen Selbstironie keine Bedrohung für die jüdische Jugend und daher allgemein beliebt.

Und was war sie liebenswürdig.

Halb irres, unbestreitbares Funkeln in den Augen. Sie war eindeutig depressiv, aber trotzdem irgendwie quirlig. Wie zum Teufel schafft man es, gleichzeitig depressiv und quirlig zu sein? Das nennt man Charme. Wenn sie lachte, wehte einen das Leben an, und wenn man sie zum Kichern brachte – was mir, wie ich zu meiner unendlichen Begeisterung entdeckte, gelang! mühelos! –, war es, als stolperte man halb verdurstet über einen Brunnen.

Weiß nicht mehr, worüber wir an dem Abend sprachen, nur, dass wir stundenlang aneinanderklebten, uns an plörrigen Getränken festhielten, die Party beide öde fanden und dabei zusahen, wie die anderen um uns herum sich immer weiter die Kante gaben. Wir lachten, daran kann ich mich erinnern. Wir konzentrierten uns ganz und gar auf das Vergnügen unseres Gegenübers. So verliebt man sich. Molly und ich hatten denselben Sinn für Humor. Das ist relativ selten, dämmerte mir, denn mir war das noch nie zuvor passiert. Verrückte bekloppte depressive perverse Knalltütenschlampen, wir zwei, ausgestattet mit einem Hang zum Absurden. Ich bewunderte sie. Sie war *klug*. Nicht in dem Sinne, dass sie alle Antworten parat hatte, sondern klug im Sinne von lustig und bedrückend und kindlich und aufrichtig und begeisterungsfähig. Klug im Sinne von: stellte die richtigen Fragen. Konnte nicht *lügen*, wenn es um sie ging, zog keine *Show* ab. Man sah ihr in die hübschen grauen Augen, und da war sie: *paff*, einfach da. Ohne Weichzeichner, ohne Filter, ohne Bullshit. Sie war nicht in sich eingeschnürt, zornig, grollend und geknebelt unter irgendeinem psychoverschweißten grellen Haufen Höflichkeit. Im Gegensatz zu ihrem Jugendgruppenklüngel. Kämpfe, Kummer, Absurditäten, alles da. Sie bediente sich keiner fabrizierten Version ihrer selbst als Pressesprecherin ihres wahren Selbst, des agoraphobischen, eremitigen Feiglings in seiner Psychohöhle. Dieses Mädchen konnte sich gar nicht verstellen. Es war Liebe auf den ersten Blick.

Wir wohnten beide in schrecklichen Wohnungen und hatten unseren ersten »echten« Job. Sie wohnte in einem Apartment im East Village, zwanzig Quadratmeter Erdgeschoss, ich in Cobble Hill mit einer Zufallsbekanntschaft aus dem jüdischen Ferienlager als Mitbewohnerin. Füllige Frau, ein Jahr älter als ich, fönte jeden Morgen um sieben ihre gelsteifen Locken mit einem Diffusor-Aufsatz, der so groß war wie ihr Kopf, und marschierte dann zu ihrer Verwaltungsassistenz in der jüdischen Hochschulgemeinde der New York University. Sie war nicht schlimm, meine Mitbewohnerin, nur uninteressant. Fast schon auf interessante Weise uninteressant. Ihre große Rebellion bestand in ihrer Weigerung, sich die Haare chemisch glätten zu lassen. Sie trug kiloweise Parfüm auf, je nachdem, mit welchem Designer-Briefbeschwerer das Kaufhaus gerade mal wieder Kunden köderte. Ihr Vater zahlte die Miete. Meiner auch, aber das war was anderes, weil ich meine Haare nicht diffundierte und kein Parfüm benutzte! Weil ich nicht auf Ehegattenjagd war! Weil ich auf Kneipenklos unbekannte Männer vögelte und jede Droge einwarf, die man mir anbot, und generell das Leben bis zum Anschlag auskostete! Von den Parfümwolken brummte der Schädel, und ich war nicht sehr nett zu ihr.

Molly war Kaffeeträgerin am Set einer grauenhaften TV-Serie, träumte aber davon, Stand-up-Comedy zu machen wie Tina Fey.

Ihre Eltern waren Karrierejuden, große Macher in der jüdischen Vorstadtgemeinde von Washington, D.C., und verwirrt von ihren Neigungen.

Meinem »alternativen Lebensstil«, sagte sie und verdrehte ihre hübschen grauen Augen. Gemeint war die Unlust, Sozialarbeit zu studieren und/oder einen Ehemann zu finden – irgendeinen Ehemann! Korrigiere: irgendeinen reichen jüdischen Ehemann! –, und zwar zügig.

Dann waren da noch ihre regelmäßigen Zusammenbrüche, die beharrliche Zuneigung zu ihrem Therapeuten, die Serie praktisch unbezahlter Jobs. Das verwirrte die Macher. Theoretisch unterstützten sie ihre Stand-up-Träume, aber zu ihren Auftritten in den winzigen Comedy-Clubs, in denen sie die miesesten Zeiten zugewiesen bekam, durften sie nicht kommen.

Derweil arbeitete ich als Kaffeeträgerin für einen Filmproduzenten. In den Achtzigerjahren hatte er mit einer romantischen Komödie über einen verpeilten Typen, der sich eine linkische, störungsanfällige Roboterfreundin baut, einen Kassenschlager gelandet. Es gab (bislang) drei Fortsetzungen. Reines Videomaterial, aber riesige ausländische Märkte lechzten nach mehr.

Vielleicht schlafe ich mit deinem Chef, damit er meine Ein-Frau-Show produziert.

Läuft das so?

Genau so, meine Liebe, läuft es.

Am liebsten mochte ich die Nummer mit dem Refrain *Oh mein Gott danke Daddy nicht wahr?* Erst die Beschreibung irgendeines Schlamassels, in das sie geraten war, die übliche schrille Lasterhaftigkeit der Big Shitty – Genitalwarzen von einem One-Night-Stand mit einem Investmentbanker, Rauswurf aus der Wohnung, nachdem sich ein Partygast im Hausflur eine Überdosis genehmigt hat, Kündigung wegen Lästerei über den Chef in einer mitgelesenen E-Mail –, und anschließend die Schilderung des halb ahnungslosen Vaters, der sie rausboxt, ohne Muttern was davon zu sagen. Der Subtext war fantastisch – sie war ein hoffnungsloses Vatertöchterchen, und kein Mann kam auch nur annähernd an ihn ran. Daher das Schmachten. Ton und Färbung konnte sie endlos variieren. *Omeingott. Dankedaddy. Nicht wahr? Ohhhhhhhhhhmeingott. Dankedaddynichtwahr? Omeigodankdaddynichwa?*

Du bist so begabt, sagte ich ihr immer. Sie glaubte mir nicht.

Sie wurde als Abklatsch von Sarah Silverman abgetan, aber sie war auf ihre eigene Art komisch. Eher Nachfahrin als Abklatsch, so viel ist mal sicher.

Silverman ist eine talentlose Fotze, sagte sie immer. *Hat sich hochgevögelt.* Was als Kritik etwas putzig war, da sonntagabends der fürchterliche Talkmaster zu Molly kam, um sie auszupeitschen und sich einen blasen zu lassen.

Es ist schon noch Platz auf der Welt für mehr als eine verkorkste jüdische Komikerin, rief ich ihr in Erinnerung.

Auf der Bühne sah sie so hübsch aus, so gesund, so reizend und rehäugig, dass man sie an die Hand nehmen und mit ihr durch ein Feld voller Wildblumen laufen wollte. In ihren Augen stand schiere Angst, und sie bemühte sich nicht, sie zu verbergen, dafür liebte man sie nur umso mehr. Das sprichwörtliche Reh im Scheinwerferlicht. Dann sagte sie: *Ich bin so viel zufriedener mit meinem Aussehen, seit ich mir den Bart habe abnehmen lassen.*

Oder *Selbst wenn mein Exfreund mich* nicht *vergewaltigt hätte, würde ich das wahrscheinlich trotzdem behaupten, denn dann hättet ihr alle Mitleid mit mir. Und wenn Leute Mitleid haben, sind sie total freundlich, und dann lassen sie einen total allein, keiner nervt einen. Wenn man seine Ruhe haben will, muss man nur schwer depressiv und angeschlagen sein, es ist Wahnsinn, die Leute lassen einen auf der Stelle fallen, und dann hat man phänomenalen Frieden … in dem man darüber nachdenken kann, wie man sich am besten selbst um die Ecke bringt.*

Wir waren unglücklich, aber gemeinsam unglücklich. Es gab Drinks und Dinner und Treffen an den Wochenenden. Freunde von Freunden veranstalteten Partys, man kam in netten Restaurants und Kneipen zusammen. Es gab Konzerte und Ausflüge. Brunch und Brunch und Brunch. Es gab Liebhaber und Verliebtheiten und den Typen von neulich Nacht, nein, nein, die andere Nacht neulich, in unendlicher Abfolge.

Aber die Zeit meinte es nicht gut mit uns.

Aus ihrer alten Clique kamen nach und nach Vorankündigungen von Hochzeiten und ausgeklügelten Junggesellinnenabschieden. Wir ließen die Zwanziger hinter uns, und man ging davon aus, dass Molly nach dem Stand-up-Firlefanz online einen netten (reichen, jüdischen) Mann finden und nach Hause kommen werde, um mit ihrer Mom eine Hochzeit zu planen, und Kinder kriegen werde. Die Zwanziger hatten ihr gehört, so der unausgesprochene Deal; danach gehörte sie ihnen. Molly hasste ihre Mutter und hatte auch hin und wieder keine Probleme damit, ihr zu sagen, wo sie sich ihre faden Bestrebungen hinschieben solle, aber Daddy konnte sie nicht enttäuschen. Sie konnte Daddy nicht das Herz brechen. Sie hasste sich selbst für diese konventionelle Ader, aber ihre selbstbestimmte Zeit lief allmählich ab. Eine Jugendfreundin nach der anderen rekrutierte sie als Brautjungfer.

Ich bewarb mich um ein Masterstudium und bekam den Platz. War beeindruckt von meinem arschcoolen feministischen Theorietrip, dazu noch mit einem Stipendium. Ich traf mich oft mit Marianne.

Molly musste mit ansehen, wie die Komikerinnen, mit denen sie zusammen angefangen hatte, ihren Weg machten, eine als Assistentin im Drehbuchteam von *Saturday Night Live*, eine andere mit dem Start einer großen College-Tour und eine dritte frisch im Ensemble einer neuen Fernsehserie.

Ich lernte Paul kennen, Molly nahm einen neuen Antidepressiva-Cocktail, der sich nicht mit Alkohol vertrug. Trank trotzdem. Vögelte mit einem Typen und war tagelang deprimiert, wenn er nicht anrief. Sie studierte die Heiratsanzeigen in der Sonntagsausgabe der *New York Times* und drohte mit Selbstmord, wenn sie dabei eine ehemalige Klassenkameradin entdeckte. Sie kam mit ihrem Spec Script nicht zurande, das sie für erste Drehbuchanstellungen brauchte, und planschte also weiter im modrigen Aushilfstümpel, während gleichzeitig die nächsten Ivy-League-Absolventen über sie hereinschwappten. Sie trank und trank. Sie war pleite. Ihre Eltern wollten, dass sie weiterstudierte. Auf irgendeinen Master, egal, was für einen. Sie sollte sich eine Uni suchen und würde dort ihren Mann finden. Und sich in ihre Mutter verwandeln, die bei unserer ersten Begegnung buchstäblich keine fünf Minuten nicht geredet hatte. Daddy hatte geschwiegen, aufgeladen mit Macht und Autorität. Irgendwie scharf.

An einem Sonntag im Juni rief sie an, in Tränen aufgelöst über den Heiratsanzeigen.

Mir wird das nie widerfahren.

Was wird dir nie widerfahren, Süße?

Paul lag nackt auf meinem Laken und hatte lässig meinen rechten Fuß unter seine Achsel geklemmt, während er den Automobilteil las. Nie zuvor oder danach habe ich erlebt, dass jemand den Automobilteil liest.

Molly wimmerte.

Hör zu, sagte ich. Gelähmt vor Langeweile. *Es ist dein Leben, Süße. Mach, was du willst, oder mach, was sie wollen, aber quäl dich nicht so.* In unterschiedlichen Varianten predigte ich das schon seit Monaten. Depressive sind so langweilig!

Ich habe mich wohl entzogen. Mit schlechtem Gewissen. Ignorierte ihre Anrufe. Sie jammerte über ihre Eltern und den jüngsten kränkenden Junggesellinnenabschied und die minderwertige Komikerin, die ein Script verkauft hatte, und die andere minderwertige Komikerin, die eine Show auf die Beine stellte, und die aktuelle Heiratsankündigung und den Kerl, der nicht anrief, obwohl er es doch versprochen hatte.

Wenn sie nicht bis zum Filmriss soff und Schwänze lutschte, um bessere Auftrittszeiten zu bekommen, radelte sie (ohne Helm) durch die ganze Stadt. Ihre langen Haare flogen hinter ihr her, und man dachte: tolle Frau. Wenn diese Frau doch nur die geringste Ahnung hätte, wie toll sie ist.

In deinem *Leben läuft alles wie geschmiert*, sagte sie. Als wäre ich der Feind. Als hätte ich nicht gelitten. Schleichend, dann schlagartig wurde mir klar, dass sie mich nur gemocht hatte, weil ich so unglücklich war wie sie.

Irgendwann zog sie nach L. A., wir sprachen uns ein ganzes Jahr nicht, dann kam sie aus L. A. zurück und rief nicht an, dann sah ich sie irgendwo, und sie ignorierte mich, also ignorierte ich sie.

Dann gab es nichts mehr zwischen uns.

Kein uns.

Paul sorgte, während wir auf die Wehen warteten, warteten und warteten und warteten, mit unserem riesigen alten Thesaurus für Ablenkung. Ich war nicht einfach nur dick. Ich war auskragend, bauchig, bauschig, bikonvex, bombiert, bucklig, dellig, dostig, drall, erhaben, füllig, gebläht, geschwollen, gewölbt, gigantisch, hemispherisch, kegelig, keulig, klobig, knollig, konisch, korpulent, markant, massig, mollig, monströs, opulent, oval, pastös, schwammig, schwulstig, tonnig, vollleibig, voluminös, zylindrisch.

Er nahm seine Gitarre und komponierte dazu ein Lied. Ich verbat mir bucklig, und irgendwo zwischen klobig und pastös wurde das Ganze ein wenig abstoßend. Gegen Ende wird man ja doch überempfindlich.

Mein Termin verstrich, und offiziell waren wir nun überfällig. Man verfügte einen Ultraschall, suchte Probleme, klärte uns über die Möglichkeit von Problemen auf. Setzte besorgte Mienen auf und legte die unannehmbaren Möglichkeiten dar.

Routine.

Wenn man oft genug *Monitor, wenig Fruchtwasser, Toxizität, groß, proaktiv, posterior, Tritte zählen und Eipol-Lösung* hört, denkt man, Herrgott, okay, Scheiße, macht, was ihr müsst, was immer ihr meint, aber macht.

Obwohl ich dem verfluchten Geburtshelfer gesagt hatte, ich wolle es mit einer natürlichen Geburt »versuchen«.

Klar, hatte der gesagt. Solange dieser Kerl im Dienst war, hatte ich nichts zu befürchten. *Versuch ist's wert. Find ich gut. Toll. Sie sind eine starke Frau. Eine Kämpferin.*

Ich spielte mit, klimperte förmlich mit den Wimpern.

Ich würde es gern versuchen.

Bravo. Er wandte sich an Paul. *Gefällt mir. Hart im Nehmen.*

Na gut: Ich hatte die Dokus nicht gesehen. Ich war abergläubisch. Ich wollte das Ganze nicht verschreien. Ich war überwältigt. Ich bin einfach nicht dazu gekommen.

Faul, sagt meine Mutter. *Immer schon.*

Freunde. Hier ist der stramme Doc, bei dem ich mir ein Mal, ein einziges Mal ganz am Anfang vorgestellt hatte, wie er mich über seinen Schreibtisch beugt und von hinten nimmt, wie früher an der Uni. (Eine Ode an die schwangere Libido.)

Es wird nun doch Zeit, loszulegen. Sexy grau meliert, OP-Klamotten, neonfarbene Gummigartenclogs. Recht sympathisch, Selbstbewusstsein mit Schaufeln gefressen. *Der Kleine wird ziemlich groß. Sieht ziemlich gar aus. Sehr viel größer wollen wir ihn nicht. Da kann viel schiefgehen. Wir müssen bald loslegen. Sind Sie bereit, ihren Kleinen kennenzulernen?*

Ich meine, echt jetzt. Historisch betrachtet war mir schon klar, dass man über seinen Körper selbst bestimmen muss, dass sie ihn sonst wegnehmen und man sich doch bitte nicht den hübschen kleinen Kopf darüber zerbrechen soll. Scheiße noch mal, ich promoviere angeblich in Frauenforschung. Barbara Ehrenreichs Pionierarbeiten zu Hebammen, Hexenverfolgung und der schulmedizinischen Behandlung von Frauenleiden waren mir nicht ganz unbekannt. Und ja, Ani DiFranco hatte zu Hause entbunden.

Aber da war ich nun: riesig, verwirrt, ungeduldig, verängstigt. Bauchig, bikonvex, blasig. Und gab die Verantwortung ab. Übergab denen meine kostbare Kegeligkeit zu treuen Händen.

Ja, ich bin bereit, das Baby zu bekommen.

Schluss mit den Gratismahlzeiten für den Zwerg, scherzte eine übergewichtige Schwester mit Welpen auf dem Kasack und hängte mich an den Oxytocintropf, was, wie ich inzwischen ermittelt habe, in der Hypophyse der Milchkuh gebildet wird.

Einleiten: auslösen, entfesseln, animieren, in Gang bringen, locken, ermutigen, veranlassen, stimulieren, gebieten, vorantreiben, bewirken, anstoßen, auslösen, lostreten, fördern, hervorrufen.

Gewaltsam vorgehen.

Wir sagen ja in allen möglichen Zusammenhängen *Arschloch.* Wir sind ziemlich freigiebig heutzutage im kollektiven Gebrauch des Wortes *Arschloch.* Aber greifen wir es doch mal auf, ja? Erschließen es uns neu. Wenn Sie ein Geburtshelfer oder eine Entbindungsschwester sind und Ihre Kaiserschnittrate über, sagen wir, neun Prozent liegt, sind Sie ab jetzt offiziell ein *Arschloch.*

Du tust mir so leid, sagt Mina mit ernstem, tränenfeuchtem Blick.

Tja, freiheraus. Das tut weh. Mitleid ist so verdammt unentrinnbar, unendlich viel trauriger als Verachtung.

Der Winter kommt ganz eindeutig nicht voran. Wir können nicht mehr drinnen hocken und warten. Wir werden kribbelig, und morgen zieht angeblich ein großer Sturm auf.

Es gibt da diesen Ort.

Ich mag Orte.

Eine kleine Reise. Zur alten Fabrik in einem Städtchen namens Victory. Vormals eine Textilfabrik. Im Jahre 1846 eröffnet. 1989 geschlossen, und Sayonara, kleines Städtchen. Auf Wiedersehen, Leute. Willkommen, Verfall.

Die Kids von der Co-Op denken über eine weitere Benefizveranstaltung im Sommer nach, um die Fabrik in ein Kulturzentrum umwandeln zu können. Was so unglaublich rührend ist, weil Donald Trump wahrscheinlich siebzehn Hypotheken aufnehmen müsste, um diese Ruine zu retten.

Sie wollen sie »The Downriver« nennen.

Wieso das?

Fabriken wurden in der Regel flussabwärts gebaut und die Stadt dazu flussaufwärts. Damit die Schadstoffe aus der Fabrik nicht alle vergiftet.

Na ja, nur mit Verzögerung vergiftet.

Aber erst nach einigen Generationen.

Also, kein Ding.

Das hier ist keine coole Stadt. Kein Espresso, keine handgewebten Stoffe, keine Vintageläden. Nicht so ein Hipster-Geheimtipp, eine charmante Enklave, wo man gut angezogene, kunstbeflissene Spinner findet, deren Kinder Zenith, Phoenix und Fidel heißen; so eine ist das nicht. Sondern eine hingemeuchelte Stadt. Ausdruck eines untergegangenen Imperiums.

Eine riesige Fabrik ist das hier mit einem verlassenen Raum nach dem nächsten, ausufernd. Früher bin ich nach Albany gefahren, um mich in der Mall zu betäuben. Unterwäsche kaufen, was Synthetisches essen und benebelt zurück wie ein gemästetes Nutztier auf Dauerantibiotika, gewaltsam von seinen Jungen getrennt.

So ist es doch viel besser.

Wir tragen unsere Babys. Zev schläft auf ihrem Bauch und Walker auf meinem Rücken. Postindustrielle Bergsteiger, eingemummelt gegen die Kälte. Wir sind im zweiten Stock, gut zehn Meter über dem Boden. Geradeaus fehlt die gesamte Südmauer des Gebäudes, und der Dielenboden fällt ins Leere ab. Ich will näher ran, über die Kante spähen, die Angst schmecken, aber Mina hält mich am Arm fest.

Man hat sein Baby zu Babyturnen bei Kunstlicht oder Kellermusikstunden oder so Zeug mitzunehmen. Nicht in die harte, kaputte echte Welt, wo Glas schneiden und der Boden nachgeben könnte und täglich aufs Neue schmutziges Geld zu verdienen ist.

Die ganze Welt ist neu, sagt sie. *Ein völlig neuer Ort. Der verrückteste. Ich glaube, ich werde mich nie wieder langweilen.*

Ein spröde gewordener gelber Wandkalender von 1989. Die Zeit offiziell stehen geblieben.

Es ist schweinekalt.

Wir gehen die Treppe wieder runter, in eine Halle mit raumhohen Fenstern. Eisensäulen. Hier haben wahrscheinlich an die fünfhundert Leute gearbeitet. Mina zeigt auf vereiste Bodenflächen unter einem Abschnitt ohne Fensterscheiben.

Frauen ohne Schwestern sind klar benachteiligt, sage ich.

Und Frauen mit Scheißschwestern!, sagt sie.

Aber war die Band nicht so was wie ein Schwesternersatz.

Sie zuckt die Achseln. *Eine Weile, ja. Am Anfang. Dann nicht mehr. Jedenfalls, wir waren nicht besonders gut.*

Wir gehen raus, über gefrorene Stellen und Scherben.

Was soll das heißen? Ihr wart doch total beliebt.

Kann sein. Trotzdem waren wir nicht sehr gut.

Sie bleibt stehen, um Luft zu holen.

Wir waren wie … Kurzgeschichten über Kurzgeschichtenschreiber.

Da gibt es gute.

Es war halt so ein Insiderwitz. Wir hatten nur was zu bieten, indem wir was vorspielten. Es stand nichts auf dem Spiel. Ironie ist ja schließlich nichts Neues. Wir meinten es nicht ernst. Und wenn man jung ist, erscheint einem Unaufrichtigkeit als die Entdeckung überhaupt! Ein edles Leckmich.

Und ist aber doch nur Zeitverschwendung.

Genau. Kelly war so rein, die hat das auf kürzestem Weg fertiggemacht. Aber Stef stand total auf diesen Hype. Bei der kleinsten Aufmerksamkeit, egal wie klein, ist sie abgegangen. Mehr wollte sie nicht. Geknipst werden und ihren Namen in der Zeitung sehen.

Ja, sage ich. *Tja. Karma ist 'ne Pest.*

Ich hab sie irgendwie beneidet. Wäre es nicht toll, so simpel gestrickt zu sein?

Mein Gott, ja.

Manchmal findet man Kellys Bild neben dem von Jimi Hendrix und Janis Joplin und Jim Morrison und Kurt Cobain und den allen. Tod mit siebenundzwanzig. Und immer übergehen sie Mia Zapata, die krasseste Type von allen.

Wer ist Mia Zapata?

Eben. Bestimmt nervt es Stef bis heute, dass sie nicht so berühmt ist wie Kelly.

Oder du.

Sie lacht.

Versteh mich nicht falsch. Ich war abgedreht und abgefuckt damals, sagt Mina. *Aber dieses Miststück war der Teufel.*

Man erzählt sich, Mina und Stef hätten bei Kellys Totenwache gewaltsam getrennt werden müssen. Stef behauptet, indirekt habe Mina Kelly umgebracht, indem sie ihr Heroin nahebrachte, die Liebe ihres Lebens; Mina behauptet, alle, die sie kannten, hätten es ausprobiert. Stef behauptet, Kelly habe Mina nie dauerhaft in der Band haben wollen; Mina behauptet, Stef sei eine tumbe Ruhmhure.

Jetzt betreibt Stef in der Nähe von Nashville ihr christliches Rockcamp. *Im Grunde genommen*, hat sie vor einiger Zeit einem dortigen Kulturblättchen erzählt, *bin ich gestorben und dann clean geworden. Also, nicht wirklich gestorben, aber doch in jedem übertragenen Sinn.*

Ein verlassener Bahnsteig mit Molly, betrunken, spätabends, die Q verspätet. Wir saßen auf einer Bank, und Molly döste mit dem Kopf an meiner Schulter.

Eine Frau kam vom anderen Ende auf uns zugewankt. Sie torkelte, sie zickzackte. Sie blieb auf halbem Weg stehen, um mit jemandem zu flüstern, der nicht da war. Sie war schmuddelig.

Ich regte mich nicht.

Meine Mutter kam näher.

Was glotzt du denn so?

Ich sagte nichts.

Meinst du, ich bereue nichts? Meinst du, ich hab das so gewollt?

Ich konnte sie nicht ansehen.

Ich weiß nicht.

Du nichtsnutziges Scheißerchen. Meinst du, das habe ich mir ausgesucht?

Ich weigerte mich, sie anzusehen.

Lass mich in Ruhe.

Ich lass mir das nicht bieten, du undankbares Scheißerchen! Meinst du, die Welt schuldet dir was? Die Welt schuldet dir gar nichts! DIE WELT SCHULDET DIR NICHTS! NICHTS! NICHTS!

Mein Herz wummerte: Kampf oder Flucht? Flucht oder Kampf? Welch erbärmlich versehrtes Tier entscheidet sich für ... weder noch?

Kriegte keine Luft. Versuchte, *Hilfe* zu sagen, aber heraus kam nur ein blödes Quietschen.

Alles in Ordnung?, fragte Molly schließlich.

Ich konnte nicht antworten. Wände umschlossen mich.

Wer keine Freunde hat, muss sich Fremden erklären, habe ich mal in einem Gedicht gelesen, und ich begriff, dass selbst meine »besten« Freunde entsprechend unwirklich waren: Ich musste mich andauernd erklären, immer, jedem.

Warum sie sich nicht mehr bemüht hatte, fragt sich meine Großmutter zwanghaft. Warum sie sich nicht bei einem Offizier eingeschmeichelt, sich seine Gunst erschlichen hatte, um auf diesem Weg zumindest eins ihrer Geschwister ausfindig zu machen und zu retten. Die Erinnerung an ihre Namen erträgt sie kaum. Und wieso kann sie diesen Zwang nicht abschütteln?

Es ist vorbei. Es ist vergangen. Sie sind jetzt sicher in Amerika. Der Krieg liegt hinter ihnen. Ein neues Leben.

Aber sie hat Fehlgeburten. Etwas stimmt ganz und gar nicht. Ihr Körper tötet immer wieder Babys. Mein Großvater und sie werden jetzt reich, tragen richtig was bei zum guten alten Traum. Aber sie lässt potenzielle Föten rauströpfeln, wacht schreiend auf, heulend, schwitzend, blutend.

Sie ist nicht der Typ für *Ich glaube an das Gute im Menschen.* Sie erwacht aus Albträumen, in denen eingeäscherte Geschwister in einem schwarzen Schlundloch um Hilfe schreien. Albträumen, in denen ein SS-Offizier sie zusammen mit ihren Grundschulkameradinnen aufreiht und mit einem Hagelsturm von Kugeln aus seinem winzigen Schwanz massakriert.

Eine Fehlgeburt nach der anderen, und nach der dritten oder vierten ab in die Klapse. Damals konnten junge Frauen bei widrigen Winden schon mal eingewiesen werden.

Ruhe, beschwichtigt der Arzt meinen verwirrten Großvater. *Ein bisschen Ruhe wird Wunder wirken.*

Jede Familie hatte so eine, eine übergeschnappte Großtante, was auch immer. Sogar die Kennedys! Festschnallen, Beruhigungsmittel reinwürgen, Hirn neustarten. Das verdammte Hirn rausnehmen, wenn sonst nichts hilft.

Schizoide Wahrheitssager, gepeinigte Wahrsager, verfolgte Instinktler, desavouierte wütende Lesben.

Sie bekommt zwei Runden Elektroschocks.

Ein leichter Fall, sagt der Arzt zufrieden. Keine Lobotomie. Sie wird nach Hause geschickt, ins neue Haus in Westchester, damit sie auf dem »Land« weiter »ruhen« kann.

Vielleicht bekommen sie jetzt ihr Kind.

Auftritt Wunderdoktor.

Auftritt Wunderpille.

Und ein knappes Jahr später das erschreckend kleine Mädchen. Eine Tochter.

Aber erst mal: Geburt nach Art der amerikanischen Jahrhundertmitte. Im Angebot eine halbe Stunde den Fluss runter, bei den guten Antiquitäten.

Jetzt haben die Schwestern sie festgeschnallt und sediert, und sie strampelt und schreit, kriegt Striemen, wo die Gurte ihr in die Hand- und Fußgelenke schneiden. Die vermummten Schwestern kommen, gehen, kommen. Eine drückt heftig auf ihren Bauch. Der Arzt kommt, wählt sein Schneideinstrument und zerteilt sie mit einer sauberen Bewegung. Sie spürt es, obwohl sie nichts spüren sollte. Sie ahnt, dass man sie an der Wurzel gespalten hat, gelockert, nur ist sie nicht ausreichend bei Bewusstsein, um richtig zu begreifen, dass es dabei um sie geht.

Nicht gut, festgeschnallt, mit rasendem Herzen, nach der Schwester suchend, bitte, jemand. Sie schluchzt vor Verzweiflung. Versucht zu sprechen. Keiner hört sie. Das Ding besteht von innen darauf, *es* wisse es am besten. Was für ein Ding würde ihr so was antun? Nach ihrer doch schönen gemeinsamen Zeit in diesen neun Monaten? Sie spürt es, so beharrlich.

Sie hat Durst. Sie wird bestimmt verdursten. Was gäbe sie nicht für ein Glas. *Wasser*, versucht sie zu sagen, *Wasser.* Sie achten nicht auf sie. Sind sie böse auf sie? Hat sie was falsch gemacht? Sie hat so viel falsch gemacht. Sie versucht, *Wasser* zu sagen, aber keiner versteht sie. Das Ding will raus. Das Ding versucht, rauszukommen. Es ist gigantisch. *Bitte*, versucht sie zu sagen. *Bitte helft mir doch.*

Jetzt nimmt der Arzt ein weiteres Instrument in die Hand, groß und beeindruckend, auf und zu. Eine Art Falle. Zwei vermummte Schwestern halten sie fest. Sie machen ihr Angst. Sie kann ihre Gesichter nicht sehen. Eine dritte drückt ihr auf den Bauch, während der Doktor mit den Stahlklauen reingeht, und das ist sein Lieblingspart, o ja, hinein durch seinen sauberen Schnitt, den zarten Kopf packen und kräftig ziehen.

Das beharrliche, unglaubliche, erschreckende, riesige Ding wird aus ihr entfernt.

Perfekt!, sagt der Arzt und hält es an den Fußgelenken. Er klatscht drauf, damit es schreit und schnappt und zittert, ganz lila. Der Arzt liebt seinen Beruf. Kleine Lunge, die gleich von Anfang an eifrig arbeitet, ja, gut, so will er es haben. Zehn Finger, zehn Zehen.

Sie halten es hoch, damit sie es sehen kann, und zaubern es dann weg. Ein Echo seines Restschreis. Das Geräusch hat sie schon mal gehört, weil sie es *gemacht* hat, vor langer Zeit oder nicht so langer.

Die frischgebackene Mutter ist nur halb bei Bewusstsein, übergibt sich, zittert, die Augen suchen panisch, blindlings, wonach? Der Arzt näht sie zu und ist weg.

Véronique und Helga haben es übrigens nicht geschafft. Wenige Wochen vor der Befreiung gingen sie zusammen am Rand des Lagers spazieren, nur mal schnell Luft schnappen, eine kostbare Zigarette teilen: so dumm, so überheblich! Ein idiotischer Wachposten erkannte die viel gerühmten Offiziershuren nicht, sah nur zwei Jüdinnen und erschoss sie auf der Stelle.

Um das Maß vollzumachen, prügelten der Kommandant und einige Stabsoffiziere später den Wachposten windelweich. Die Erinnerung an Véroniques makellose rosa Muschi trieb sie zur Raserei.

Doch die Mutter meiner Mutter überlebte, ja doch. Schaffte es bis nach Amerika, zu Elektroschocks, zu DES, zu Scopolamin. In einem anderen Land ans Bett geschnallt, bat sie um Hilfe in einer Sprache, die keiner verstand.

Mann, wo ist ihr Mann, er ist nicht hier, er darf nicht. Sie geben ihr jetzt noch eine Spritze. Noch eine Betäubung, linker Haken. Gedämpfter Schmerz, stellt sich heraus, ist viel schlimmer als klarer Schmerz. Klarer Schmerz lässt sich bemessen. Man kann sich ihm stellen, damit rechnen, beherzter daraus hervorgehen. Was man nicht fühlen kann, ist nicht zu begreifen. Nicht zu berechnen. Wird einen ewig verfolgen, ängstigen. Dennoch belegt man sie mit diesem lachhaften Wort: *Überlebende.*

Achtzehn Jahre später steckt sie den Kopf in den Ofen. Erstaunlich, dass sie so lange durchgehalten hat.

Das perfekte Baby, meine Mutter, bekam einen Anruf auf dem Flurapparat ihres Wohnheims im Wellesley College.

Keine Überlebende mehr.

Meine Kommilitoninnen hassten mich. Sie wollten alle Mariannes Lieblinge sein, aber nur ich war Mariannes Liebling.

Eigentlich wollte ich feministische Theorie auf Literatur anwenden.

Marianne tat Romane ab: *belanglos, weil sie sich ewig mit den Dingen um* das *Ding herum beschäftigen; würden sie tatsächlich versuchen, das Ding zu* benennen, *hätte sich die Erzählung auf der Stelle erledigt. Schriftsteller wissen das. Es ist das täglich Brot des Geschichtenerzählens. Menschen lesen Geschichten, wenn sie nicht die Zähigkeit besitzen, auf wissenschaftlichem Weg direkt zur Sache zu kommen. Geschichten sind ein Vorspiel, eine Vermeidung von Politik, Aktivismus, Zorn und Trauer. Eine Möglichkeit für die Schriftstellerin, dem echten Problem aus dem Weg zu gehen.*

Dann … sollte ich das mit dem Kreativen Schreiben deiner Meinung nach wohl lassen?

Wir gingen viel essen, tranken viel Wein. Sie lud mich in ihr Haus in Upstate New York ein. Noch mehr Wein. Ihr glamouröses Leben, ihre vielen Liebhaber. Der wichtigste, ein Maler, war vor Kurzem gestorben. Sie hatten nicht zusammengelebt, er hatte eine Frau gehabt, eine Familie, das ganze Programm. Aber sie waren jahrelang immer mal wieder zusammen gewesen. Sie ist nicht ins Detail gegangen. Ich vermute, das Haus hat er ihr gekauft. Na und.

Sie war nicht der Typ zum Kinderkriegen. Es interessierte sie nicht. Sie hatte zu viele Freundinnen ans Kinderkriegen verloren.

Das waren prima Frauen, pflegte sie zu sagen. Eher nüchtern als verbittert.

Ihr Thema war unser Blick auf Frauen, die Art, wie wir sie verstehen und besitzen. Die verschiedenen Möglichkeiten, wie eine zwangsläufig unsichere Frau sich diesen Blick aneignet, zu ihrem Nutzen oder Schaden.

Ja, dachte ich, als ich in Vorbereitung zu ihrem Seminar ihre Sachen las. Jawoll. In den Achtzigern hatte sie sich damit einen Namen gemacht, wobei das Thema heute so selbstverständlich ist, dass sie dafür nicht die Anerkennung erfährt, die sie verdient. In ihrem Büro, über ihren Schreibtisch gepinnt, hatte ich eine Postkarte von Barbara Kruger entdeckt. *Your gaze hits the side of my face.* Sie nahm sie ab und schenkte sie mir. Sie klebt noch immer an meinem Kühlschrank und gilbt vor sich hin.

Sie war faszinierend. Wo sie überall gewesen war, wen sie alles kannte. Ich lag ihr zu Füßen. Was soll ich denken? Was soll ich fühlen?

Zu meinem Magister schenkte sie mir die Taschenuhr ihres Großvaters. Zur Veröffentlichung meines ersten ach so wichtigen Artikels eine Granatbrosche ihrer Großmutter. *Ich hatte nie eine Tochter*, schrieb sie auf eine kleine Karte, die sie aus einer acht Zentimeter hohen, unscharfen Secondhand-Schwarz-Weiß-Fotografie eines behaubten Babys gemacht hatte.

Man muss es einfach als Kompliment verstehen, wenn einen die anderen Frauen hassen: Dann ist man ja wohl oberhammer. Trotzdem hassten sie mich. Wahrscheinlich, weil ihre Freunde mich vögeln wollten.

Eine war besonders auf Krawall gebürstet. Sie hatte einen richtigen Groll gegen mich. Das fand ich zum Schreien. Ich war doch keine Bedrohung! *Eigentlich* nicht. Nicht so *richtig*. Was musste sie für eine Hohlbirne sein, um mich als Bedrohung zu empfinden? Schließlich hasse ich mich grundsätzlich selbst so sehr, dass ich kaum ein Wort rauskriege! Hasse mich bis zum heutigen Tag so sehr, dass ich mich manchmal nicht mal anziehen kann. Also scheiß drauf, wenn ich deinen Scheißfreund gevögelt habe. Sei lieber sauer auf deinen mittelmäßigen Freund, Schatzilein. Aber irgendwie liebenswert, dieses Geschöpf. Was man so ganz und gar begreift, kann man zumindest irgendwie lieben.

Dann war da noch Anna, ein ziemlich schräger Vogel. Fing gerade mit dem Studium an, als ich fast fertig war. Neuengland-Adel. Von etwas Wesentlichem abgeschnitten, ungeerdet. Imitierte tapfer das Leben. Magersüchtig hoch drei. Eine echte Hungerkünstlerin, bis auf die Knochen. Hatte erst Jahre später überhaupt Männerbekanntschaften, mit Ende zwanzig, als sie Lehrbeauftragte in einer mittelgroßen Stadt im Süden war und sich mit dem Vizepräsidenten einer Kommunalbank einließ. Einem Mann, der den Tick hatte, sie mit extrem langen und jederzeit perfekt manikürten Fingernägeln sehen zu wollen. Er sei bereit, für ihre wöchentliche Maniküre aufzukommen, hatte er beim ersten oder zweiten Date verkündet. Sie willigte ein, wenn auch ziemlich kleinlaut.

Ich weiß, wie das klingt, hatte sie zu mir gesagt. *Er ist ein interessanter Typ. Aber ich weiß, wie das klingt.*

Egal, sagte ich.

Ich weiß, ich weiß. Aber er ist nett. Ich mag ihn.

Bei unserer letzten Begegnung war ich schwanger. Wir waren essen (d. h. ich habe gegessen). Sie bekannte sich zu einer tief sitzenden, beharrlichen Angst vor schwangeren Bäuchen.

Ehrlich gesagt finde ich sie eklig, sagte sie.

Nach der Geburt hörte ich nie wieder von ihr. Nichts. Eines Tages, in schlechter Verfassung, allein mit dem Kinderwagen auf einer Bank im Park, rief ich sie an und wollte ihr alles erzählen, wenn sie nur ranginge. Sie war klug, und kluge Menschen gibt es nicht so viele. Aber sie rief nicht zurück.

Ich saß eine Weile auf der kalten Parkbank, und mir fiel sonst niemand ein, den ich hätte anrufen können. Verliert man allmählich alle? Wird man einfach immer einsamer, bis man stirbt?

Ein paar Monate später versuchte ich es erneut. Diesmal ging sie ran – *Heyyyyy! Wie geht es dir?* –, höflich, distanziert.

Im Moment ist es gerade schlecht, sagte sie, *aber kann ich dich in, na, zehn Minuten zurückrufen?* Scheinheilige Schlampe!

Logo, sagte ich.

Auf diesen Anruf warte ich noch heute.

Wie dem auch sei. Es ist nicht böse gemeint. Es gibt Leute, die gehen nicht auf Beerdigungen, weil sie Beerdigungen nicht aushalten. Weil sie Angst haben, nicht wissen, wie sie sich verhalten sollen, Panik kriegen. In die eigene Begrenztheit geschweißt. Weil sie damit nicht zurechtkommen. Vielleicht schämen sie sich sogar, weil sie nicht zur Beerdigung kommen. Aber Verzeihung, sie sind einfach so Menschen, die nicht auf Beerdigungen gehen. Auch Arschlöcher genannt.

Als ich Marianne eröffnete, dass ich schwanger sei, starrte sie aus dem Bürofenster, zog an ihrer Zigarette und ließ den Rauch lange und anmutig entweichen.

Tja. Wenn es. Das ist. Was du. Willst.

***

In den zwanzig Minuten, bevor ich Walker abholen muss, blättere ich auf den Eingangsstufen in Shulamith Firestone. Irgend so ein Schwachsinn der zweiten Welle von wegen Biologie sei nicht Schicksal. Man müsse nur den weiblichen Körper bezwingen und sich selbst davon befreien.

Ich würde dazu gern eine Hausarbeit mit einem langen, komplizierten Titel rumschicken. Der ganze Text bestünde aus: Bullshit! Bullshit! Bullshit! Bullshit! Bullshit!

Es ist ein klarer Tag, und ich sitze mit dem Gesicht in der Sonne. Ich kann meinen Atem sehen. Aber die Sonne, die Sonne, die Sonne!

Cat kommt mit einem Kinderwagen die Straße hoch. Offenbar hat ihre Nachbarin wieder ein Kind gekriegt.

Sie brauchte einfach mal ein paar Stunden für sich, erzählt mir Cat energisch.

Und da hilfst du ihr.

Sie strahlt beseligt.

Du hast eine neue Freundin, soll das heißen, und ich, ich, ich jetzt auch, auch, auch.

Soll das ein Witz sein? Verarschst du mich hier gerade?

Wie bitte?

Nichts. Das ist echt nett von dir. Schön.

Ein Haus auf der Main Street ist eingestürzt. Ein Backstein-Reihenhaus aus dem neunzehnten Jahrhundert. Der größte Teil der Fassade und die Südwestmauer. Sieht jetzt aus wie eine Puppenstube. Alle Zimmer sind zu sehen. Am Nachbarhaus wurde gearbeitet, und so ist es ja manchmal, wenn am Fundament eines zweihundert Jahre alten Hauses rumgemacht wird, dass das Haus daneben einkracht. Als wenn es sagt, Prima, schon wieder, noch 'ne Runde mit diesen Idioten, die nächste Generation von Arschlöchern mit ihrem Krach; ich glaub, ich bin dann mal weg.

Ich stand eine Weile auf der anderen Straßenseite mit dreißig anderen, die sich die Lastwagen und Blaulichter anschauten. Walker schlief im Kinderwagen.

Ich liebte die Puppenstube, die mein Vater mir geschenkt hatte, als meine Mutter krank wurde. Reingucken zu können ins Haus, in jedes Zimmer, all diese privaten Räume, die das Familienleben ausmachen. Das war gottgleich, allwissend. Ich kannte jeden Winkel meines Hauses. Das ganze Treiben war so furchtbar begrenzt und so überschaubar verglichen mit meinem. Keine unbekannten Räume. Auch keine zwar bekannten, doch unbewohnbaren.

Entsetzlich neues Baby in der Co-Op.

Wie alt ist es denn?

Erst zwei Wochen.

Das winzigste Persönchen. Mom ist nicht freundlich. Kostet Lächeln *Geld*?

Der große Bruder kommt angelaufen und küsst das Baby aufs Gesicht, dann läuft er wieder weg.

Ihr Beschützer, sagt Dad. Ich nicke.

Hat sie's gut.

Als meine Schicht um ist, drückt mir Naomi einen Flyer in die Hand.

Das wird hammer diesen Monat. Ein paar Farmer aus Germantown tun sich zusammen und starten einen monatlichen Gemeinschaftshof. Wie toll ist das denn? Euer Obst und Gemüse könnt ihr auf der Party abholen!

Im Januar besteht der Gemeinschaftshof ausschließlich aus Kartoffeln, Zwiebeln und Kohlrabi, aber mir gefällt es hier schon, theoretisch.

Mein ödes Buch, sagt Mina, als ich ihr endlich erzähle, wie toll ich es finde.

Das ist nicht öde. Ich fand es wirklich toll.

Danke. Das freut mich.

Und es hat ja auch ziemlich eingeschlagen, oder?

Bei dir offenbar.

Wir wissen beide sehr wohl, dass ihr Buch eingeschlagen hat. Ich bestehe nicht darauf, weil sie mich sonst für eine Kulturstalkerin hält. Nur höflich, so zu tun, als könnte man nicht mit dem Internet umgehen. Als könnte man nicht allen möglichen Scheiß über Leute rausfinden, bevor man sie überhaupt kennenlernt. Oder statt sie kennenzulernen.

Sie zuckt die Achseln. Sie nutzt es nicht aus. Keine Spur von Arroganz.

Vielleicht ginge es mir besser damit, wenn es nicht so eingeschlagen hätte. Das macht einen nur irre, wenn die Leute sich auf einmal verknoten, um nett zu dir zu sein. Jahrelang schreiben sie einen als Verrückte ab, dann plötzlich nicht mehr, stattdessen hören sie zu und belohnen einen dafür, dass man eine Verrückte ist. Völlig abgefahren. Und apropos abgefahren. Es sieht so aus, als würden wir Ende des Monats nach Brooklyn fahren.

Auf Besuch?

Nein.

Mir wäre lieber gewesen, sie hätte mich ins Gesicht geschlagen.

Moment, du ziehst nach Brooklyn?

Einstweilen.

Aber. Wie bitte? Crisp und Jerry kommen erst in sechs Monaten zurück.

Die Zeit ist um. Und diese Stadt ist schon ein ziemliches Kaff, und meine Schwester ist merkwürdig freundlich.

Sie haben bereits Schwestern, die besten Frauen. Wenn man eine findet, die man richtig mag, stellt sich heraus, sie hat schon eine Schwester.

Also ziehst du nach Brooklyn. So richtig.

Meine Schwester hat viel Platz.

Ah, also ein Stadthaus?

Sie hat viel Platz.

Aber du bist gut aufgehoben hier.

Soll heißen, *ich* bin gut aufgehoben hier, und zwar bei *dir*.

Das war doch nur vorübergehend.

Ich meinte ja bloß.

Brooklyn ist nicht so weit weg.

Aber im Ernst? Brooklyn?

Was hast du gegen Brooklyn? Doch ihr entgleiten ja schon die Gesichtszüge, bevor sie »Brook« ausgesprochen hat.

Wow, Alter.

Meine Schwester war die letzten Wochen am Telefon echt super. Eine echte Unterstützung.

Das Leben im Schoße der Bourgeoisie wird dir gefallen. So gute Menschen. Das Salz der Erde.

Sie ist meine Schwester.

Ich bin deine Schwester, du Flittchen.

Werd nicht komisch.

Verstehst du nicht, wie mein Leben vorher war, ohne dich?

Doch, sagt sie.

Du findest es dort bestimmt ätzend.

Wahrscheinlich.

Egal, nein, leb dein kleines spießiges Leben unter all den anderen Spießern.

Meine Schwester will mir helfen. Ich glaube, sie sehnt sich nach der Zeit, als ihre Kinder klein waren. Und so lernen sich unsere Kinder kennen. Und sie wohnt in einem riesigen Haus, und es klingt, als wäre ihre Ehe mehr oder weniger am Ende …

Und warum hast du mich dann erst verhext?

Du hast mir das Leben gerettet.

Wie nett.

Die nächste Pleite. Dieses Haus lässt sich nicht retten. Das muss man abreißen.

***

Beim Abholen werde ich von einem flüchtigen Begehren nach Nasreens Stiefsohn erfasst. Gut gebaut, breitschultrig, fünfundzwanzig, grelle Ärmeltattoos auf beiden Armen, Sexausstrahlung.

Es überrumpelt mich, dieses Begehren, und mir dämmert, dass es mir irgendwie besser geht.

Ich brauche sie nicht.

Vergiss sie.

Alles okay?, fragt Paul dreißig Sekunden, bevor er einschläft.

Sei bloß nicht so eine, die ihrem Mann dauernd die Ohren über andere Frauen vollzickt, flötet mir meine Mutter zu. *Männer interessieren sich nicht für Weibergezicke, solche Weiber ermüden sie.* Sie will nur helfen. Und sie hat ja gar nicht so unrecht.

Alles okay, sage ich.

Wieso? Was ist los?

Der gute Paul.

Verschone ihn, summt meine Mutter.

Aber man kann sich ja nicht bei der Ursache der Beschwerden beschweren, deshalb.

Sie geht weg.

Wer geht weg?

Er schnarcht, bevor ich antworten kann.

Wieder mal über Nacht in der City.

Im Zug sitze ich neben einer Fünfzehnjährigen, die die ganze Fahrt über simst simst simst. Ich hasse diese Mädchen, weil sie nie mit sich allein sein müssen. Das Leben wird dich so in die Tonne treten, Miss Etepetete.

Ich bin also eine Alte, die die jungen Leute hasst. Schlechtes Zeichen.

Ich übernachte bei Erica und Steve, weil es umsonst ist und chic und riesig und mit Ausblick und ich ihnen wohl noch einen Besuch schulde. Drinnen sieht es aus wie in einem angesagten Hotel.

Hey, wow, deine Brüste sehen ja wieder halbwegs normal aus. Ich hatte mich schon an die Monsterdinger gewöhnt, sagt Erica, bevor sie mich begrüßt. Sie trägt die beängstigendsten Schuhe, die ich je gesehen habe. *Was denn? Was? Ich hab gesagt, deine Brüste sehen gut aus! Sei nicht so scheißempfindlich.*

Steve gefällt mir eigentlich. Er ist unverschämt unterhaltsam. Ein derber, urkomischer Spinner und heimlicher Kiffer mit der abscheulichsten politischen Einstellung, die man sich nur vorstellen kann. Ich kann mir nicht helfen; mir gefällt der Kerl.

Er hat gelernt, extravagante Cocktails zu mixen, in den zwanzig Minuten, in denen er uns die Getränke macht, verknoten sich seine Affenbrauen vor Konzentration.

Bei Steve habe ich aber außerdem das Gefühl, dass ich ihn, weil ich eine Frau bin, die er nicht unmittelbar einordnen kann, mehr oder weniger nervös mache. Könnte man als milde Misogynie bezeichnen. Kein extremer Porno-Frauenhass, kein Fall von Vergewaltigenmurksenwollen, bloß die alltägliche, halb bewusste Verachtung, mit der Frauen in Mütter und Vögelfutter eingeteilt werden. Angst vor dem Weiblichen. Der weibliche Zyklus als düsteres Geheimnis usw. Frauen als Fußmatten und/oder Ware und/oder Nutten, fertig. Intuition als Absurdität. Das Wesentliche im Leben immer und ausschließlich das, was man anfassen/formulieren/besitzen kann. Und ich mit meinem beharrlichen Blickkontakt, meinen Ansichten! Meiner Direktheit! Meinen ständigen! Überbordenden! Gefühlen! Wie diese Sorte Mann nicht im Traum darauf käme, sich einfach so zum Vergnügen mit Frauen zu treffen, sich mit einer Frau zu unterhalten, weil ihre Sicht aufs Leben an sich was wert ist. Jedenfalls nicht, wenn er nicht hofft, sie außerdem flachzulegen.

Zum Beispiel dieser Freund von Paul, der das College geschmissen hat. Professioneller Jazzmusiker. Wir haben ihn vor ein paar Jahren erlebt. Begnadet. Seine Frau hatte ihn wegen eines anderen sitzen lassen, und man hatte das Gefühl, dafür verantwortlich zu sein, weil man auch eine Frau war. Vielleicht wird einer Frau das Privileg des Menschseins aber auch einfach nicht automatisch zuteil. Das müssen wir uns verdienen, indem wir Lippen, Brüste, Möse, Arsch in ihrem Wesen überwinden. Etwas Kluges, Geistreiches sagen, Prise Esoterik beimischen, beweisen, dass wir nicht im Grunde unseres Herzens schlichte Dirnen sind, und uns so das Menschsein verdienen. Frauen sind fremd, unberechenbar. Besser nicht mit einer Frau reden. Sich nicht in ihrem Netz verfangen. Man kann sich grundsätzlich keinen Reim auf sie machen. Sie wird euch hinabziehen, euren Schwanz in der Pfanne braten und mit ein paar Eiern zum Frühstück verspeisen.

Aber Steve ist in Ordnung, vor allem, wenn er bekifft ist. *Liebt* seinen Surround-Sound. Er reicht mir meinen Cocktail.

Trinkt ihr denn gar nichts?

Erica grinst. Steve grinst.

Ach, du meine Güte.

Jaaaaaa!

Ach, sage ich mit Tränen in den Augen. *Süße.*

Ich hebe mein Glas zu einem Trinkspruch.

Mögest du lernen, dich selbst zu bemuttern, während du lernst, dein Kind zu bemuttern, sage ich. *Mögest du deinem Körper vertrauen und ihn respektieren, und mögen andere dasselbe tun, und möge dein Körper dich verblüffen.*

Schließe mich an, sagt Steve und tut so, als würde er einen kippen.

Das war ganz schön tiefsinnig, Ari, wow.

Später gehe ich mit Subeena einen trinken. Eine Stunde lang erzählt sie mir, warum jetzt ein guter Zeitpunkt ist, um ihre Eier einzufrieren, weil sie zur bezahlten Bloggerin aufgestiegen ist. Sie stellt mir keine einzige Frage.

Um Mitternacht zurück zu Steve und Erica. Alle Lichter brennen.

Hallo? Leute?

Sie schlafen, hingestreckt auf ihrem riesigen Bett. Erica trägt eine Augenmaske aus Seide, und ihr Mops nagt am Fußende ekstatisch an einem Knochen. Aus einem riesigen Fernseher dröhnt eine Reality-Show über verrückte, traurige, zornige, schmuckbehängte alte Frauen mit zu viel Geld.

Zurück kriege ich einen guten Platz auf der Flussseite. Sonnenuntergang. Alles ätzende Leute. Die Frau in der Reihe vor mir, krank und hustend und offensichtlich ansteckend. Der Typ, der meine Fahrkarte kontrolliert, so aufschneiderisch und offensichtlich ein Vergewaltiger.

Nina Simone singt *No use old girl/You might as well surrender.*

Es waren ja nicht nur Cat und die Zombiegattin. Da war auch noch die ehrgeizige Yogalehrerin zwei Städte weiter. Die Müttergruppe und die ganz *andere* Müttergruppe. Ich habe mich echt bemüht. Ich würde mich mit Hitler anfreunden, wenn er Lust auf ein chilliges Playdate hätte.

Ein Kind öffnet dich, das ist das Problem. Da führt kein Weg dran vorbei, es sei denn, du willst jemanden dafür bezahlen, es für dich zu kriegen. Es gibt das Davor und das Danach. Davor in deinem Körper zu leben ist eine Sache. Danach eine andere. Einige reagieren darauf mit Kontrollzwang, andere werden verrückt, wieder andere komplett apathisch. Bei manchen passiert alles zugleich. Nur einige Glückselige widerstehen diesen Impulsen, und die erkennt man gleich bei der ersten Begegnung an ihrem Blick: müde, demütig, wacklig, aber standhaft. Präsent, wenn auch knapp. Solchen begegnet man nicht häufig.

Postkarte von Crispin.

hi Bubu wg, vermisse unsere Bewusstseinsbildungen. Bist du gut zu dir? sind in montepulciano & ist scheißeschön. Kuss

Sie sind seit zwanzig Jahren zusammen, Crisp und Jer. Crisps erster Freund ist in den Achtzigern gestorben, an der Seuche. Wahnsinnsfoto von ihm im Wohnzimmer. Jer macht das gar nichts. Er hat mal gesehen, wie ich das Bild angestarrt habe.

Schönheit, hm?

Warum hat Crisp nicht auch die Seuche ereilt? Pures Glück. Sie haben keine Ahnung. Höchst rätselhaft. Er versucht, nicht darüber nachzudenken.

Essen auf Rädern!, rief Jerry vor unserer Tür, wenn er zu beladen war, um zu klingeln.

Sie haben mich gerettet.

Du hast dich selbst gerettet, meine Schöne, sagte Crisp. *Du brauchtest nur einen kleinen Schubs, auch drüber zu lachen.*

Vor zweihundert Jahren – Teufel, vor hundert – war man von Frauen umringt, wenn man ein Kind bekam: von der Mutter, ihrer Mutter, Schwestern, Cousinen, Schwägerinnen, der Schwiegermutter. Und man war ein Teenager, zu jung, um schon ein Leben gehabt zu haben. Die Aufzucht teilte man sich mit einem Haufen Frauen, die halfen, Gesellschaft leisteten, zeigten, wie man es macht. Und wie sie war man später auch. Die Menschen arbeiteten nicht nur zusammen an der Kindererziehung, sie liebten auch die Kinder zusammen.

Heutzutage verdient man vielleicht Geld, lernt sich vielleicht erst mal selbst kennen. Vielleicht hat man Abenteuer, Herzschmerz. Vielleicht Ambitionen. Vielleicht erkundet man seine Sexualität. Und dann: umstandslos entzweigeschlitzt, Neugeborenes überreicht, heim in die kleine Isolierzelle, jetzt mal los und bloß nicht zu viele Fotos posten. So eine will man ja nicht sein.

Paul meinte es gut. Paul ist die Verkörperung von Anstand.

Aber Paul konnte mir nicht helfen. Man muss einschätzen, was Menschen leisten können, und ihnen nachsehen, was sie nicht leisten können.

Es wird immer einfacher, versicherte mir Jer.

Woher willst du das wissen?, fragte ich ihn.

Ich hatte sechs Schwestern, Schatzi. Ich bin eine katholische Schwuchtel aus Georgia. Ich habe so schlimm gestottert, dass ich noch mit fast zwanzig kaum gesprochen habe. Meine Mutter hat in neun Jahren sieben Kinder gekriegt, eins ist vor dem ersten Geburtstag gestorben. Ich habe nicht kapiert, dass sie katastrophal depressiv war, bis sie mit fünfundsiebzig Gruppenreisen um die Welt gemacht hat und ich sie auf einem Foto zum ersten Mal in meinem Leben habe lächeln sehen.

Offizielle Bekanntmachung, sagte Crisp. *Wenn jemand, den du liebst oder auch nur sehr magst oder ein bisschen kennst, ein Kind kriegt, GEH RÜBER, BRING ESSEN MIT UND BLEIB EIN WEILCHEN, und zwar regelmäßig.*

Ohne vorher anzurufen, pflichtete ich ihm bei.

Wie wenn jemand stirbt, sagte Jer.

Bloß keine Blumen, verkündete ich.

Es ist ganz genauso, wie wenn jemand stirbt. Da gewöhnt man sich besser dran.

Wir schenkten uns nach.

Paul und ich haben in der Brooklyn Borough Hall geheiratet und hinterher in unserem Lieblingsrestaurant gegessen.

Molly war da. Erica. Mein Vater und Sheryl. Marianne schaute vorbei, ging aber nach einem Drink. Der alte Jazzmusiker-Freund von Paul. Wir hatten sie eine Woche vorher eingeladen: *dienstag heiraten wir! anschließend essen.* Es verlangte einfach nach Understatement.

Ich trug ein schräg geschnittenes goldenes Kleid aus Rohseide von einer Frau mit einem kleinen Laden auf der Atlantic Avenue, kombiniert mit klassischen Cowboystiefeln und einem Retro-Bolero-Jäckchen aus schwarzer Spitze. Haare locker hochgesteckt mit einer riesigen roten Orchidee links. Ich war so stolz an dem Abend, so abgeklärt, so aufrecht, so bei mir. Ich gehörte mir selbst, konnte mich ganz und gar geben. Ich blieb in Pauls Nähe, fühlte mich sehr als seine Frau und spürte, dass nichts so zählte, wie er und ich füreinander zählten. Die Ehe ist einfach eine Neuordnung.

Sheryls Hochzeitsgeschenk bestand in einem seltsamen kleinen Witzebuch mit dem Titel *Netter kleiner Goi: die Mischehe und du*. Mit persönlicher Widmung des Autors.

Sheryl und Norman fühlten sich offensichtlich unwohl, bissen sich aber auf ihre dicken jüdischen Lippen. Im Gegensatz zu meiner Tante Ellen, die mir diesen Brief über *Schande* und *abgeschnitten* und *Enttäuschung* und *Geschichte* und *deine Großeltern* und *für uns verloren* geschrieben hatte. Ein echter Klassiker des Genres.

Sie ist total verrückt, sagte Erica über ihre Mutter. *Tut mir so leid. Sie ist komplett irre.*

Eine Cousine von Paul ist mit einem Juden verheiratet. Wir haben sie mal besucht, sie hatten eine Mesusa falschrum auf der falschen Seite ihrer Wohnungstür hängen.

Molly brachte einen Trinkspruch aus. Betrunken natürlich. In die Richtung von *so fantastisch, den Menschen zu finden, für den man bestimmt ist, hab ich jedenfalls gehört, weil ich hab nicht die geringste Ahnung, aber egal, dankedaddynichtwahr?*

Mein Vater klopfte nach dem Essen mit einem Messer an sein Glas. Der Kerl hatte gewartet, bis der Nachtisch abgeräumt war.

Ariella. Du warst die schönste Überraschung unseres Lebens. Es war das erste Mal seit Jahren, dass er auch nur ansatzweise über meine Mutter sprach. Ich wartete auf die Fortsetzung. Und weiter? Was war mit *ihr*? Was *war* mit ihr?

Die Ehe, fuhr er fort, *ist so leicht, wenn man mit dem richtigen Menschen verheiratet ist*. Er strahlte Sheryl an und setzte sich wieder, Ende der Rede.

Tja, das *ist ganz offensichtlich totaler Schwachsinn*, flüsterte ich Paul zu. *Aber ich liebe dich.*

Habt ihr kein Zuhause?, murmelte Molly um Mitternacht. Nur sie und wir saßen noch im flackernden Kerzenschein dieses schönen Restaurants, Schuhe abgestreift, meine Füße in Pauls Schoß.

Natürlich mochte sie mich nicht, wenn ich gerade stark und entspannt war. Der Talkmaster war in der Entzugsklinik und weg vom Fenster. Mein Glück war Verrat.

Sie zog weiter auf eine Party in Brooklyn Heights.

Neuordnung.

Ich stelle mein bestes Material zum Thema zusammen, sogar die Doku, die ich nicht gesehen habe, schicke das Paket an Erica und denke, Mann, hat die ein Glück, dass sie mich hat. Hätte ich mich doch auch gehabt.

Jetzt maile ich ihr noch einen Link: »Die zehn sichersten Anzeichen dafür, dass Ihr Arzt einen unnötigen Kaiserschnitt plant.«

> unschätzbare quelle! hoffe, dir geht's gut! alles liebe!
> p.s.: guck dir die doku an!

Zwei Sekunden später ihre Antwort.

> ich weiß du meinst es gut aber hab genug stress und
> du musst das lassen, danke! ;-)

Ein beschissener Zwinkersmiley?!

Nicht zu fassen. Ich klappere in die Tasten:

> Bitte mach dich schlau. Wissen ist gut, versprochen.

Ich hab einen Plan, der für Steve/mich passt & bitte respektiere das!

Ach, klar, sicher, cool, okay. Ein Plan, der vorsieht, dass du so tust, als hätten wir 1950, dir die Lichter ausblasen lässt und mit Nachkommenschaft und einem hübschen neuen Anhängsel wieder zu dir kommst und so tust, als hätte die ganze Tortur nicht stattgefunden. Ein *Plan*.

Ich zittere vor Zorn. Dumme Kuh. Ich zittere! Irre, was der Körper alles anstellen kann.

Was ist ein Mensch wert, der nichts wissen will? Der sich völlig der Angst ausliefert? Kann von so einem Menschen etwas Gutes kommen? Nichts sehen, nichts hören, nichts sagen.

Ich zittere. Ich fühle mich wie die besonders verrückten Militärleute gegenüber Wehrdienstverweigerern. Schlappschwänze. Mit Muschis statt Schwänzen. Haut ab und überlasst diesen Menschheitskram Leuten, die damit umgehen können.

Jede Frau fürchtet sich vor der Geburt, leiert meine Mutter gelangweilt herunter. *Und ihre Mutter ist ein Schwachkopf. Der Apfel fällt nicht weit vom Stamm. Weißt du, was dein Problem ist?*

Na toll, Janice. Was ist mein Problem?

Dein Problem ist, dass du all diese Frauen so viel mehr liebst, als sie dich lieben. Du willst nur eine Frau, die du retten kannst. Oder eine, die dich retten kann.

Schmerzvermeidung bringt gar nichts. Schmerzvermeidung verstärkt den Schmerz um ein Vielfaches.

Viel Glück mit deinem Plädoyer.

Eine der Highschool-Lindsays, inzwischen TV-Direktorin, postet Bilder von ihrem neuen Baby mit dem Kindermädchen. Das Kindermädchen beim Babyknuddeln, das Kindermädchen beim Babyküssen, das Kindermädchen wachsam im Sessel, drei

Schritte vom schlafenden Baby entfernt. Physikern zufolge geht Energie nicht verloren, sondern wird nur übertragen, umgewandelt. Ich drücke auf Daumen hoch, trage meinen Teil zum Frieden bei.

Und sonst? Sieht aus, als hätte Molly geheiratet. Fotos tauchen auf. Der Typ sieht gut aus in seinem Ebenmaß. Trägt allerdings eine goldene Rolex, schlicht absurd für einen Mann unter fünfundachtzig. Er sieht nicht aus, als wäre das ironisch gemeint. Eher so: Da bin ich mit meiner auserwählten Braut; bald werde ich sie schwängern, und wir werden ein wunderschönes Haus kaufen und mehr oder weniger genauso werden wie unsere Eltern, die ihrerseits ganz schön prima sind. Hab jedenfalls den Anstand, nicht ganz so zufrieden mit dir zu sein, Mann.

Molly und ihr lang ersehnter Ehemann, den sie nun mit Hochzeitstorte füttert, hier als Parodie auf Hochzeitstortenverfütterung. Alles sehr nett und traditionell. Ballsaal eines Hotels. Molly! Die einmal zwei Kerlen gleichzeitig einen geblasen hat, um an die E-Mail-Adresse des Chefautors einer langjährigen Sitcom heranzukommen.

Meine Haltung ist scheiße, als wollte ich in den Bildschirm kriechen. Nur so sehe ich sie richtig, direkt vor meinen brennenden Augäpfeln.

Ihr Hochzeitsoutfit ist exakt wie meins, bis ins Detail. Genau der gleiche Schrägschnitt, genau das gleiche Bolerojäckchen, genau die gleiche lockere Hochsteckfrisur mit einer großen Orchidee hinterm linken Ohr. Sie ist genauso zurechtgemacht wie ich. Nur alles in Weiß, wie eine zünftige Braut.

***

Schön, also, ich hasse Frauen.

Wie originell, sagt meine Mutter.

Sie sind so devot, hinterhältig. Nachfahren derer, die andere Frauen als Hexen auslieferten.

Kein Widerspruch. Sie zuckt die Achseln.

Frauen, die sich Freundinnen suchen, die hübscher sind als sie, um sich in deren Glanz zu sonnen. Frauen, die sich Freundinnen suchen, die nicht so hübsch sind wie sie, um sich selbst zu erhöhen. Die Selbstzerstörerischen, die noch Selbstzerstörerischeren, die richtig Kranken, von den weniger Selbstzerstörerischen irgendwann im Stich gelassen. Die ruhelosen Männerjägerinnen, die jeden Mann jagen, diesen Mann, nein, nein, den.

Du hast keine Probleme, Freundschaften zu schließen. Du findest leicht Freundinnen. Nur behalten kannst du sie nicht.

Weil ich Frauen nicht mag.

Sie dich offensichtlich auch nicht.

Die Irren, die ihre fruchtbaren Jahre verlängern wollen, Hormone schlucken, sich mit püriertem Geld einschmieren. Hallo, Ladys, im Ernst, wisst ihr was? Fantastische Neuigkeiten. Ihr seid begnadigt! Frei! Die Gefängnistore stehen offen. Geht! Die Kaution ist gestellt! Geht, ihr habt eure Zeit abgesessen, eure Strafe verbüßt! Zieht bequeme Schuhe an und Klamotten, in denen ihr euch bewegen könnt, und seid Menschen! Lauft! Zieht Hosen mit Gummizug an, lernt sinnvolle Dinge, lest Bücher, forscht, denkt mit eurem eigenen Kopf, lebt euer Leeeeeben!

Das Problem, mein Spatz, bist du.

Aber es ist wie mit Tieren, die in Gefangenschaft aufwachsen, die sich in der Natur nicht zurechtfinden. Die nicht weglaufen, egal, wie weit die Käfigtür offen steht.

Es stimmt, gibt meine Mutter zu. *Ihr seht nicht gerade knackig aus, Ladys. Mit gefärbten Haaren seht ihr einfach nur aus wie alte Ladys mit gefärbten Haaren. Mit Parfüm riecht ihr, als hättet ihr tödliche Angst vor eurem Körper. Lasst los. Gebt auf. Seid alt, ihr Schnepfen. Leibt euch. Passieren tut es sowieso.*

Dieses ganze Ich-lass-mich-vom-System-bescheißen-und-schluck-Pillen-und-lüge-die-Wahrheit-meines-Lebens-weg-bis-ich-sterbe sagt mir nicht so zu.

Wie wird man eine glückliche alte Lady? Darum geht's doch. Wie wird man eine glückliche, bezwingende, besonnene, zufriedene alte Lady? Mit der Schwerkraft im Reinen. Mit dem eigenen Körper im Bunde.

Wir wollen alle demselben Zeug ein Schnippchen schlagen, aber manche von uns geben es nicht zu, andere können es nicht benennen, und diese Frauen nennen wir unterdrückt.

Aber ja, Ariella, sagt meine Mutter sittsam steif. *Wirklich ein Rätsel, dass du keine Frauenfreundschaften aufrechterhalten kannst.*

Du bist die untoteste Tote, die mir je untergekommen ist.

Danke.

Ich willige ein, Mina zur Co-Op zu begleiten. Zev ist mit seinen sechs Wochen ganz schön drall geworden. Er hat sich verändert in den paar Tagen, in denen ich ihn nicht gesehen habe.

Wir sitzen schweigend im Café.

Schön. Schön. Schön. Schön.

Wenig Schlaf letzte Nacht, sagt Mina schließlich. Ätzend, wie sich ihre Unterlippe vorschiebt. Sie kommt sich so toll vor mit ihren ungewaschenen Haaren und ihren uralten Stiefeln und dem mysteriösen abwesenden Kindsvater.

Von nichts kommt nichts, sage ich. Bitte? Ich hab auch nicht so toll geschlafen. Vollmond, Wind aus Nordost. Verliert man Schlaf, verliert man den Verstand.

Sie stillt Zev jetzt wie eine Weltmeisterin, alles entschlamasselt. Meine Dienste werden nicht mehr benötigt.

Ich weiß gar nicht, wie ich dir danken soll, sagt sie dauernd. *Ich kann dir gar nicht genug danken.*

Je öfter sie das sagt, desto mehr hasse ich sie.

Sie gibt mir Zev und geht aufs Klo, und ist es nicht erstaunlich, dass es fast unmöglich ist, aggressiv zu sein, wenn man ein Kind auf dem Arm hat? Hat mit Chemie zu tun. Auf Wiedersehen, kleiner Mann. Ein letztes Mal. Ich mach's kurz, nur noch ein Mal nippen, bevor sie zurückkommt. Wie es mich beruhigt.

Merkwürdig warm für Januar. Der ganze Schnee vom Sturm letzte Woche weggeschmolzen.

Letzten Sommer wurde ein gigantischer, zweihundert Jahre alter Baum im Park für tot erklärt, Käferbefall, und musste in einer Prozedur weggeschafft werden, die mehrere Tage dauerte und viele brüllende Männer und ein paar große Laster erforderte. Die Käfer waren nach einem nicht sehr kalten Winter besonders gut gediehen. Irgendwann wieder Sommer. Ich kann mir gar nicht vorstellen zu schwitzen. Man denke nur an all die neutoten Bäume. Und im Sommer kann man sich nicht vorstellen zu frieren. In den trockenen Jahren vergessen die Menschen die feuchten Jahre, in den feuchten Jahren vergessen sie die trockenen Jahre. Und Rosasharn bietet, nachdem sie ihr Kind tot geboren hat, einem Verhungernden ihre vollen Brüste und rettet ihm damit das Leben.

Liebe Marianne, ich habe mich ein für allemal entschlossen, meine Doktorarbeit über die Lücke zwischen traditioneller Religion und der Verehrung weiblicher Macht zu schreiben.

Mina kommt zurück und nimmt mir Zev ab.

Sie hat dich benutzt, sagt meine Mutter.

Wir haben es raus. Mina gurrt ihn an. Er rudert überglücklich mit den Armen. *Nicht wahr, Kleiner? Aber ja, wir haben es jetzt raus, mein Süßer. Wir haben alles unter Kontrolle. Jetzt kann's losgehen.*

Also los, sage ich. *Tschüss.*

Im Auto auf dem Starbucks-Parkplatz an der Mall mit dem schlafenden Walker und Adrienne Rich. Ich lese nicht Rich auf meinem Gerät, ich surfe, werde blind und tumb. Ich muss mal.

Baby regt sich. Ich krieg Panik. Ich hätte ihm Mantel, Mütze und Handschuhe ausziehen sollen, aber es war so kalt, als wir einstiegen. Ich betrachte ihn im Rückspiegel. Tiefschlaf. Gut. Entscheidend. Mittagsschlaf ist alles. Erleichterung. Aber o Gott muss ich mal.

Mina klingelt. Halb zehn morgens, und ich habe keinen Schimmer, wie ich den Tag rumbringen soll.

Ich hab was für dich.

Ich stehe in der Tür, Hände auf den Hüften, und guck böse.

Können wir nicht einfach den Small Talk überspringen?

Es ist ein Bernstein an einem Lederband.

Eine Stillkette, erklärt sie, als sie sie mir um den Hals bindet. Traditionell getragen, solange das Kind klein ist, solange es zahnt, eine Art attraktiver dritter Nippel, mit dem es spielen, auf dem es rumkauen, an dem es sich bei all seinen Entwicklungsschritten ganz allgemein erfreuen kann.

Wir sind wie Kriegskameraden. Wir sitzen in derselben Scheiße.

Leben stehen auf dem Spiel. Weibliches Übergangsritual.

Die Stillkette liegt fest und stark in meiner Hand. Ich drücke sie. *Danke*, krächze ich.

Bitte, sagt sie.

Es tut mir leid, sage ich.

Ich weiß, sagt sie. *Komm her. Armes.*

Ich schmiege mich an sie, und sie umarmt mich fest.

Mir wurde vergeben. Vorerst.

Paul hat auf dem Dachboden frischen Tierkot gefunden.

Das kann doch bitte nur ein Witz sein, sagt er, bevor er wie ein großer gefällter Baum ins Bett sinkt.

Ich rufe Will an, sage ich, insgeheim erfreut über den Vorwand.

Suuuuper, sagt Paul ins Kissen.

Das merkt sogar ein Depp, dass er Zuwendung braucht, also blase ich ihm einen. Sogleich sieht die Zukunft rosiger aus, und Sekunden später ist er weg.

Ich kapier das, Ari, sagt Will am nächsten Morgen, als er mit der Taschenlampe in einer Dachbodenecke auf dem Rücken liegt. Ein Schimmer Haut über seinem Gürtel. Sein muskulöser Bauch mit feinem Flaum aus dunklem Haar. *Klar? Ich kapier das total.*

Wie, du hast auch deine Dissertation in Frauenforschung geschmissen?

Ich kapier, dass einen nicht interessiert, was von einem erwartet wird.

Ach.

Hast du eine Ahnung, wie angepisst mein Vater war, als ich Schreiner geworden bin? Dieser Mann, der Bücher über Bücher über Bücher über Bücher geschrieben hat? Er war so enttäuscht. Er war so frustriert.

Scheiß drauf. Den eigenen Kindern deine Ambitionen aufzudrücken. Das ist ätzend.

Grinsend setzt er sich auf.

Walker hat's gut.

Ich verdrehe die Augen.

Wieso können wir uns nicht verlieben – echt und tief –, ohne damit massiv die bestehende Ordnung zu gefährden? In einem anderen Leben würden Will und ich einander vielleicht mit den Zähnen die Kleider vom Leib reißen und aus völlig anderen Problemen ein ganz neues Leben gestalten. Aber das hier ist ein anderes Leben, und das kapiere ich.

Sich zu verlieben ist ganz wichtig. Es muss einen nur nähren, ohne dass man dem nachgibt. Wozu es vollkommen abstellen? Wozu irgendeinen Teil von sich abtöten? Übernimmt das nicht der Tod, und zwar früh genug?

Meine Jess aus dem jüdischen Ferienlager hat mir mal erzählt, dass Haar viel Energie speichert.

Ich breite Zeitungen unter mir aus und setze mich vor den Bodenspiegel.

Ich zögere. Ich bin mutig. Ich pack's an. Alles.

Kürzer als je zuvor. Fühlt sich etwa eine Stunde lang toll an. Weg, alles. Walker klatscht und lacht und zeigt auf mich und spielt mit der abgeschnittenen Wolle, bis die Sauerei zu groß wird.

Ich find's schön, sagt Paul. Den ganzen Abend kann ich die Finger nicht davon lassen. Ich habe mich gehäutet. Walker zeigt immer wieder auf mich und kichert wie blöde. *Mama?*, sagt er und sieht sich nach mir um, als wäre ich verschwunden, ein Spiel.

Mama? Mama! Mama!

Er hat mich gefunden. Ich bin neu.

Als ich am nächsten Morgen aufwache, ist es absolut fürchterlich, legt mein ganzes schreckliches Gesicht frei, nichts mehr da zum Verstecken, nichts Schönes mehr an mir, eine Katastrophe. Paul lacht.

Ich lerne es besser kennen, dieses komplexe Ökosystem. Sie. Ich setze ihr mit Tees und Aromen zu und Friedensangeboten, besänftige sie, ersuche sie, mich in Ruhe zu lassen, in Frieden. Manchmal habe ich Angst vor meiner eigenen Kraft. Eindeutig weiblich. Ich sollte mir mal wieder die Beine rasieren. Es ist Monate her. Ich sehe allmählich aus, als würde ich in einer Höhle hausen. Wobei es Paul nicht schert. Oder er es jedenfalls nie zugeben würde. Pauls Begehren hängt nur an mir. Das ist ein großartiger Zug bei einem Mann. Die üble Frisur zum Beispiel ändert nicht das Geringste. Die scheußliche Narbe, die Veränderungen durch Walker. Paul verlangt keine Maniküre. Ich liebe Paul. Eine der großen Freuden in meinem Leben, das ist er.

Heute Abend singe ich Walker das Gutenachtlied aus *Drei Männer und ein Baby* vor. Es ist das einzige Gutenachtlied, das mir einfällt. Er quengelt. Wurde mir vorgesungen? Bestimmt. Muss ja. Irgendein anonymes karibisches Klagelied, ein südamerikanisches Liebeslied. Eine namenlose Sängerin mit ihren dicken Lippen an meiner Stirn. Irgendjemand muss mich geliebt haben, damals. Irgendeine unbekannte Bedienstete, deren Arme mich fest umschlossen. Fern von ihren eigenen Kindern liebte sie stattdessen mich.

Good night, sweetheart, well it's time to go (Do do do do). Ich habe es mal nachgeguckt, und viel mehr gibt es da nicht. *Do do de do do de do do de do do.* Scheint einigermaßen zu wirken, wenn man bedenkt, dass er schläft, als ich durch bin.

Adrienne Rich hatte recht. Mutterschaft kratzt niemanden, es sei denn, man profitiert davon. Frauen sind entbehrlich, und die Arbeit des Kinderkriegens, komplett durchgezogen, bewusst durchgezogen, zehrt alles auf. Wer schreibt denn dann drüber, wenn die Akteurinnen allesamt darin verloren gehen? Wer Abenteuer will, wer Gedichte und Kunst will, wer drüben bei Gertrude und Alice im Salon sitzen will, sollte den aufzehrenden, unordentlichen Babykram lieber anderen überlassen. Gebären und Stillen und Wiegen und Ablenken und Beschäftigen und Kochen und Waschen und Gärtnern und Nähen: Was ist das schon gegen pfeifende Gewehrkugeln, ruhmreich destruktive Heldentaten, Schlagzeilen, Partys, Glanz, den ganzen Martha-Gellhorn-Kram, den Zelda-Fitzgerald-Kram, Drogen und Gosse und Musik und Poesie hübsche Kleider noch mehr Partys und Sex und Sex und Partys?

Zerstöre dich selbst, sagt Mina. *Lass die Sau raus. Daraus entstehen gute Geschichten.*

Sie muss es ja wissen.

Erziehung hingegen …

Die Zeit, die es braucht, etwas heranwachsen zu lassen …

LANGWEILIG.

Crisp und Jer hatten für den letztjährigen Gastautor, einen niederländischen Dichter, eine Party geschmissen.

Komm vorbei, hatte Jer gesagt. *Auch Mütter brauchen Partys.* Also brachte ich mein winziges Walker-Bündel mit, und Paul half mir beim Rüberhumpeln. Was für ein Geschenk: mit meinem erschreckenden Fortsatz bei netten Leuten eingeladen zu sein.

Der niederländische Autor war reizend, aber reserviert. Nur einmal richtete er das Wort an mich.

In Holland haben wir einen Ausdruck, sagte er mit einer Geste auf mein Bündel. *Das Tropenjahr. Als die Niederlande Indonesien kolonisierten, zählte der dortige Militärdienst doppelt. Weil es so entsetzlich heiß war, verstehen Sie. Und dann noch die Malaria und Krankheiten und so weiter. So wurde ein Jahr Militärdienst in den Tropen als zwei Jahre gezählt. Tropenjahre nannte man das. So ist es auch, wenn man kleine Kinder hat, verstehen Sie?*

Als Abschiedsessen bestellen wir Pizza, machen einen Roten auf. Ich zünde Kerzen an, lege Dinosaur Jr. auf.

Will hat meine Einladung ausgeschlagen. Dieser Gedanke kommt mir viel zu spät: Will und Mina! Sie wird mich besuchen kommen. Brooklyn ist nicht so weit weg. Ihre Schwester wird sie in den Wahnsinn treiben, sie wohnt bei uns, sie verliebt sich in Will, unsere kleine Gemeinschaft ist komplett.

Mann, Mädchen, sagt Mina über mein Haar. *Mann.*

Die Sexualität ist also ein Kontinuum, sagt Bryan beim Essen.

Okay. Ich bin dabei.

Die Mitte ist exakt bisexuell, an den Enden hast du jeweils total hetero und total homo.

Die meisten von uns sind irgendwo in der Mitte, sagt Mina.

Durchaus. Aber meine Theorie ist, dass sich Frauen auf dem exakt selben Punkt des bisexuellen Kontinuums befinden müssen, um befreundet zu sein.

Weiter.

Wenn du zu homo tendierst, aber deine Freundin zu hetero, wirst du immer eine intensivere Freundschaft haben wollen und sie nicht.

Klar, sagt Mina, *weil die Panik kriegen, dass man sie bespringt und ihnen die Muschi wegfuttert.*

Ich kann nicht mehr aufhören zu lachen. Ich bin fröhlich und beschwipst. Paul geht ins Bett. Ihm wird es leicht zu viel. Es ist zwar erst neun, aber Paul ist Paul, und ich liebe ihn, und ich verstehe ihn, und es ist in Ordnung.

Moment. Wie homo bin ich denn?

Du bist wahrscheinlich so bei, na, siebzig Prozent, und du – er wendet sich mir zu – *eher bei fünfzig. Nur jetzt spontan.*

Damit hast du gewartet, bis ich einen Herrenschnitt habe?

Nee, Ari und ich sind genau gleich viel lesbisch, sagt Mina. *Ganz genau gleich. Und wir sind verliebt.*

Sie wird rot. So was.

Leute. Die haben einen riesigen Tintenfisch gefunden, sage ich.

Was?

Ich habe einen Bericht darüber gesehen. Die haben einen Riesenkalmar gefunden. Den ersten überhaupt. Also, es gibt sie zwar in der Mythologie, aber bis jetzt hatte noch keiner einen gefangen.

Wie cool.

Na ja, einem Fischerboot weit draußen im tiefsten Atlantik geht aus Versehen dieses Ding ins Netz, sie ziehen ihn hoch und können es gar nicht glauben, weil keiner je die Existenz dieser Wesen hat nachweisen können.

Wow.

Aber was machen sie damit, nachdem sie ihn im Tiefseenetz hochgezogen haben, das erste Mal, dass überhaupt jemand so was zu Gesicht bekommen hat?

Töten.

Logisch. Auf Eis legen und möglichst umgehend in ein Labor schaffen, damit er zerschnippelt und untersucht werden kann und so weiter.

Die Moral von der Geschicht?

Lass dich nicht erwischen?

Sei uninteressant.

Lass dich dort unten in der Tiefe mythologisieren, sei ein Rätsel, aber um Himmels willen zeig dich nicht.

Vielleicht brauchte er Hilfe.

Es gibt keine Hilfe.

Spätnachts ängstigt mich der Gedanke, dass Walker eine *Person* ist; er hört, was ich sage, sieht mich an und will mich lieben, hat aber noch keinen Schimmer, was für eine Krachbirne ich bin. Hier ist er, hierher haben wir ihn gebracht, er ist jetzt einer von uns, den Lebenden. Es ist ziemlich simpel: Ein winziges Wesen gehört festgehalten und eingemummelt und rumgetragen. Gefüttert, umhegt, beschützt. Hilflose Kreatur. Man lernt, demütig vor ihm zu sein, dem mondgesichtigen Gott. Und wenn man das ganze Ausmaß begreifen will? Will, dass es einen voll auf die Zwölf trifft? Dann stelle man sich vor, er wäre verletzt. Man stelle sich vor, er würde leiden. Er würde entführt. Man stelle sich vor, er wäre tot. Und die Arme wären leer. Man stelle sich vor, man stelle sich vor, man stelle sich vor.

Diese winzigen Menschen. Da geht es nicht um uns. Sie sind

nicht für uns da. Sie gehören uns nicht. Sie befinden sich in unserer Obhut, mehr nicht, und unsere Aufgabe ist es, ein möglichst anständiger Mensch zu sein, sie ordentlich und viel zu lieben, ihnen nicht unsere Probleme aufzudrücken, unsere Probleme nicht zu ihren zu machen und sie nicht zu benutzen, um unsere Defizite zu kompensieren.

Du wirst also langsam erwachsen, sagt meine Mutter, die hinter mir an der Spüle steht, als ich mit dem Abwasch beginne. Ich fühle mich gealtert. Mein Körper sagt Nein. Vielleicht sehe ich ja ihr Spiegelbild, wenn ich in das dunkle Fenster blicke, aber die Scheibe ist so beschlagen, dass ich nicht mal mich selbst sehen kann.

Scheint so, antworte ich, damit sie mich in Ruhe lässt. Ich bin zu müde zum Kämpfen, und ich tue alles, um dem Kind meine Schwächen und Fehler zu ersparen. Gelobe, dass er zumindest nicht durch mich Schaden erleidet.

Ätzbank sendet pestige Fehlermeldung Totalabsturz; ich soll anrufen, um das zu klären.

Mädchenname der Mutter?

Ich zögere, als würde ich sie damit rufen. Als würde ihr Name, kaum ausgesprochen, sie aus geisterhaftem Schlummer wecken.

Hallo?

Ähm.

Hallo?

Ähm.

Walker, sagte Paul. *Wie wär's mit Walker?*

Walker?

Weißt schon, wie Walker Percy, Walker Evans.

Ich tippte den Namen in mein Gerät.

Das bedeutet Tuchwäscher. Altenglisch. Im Mittelalter sind die Arbeiter auf der Wolle rumgetrampelt, um sie von Unreinheiten zu befreien.

Das hat doch was, findest du nicht?

Schon. Also, vielleicht. Aber findest du es nicht komisch, für einen Namen auf Altenglisch zurückzugreifen?

Wieso?

Ich bin Jüdin. Du bist irgendwas. Was bist du noch mal?

Irgendwas.

Nein, im Ernst, sag noch mal.

Seit Urzeiten schottisch. Bisschen italienisch.

Aha, also irgendwas, ich bin Jüdin. Und formal ist er dann auch Jude.

Formal.

Tja, Formeln sind der Hit bei den Juden. Ein formelaffines Völkchen.

Also willst du was Hebräisches? Altes Testament?

Das habe ich nicht gesagt.

Schön. Weil das nämlich auch komisch wäre.

Mir gefällt Walker. Mir gefällt die Bedeutung. Und das Laufen. Laufen ist das Beste.

Wie wär's mit Biker? Bikes sind auch toll.

Ernsthaft.

Ach. Okay. Ist das eine Regel?

Nein.

Schön. Mal sehen … Janice für einen Jungen?

Im Ernst?

Nein. Cal. Clement.

Carl.

Cory.

Gott, sind die übel. Warum klingen die Namen bloß alle so blöd?

Erinnerst du dich noch, wie sie bei Seinfeld *sagen, man soll sich mit dem Kinderkriegen beeilen, weil einem mit spätestens vierzig zu jedem existierenden Namen ein Bekannter einfällt, den man nicht mag?*

Tja, bleibt eigentlich nur Calyx.

Mir fällt kein einziger Calyx ein, den ich nicht mochte.

Corinth.

Corrado.

Canton.

Catatonic.

Come.

Craaazy.

Zwei Träume.

Nummer eins. Ein stetes schwaches Wimmern kommt aus der Wand irgendwo hinten in meinem Wandschrank.

Mist, und jetzt? Hat der Waschbär geworfen? Fledermausfamilie?

Will kommt rüber.

Das ist garantiert ein Baby, sage ich. Er steht ganz still und lauscht dem steten Wimmern.

Das ist ein Baby. Wir müssen die Wand öffnen.

Ich nicke. Aber zunächst mal kann ich nicht widerstehen. Er sinkt mit mir auf einen Sessel, und ich bin schmiegsam, warm. Noch eine Sekunde, Baby. Dann verhallt das Wimmern.

Stille. Ich bin allein. Ich reiße die Wand ein, kämpfe mich durch. Da ist ein schmaler Gang, eine Öffnung. Das Wimmern ist verhallt. Das Baby ist tot. Das Baby hatte Hunger. Das Baby ist verhungert. Das Baby hat aufgegeben. Das Baby ist tot. Paul tröstet mich.

Nummer zwei. Ich bin schwanger. Zutiefst erschüttert. Hysterisch ist gar kein Ausdruck. Ich werde auf der Stelle eine Abtreibung veranlassen!

Ich suche die Nummer raus, wähle und hänge in der Warteschleife, während diese Schwachsinnsmusik läuft und ich anfange, nachzurechnen. Im August wäre es so weit. Alles heiß und saftig, Nächte mit kurzen Ärmeln. Ein neues Mädchen, frisch und weich und nackt auf meinem Bauch.

Wie pfiffig sie sein wird. Wie frei. Offen und freundlich. Glücklich, selbstbewusst. Sie wird sich nicht beäugen, wenn sie an einer Spiegelfläche vorbeigeht. Sich selten bedroht fühlen. Wissen, was sie verdient. Eines Tages wird sie ergrauen. Sich selten schminken. Langsam essen, sich häufig bewegen, Schweiß und Liebe. Machen, was sie will, das Oberflächliche meiden, mehr zuhören als reden, gelassen bleiben. Gut zu sich selbst sein. Dinge tun. Dinge reparieren. Dinge kultivieren.

Endlich geht jemand ran.

Hallo?

Ich werde ihr ein leuchtendes Vorbild sein. Ich werde es verkörpern, um sie niemals zu enttäuschen.

Wer ist da? Wer ist da? Bueller?

Aber klar doch. Und ich werde sie gebären. Dafür arbeiten, sie verdienen. Den Schmerz nicht scheuen, ich kann es gar nicht abwarten, ihn kennenzulernen, ihm ins Gesicht zu sehen, ihm zu begegnen. Aufregend. Was ist Schmerz, wenn man ihn nicht erträgt? Ich werde mich würdig erweisen.

Harlan, bist du das? Hör zu, ich hab dir gesagt, ich werde das melden, wenn du öfter als zwei Mal am Tag anrufst. Harlan, nimmst du deine Medikamente? Du weißt, dass ich deine Fürsorgerin anrufen muss, wenn du uns belästigst, Harlan.

Ich lege auf. Knall den Hörer auf die Gabel. Altmodisches Telefon, beige.

Wir gehen da gemeinsam durch – die Kleine und ich. Sie wird in den Hundstagen kommen. Wir werden uns den Weg zueinander grunzend schreiend stöhnend ekstatisch aufeinander erkämpfen. Ein Mädchen.

Und wenn ich bei dem Versuch sterbe? Oder wir beide??

Auch gut.

Kalt. Noch mehr Schnee. Der hört bestimmt nie auf, dieser Winter. Eis. Minus zehn Grad.

Die Menschen erinnern sich nicht mehr an die Winter von früher, sagt Didi in der Co-Op. *Der erste Schnee kam entweder vor Weihnachten oder danach, und dann schneite es bis März. Immer lag Schnee. Meine Kinder verstehen nicht, wieso es dieses Jahr so viel Schnee gibt. Dabei ist das normal. Wie wenig Schnee es die letzten Jahre gegeben hat, das ist seltsam.*

Wir sind bei der Feinkost, packen und bepreisen Hirsesalat und Süßkartoffelauflauf portionsweise. Walker schläft auf meinem Rücken.

Eine wunderbare kleine Familie geht auf das Regal zu und sieht sich die Sandwiches an. Hübsche Mommy, glänzendes Haar, nettes Gesicht, Baby im Tuch auf dem Bauch. Vielleicht sieben Monate, das perfekte Alter, nicht mehr so erschreckend einfach umzubringen, aber noch ohne diese nervigen Unabhängigkeitsbestrebungen. Sie sehen ruhig und stolz aus, verbunden, wie ein Team. Die Mom hat ihr Gleichgewicht wiedergefunden. Oder gar nicht erst verloren. Vielleicht lief alles bestens für sie. Aber das wage ich zu bezweifeln.

Kabuki-Gesicht aus Pauls Fachbereich kommt kurz vor Ende meiner Schicht rein. Ich habe sie seit der Dozentenparty im November nicht gesehen. Ich beschließe, sie nicht zu ignorieren. Der Anfang ist so leicht gemacht: kurzer Blickkontakt, ein Austausch, Waffen niederlegen, eine Einigung: Frauen einigen sich, Freunde zu sein oder freund*lich*, bis eine von ihnen eine Grenze überschreitet und beschließt, die andere doch nicht so zu mögen, dann ist es mit der Freundschaft oder der Freundlichkeit vorbei. Manchmal dauert das Minuten, manchmal Jahre.

Wie geht's?

Gut, gut, sagt sie. *Und dir?*

Ich zucke mit den Achseln. *Okay.*

Wirklich? Sie scheint es echt wissen zu wollen.

Ja, sage ich nicht sehr überzeugend. *Schon.* Aber sie durchschaut mich.

Es ist schwer.

Ja.

Ich hatte heftig zu kämpfen.

Ehrlich?

Mein Gott, ja. Lange her. Sie sind jetzt zweiundzwanzig und neunzehn.

Sie ist eine ziemlich coole Sau; das wird mir erst jetzt klar. Um eine solche Ästhetik durchzuziehen, muss man ganz schön zäh sein. Sie streicht mir eine Strähne aus den Augen. Ob man das wohl mütterlich nennen kann? Ihre Hand ist kühl und trocken. Ihr Blick nicht unfreundlich. Verdammt, ist sie unerschrocken. Ich weiß nicht, was ich sagen soll.

Sie lächelt, schiebt ihren Wagen weiter zum nächsten Gang.

Bis dann, ruft sie mir über die Schulter zu.

Und ich hasse sie nicht. Ich hab überhaupt kein Problem mit ihr. Ich finde sie okay. Also geht es mir vielleicht besser.

Danksagung

Die Zeile »Wer keine Freunde hat, muss sich Fremden erklären« stammt aus dem Gedicht ›Midwinter Day‹ von Bernadette Mayer, Copyright © 1982 by Bernadette Mayer, und wurde 1982 bei New Directions veröffentlicht.

Die Zeile »Gib acht auf das, was du nach dem Willen der Allgemeinheit lieber vergessen sollst« ist aus Muriel Rukeysers Gedicht »Double Ode«, Copyright © 1976 by Muriel Rukeyser. Man kann es nachlesen in ›Home/Birth: A Poemic‹ von Arielle Greenberg und Rachel Zucker, Copyright © 2010, veröffentlicht bei 1913 Press.

Dank an: meine Eltern, Elissa Blaser, Katharine Noel, Nalini Jones, Ike Herschkopf, Amy Griffin, Binnie Kirshenbaum, Miranda Beverly-Whittemore, Allison Oberhand, Jessica Cherry, Amy Webb, Thea Carlson, Heather Samples, Hawa Allan, Rebecca Wolff, Brin Quell, Madhavi Tandon Batliboi, Elanit Weisbaum, Ann Wolf, Bill und Carol Schwarzschild, Heidi Factor, Margaret Wimberger, Emily Andrukaitis, Laura Ginanino, Carla Gray, Hannah Harlow und alle Mitarbeiter bei HMH, Poppy Hampson und jeden bei Chatto and Windus, Deutscher Taschenbuch Verlag, Nieuw Amsterdam, The College of Saint Rose, Columbia University School of the Arts, das Netherlands Institute for Advanced Study. Außerdem danke ich praktisch jedem, den ich kenne: Danke für Anregung, Stärkung und Unterstützung jeglicher Art, während ich an diesem Buch arbeitete. Dank an Writers House, dank an Simon Lipskar – du bist der Größte. Dank an Lauren Wein: Lektorin, Buch-Doula, *chevruta*. Dank an Ed, meinen Liebsten, und an Miller D, unser Liebstes.